WHITLEY COX

Dancing with the SINGLE DAD

Adam

Whitley Cox wurde an der kanadischen Westküste geboren und ist dort aufgewachsen. Sie studierte Psychologie und unterrichtete zeitweise in Indonesien, bevor sie in ihre Heimat zurückkehrte. Heute ist sie mit ihrer Highschool-Liebe verheiratet und Mutter von zwei Töchtern.

Im Aufbau Taschenbuch liegt bereits ihr Roman »Hired by the Single Dad – Mark« vor.

Adam Eastwood weiß, dass eine Tanzschule genau das Richtige für seine quirlige Tochter Mira ist. Den ganzen Tag wirbelt sie im Tutu durch das Haus – warum also nicht einen Profi bezahlen, der ihr beibringt, wie man richtig tanzt? Allerdings hat Adam nicht damit gerechnet, dass ausgerechnet Violet Benson von der berühmten New Yorker Ballettkompanie Miras Lehrerin sein würde. Violet ist wunderschön und zudem die perfekte Lehrerin für Mira. Und sie ist genau die Art von Frau, nach der Adam sein ganzes Leben lang gesucht hat. Aber kann Adam den Schmerz und die Trauer über das Scheitern seiner Ehe vergessen?

Violet will niemals wieder auf der Bühne stehen, auch wenn es bislang ihr Leben war. Doch wie kann sie weitermachen, wenn ihre große Liebe nicht mehr da ist, um sie aufzufangen? Sie waren eine Einheit – nicht nur auf der Bühne, sondern auch im Leben. Kurzerhand beschließt sie nach Seattle zurückzukehren und sich dort den Traum einer eigenen Tanzschule zu erfüllen. Erst, als sie gebeten wird für »Kunst im Park« zu tanzen, wird ihr klar, wie sehr ihr das alte Leben und die Auftritte fehlen. Wäre es so falsch, ein letztes Mal auf der Bühne zu stehen? Und wer wird sie auffangen, wenn sie den Halt verliert?

WHITLEY COX

Dancing with the SINGLE DAD

Adam

ROMAN

Aus dem Amerikanischen
von Michelle Landau

more
Immer mit Liebe

Titel der Originalausgabe
Dancing with the Single Dad

MIX
Papier | Fördert
gute Waldnutzung
FSC® C083411
FSC
www.fsc.org

ISBN 978-3-98751-012-0

More ist eine Marke der Aufbau Verlage GmbH & Co. KG

1. Auflage 2023

Umschlaggestaltung Grit Bomhauer
graphische Adaption www.buerosued.de, München
unter Verwendung von Motiven von © 4 PM production
Satz LVD GmbH, Berlin
Druck und Binden CPI books GmbH, Leck, Germany
Printed in Germany

www.aufbau-verlage.de

Kapitel 1

»Kann ich mein Prinzessinnenkleid für die Tanzstunde anziehen? Und meine Krone? Und meinen Umhang? Und meine Prinzessinnen-Blinkschuhe? Darf ich meinen Zauberstab mitnehmen? Oh, und meine Feenflügel?«

Angesichts der Aufregung seiner vierjährigen Tochter Mira musste Adam Eastwood ein Lachen unterdrücken. »Ich glaube, lieber nicht, Süße. Hier steht, dass alle Tänzer und Tänzerinnen Strumpfhosen, einen Body und Ballett- oder Jazzschuhe aus Leder anziehen sollen.«

»Und was ist mit dem Tutu?«

»Da steht, man kann einen kleinen Ballettrock anziehen, wenn man möchte.« Er griff nach seinem Handy und rief die E-Mail mit der Anmeldung auf, die letzte Woche in seinem Posteingang gelandet war.

Mira wandte sich von ihrer Kostümtruhe ab und setzte sich neben ihn auf die Couch, wo sie sofort begann, mit ihren kleinen Händen über seinen kurzen Bart zu streichen. Das war eine ihrer absoluten Lieblingsbeschäftigungen. Es vermittelte ihr Geborgenheit. Nachdem ihre Mutter ausgezogen war, hatte sie jede Nacht in Adams Bett verbracht und war eingeschlafen, während sie seinen Bart streichelte. Wenn er ehrlich war, schenkte diese Geste auch ihm inzwischen ein Gefühl angenehmer Geborgenheit.

»Siehst du, Süße. Hier steht: *keine Prinzessinnenkleider oder*

Kostüme. Sie machen sich Sorgen, dass du dich in so einem Kleid nicht richtig bewegen kannst oder es beim Tanzen kaputtgeht.«

Sie blinzelte ein paarmal mit ihren großen blauen Augen, während sie auf die E-Mail der Tanzschule Benson starrte. Dann verzog sie die Lippen zu einer zuckersüßen Schmollschnute, nickte aber schließlich. »Nicht mal mein Krönchen?«

Sie konnte noch nicht lesen, also deutete Adam einfach auf die Adresse. »Steht genau hier: *keine Krönchen*. Aus demselben Grund, weshalb auch Kostüme verboten sind. Stell dir mal vor, die Krone würde dir beim Tanzen vom Kopf fallen, und jemand würde drauftreten und sie zerbrechen.«

»Dann wäre ich traurig.«

»Eben. Also bleiben wir lieber bei dem neuen Tanz-Outfit, das wir dir gestern gekauft haben, okay?«

Sie stieß einen abgrundtiefen Seufzer aus. Seine Tochter konnte sehr melodramatisch sein, wenn sie wollte. »Okay.«

Er drückte ihr einen Kuss auf den Kopf. Ihr dunkles, nach Wassermelone duftendes Haar fühlte sich unter seinen Lippen wie Seide an. »Das ist mein braves Mädchen. Dann geh dich mal schnell umziehen. Der Tanzunterricht fängt in einer halben Stunde an.«

Sie rutschte vom Sofa und hüpfte den Flur hinunter. »Kann ich wenigstens meine Prinzessinnenunterwäsche anziehen?«

Er lachte. »Natürlich, Süße, das kannst du gern machen.« Damit stand er ebenfalls auf und schlenderte in die Küche hinüber, um seiner Tochter einen kleinen Snack vorzubereiten, falls sie nach dem Tanzunterricht Hunger bekäme.

Es würde nur eine Stunde dauern, und Adam würde vermutlich die ganze Zeit dort bleiben, zumindest an diesem ersten Tag. Aber wenn ihn der Schwimmunterricht und Miras kurze Gymnastikphase irgendwas gelehrt hatten, dann, dass schon ein paar

Minuten Spielen oder Sport ausreichten, um aus seiner mäkeligen Esserin einen ausgehungerten Vielfraß zu machen.

»Pack meine Wasserflasche ein, Daddy«, rief Mira aus dem Flur. »Und einen Müsliriegel. Einen mit Schokolade.«

Adam verdrehte die Augen. Sie wusste, was sie wollte, das musste er ihr lassen. Allerdings klang sie dabei meistens wie eine kleine Diktatorin.

»Sie wird mal eine echte Anführerin«, würde seine Großmutter sagen. »Eine Wirtschaftstitanin.«

»Oder sie erobert irgendein Land und versklavt die Bevölkerung«, würde sein Großvater hinzufügen.

Seine Großmutter würde nur lachen, Mira in die Arme nehmen, sie auf ihren Schoß ziehen und ihr durch die Haare wuscheln. »Unser kleiner Napoleon.«

Miras laut klatschende Schritte hallten durch den Flur, als sie mit ihren langen Beinen auf ihn zugerannt kam. Für ihr Alter war sie recht groß, aber auch ziemlich schlaksig, sie bestand fast nur aus Armen und Beinen. »Kannst du mir mit den Trägern helfen, Daddy? Die sind verdreht.« Sie verzog das Gesicht, wie um zu zeigen, was sie meinte, mit gezwirbelten Lippen und kraus gezogener Nase.

Er beugte sich zu ihr hinunter und entwirrte die Träger ihres Bodys, dann nahm er ihr den Rock aus der Hand und half ihr, hineinzusteigen. »Bist du fertig?«

Sie strahlte. »Jap. Ich muss nur noch meine Ballettschuhe holen.«

»Okay, aber beeil dich. Wir wollen an deinem ersten Tag doch nicht zu spät kommen.«

Sie war schon wieder halb den Flur zurückgerannt. »Okaaaaay!«

Violet Benson holte tief Luft und strich den schwarzen Stoff des Ballettrocks über ihren Beinen glatt.

Heute war die große Eröffnung. Ein wundervoller Tag. Die Sonne schien, die Vögel sangen. Es war der erste Mai, und die Tanzschule Benson war ab heute offiziell geöffnet.

Ihr Traum – ihrer *beider* Traum – wurde endlich wahr.

Und ihr war zumute, als müsste sie sich gleich übergeben.

»Es wird alles gut gehen«, sagte ihre Empfangsdame Kathleen beruhigend, während sie eifrig auf ihrer Tastatur herumtippte. »Du hast ein wundervolles Tanzstudio aufgebaut. Alle werden es lieben. Sie werden *dich* lieben.«

Violet schluckte. »Das hoffe ich.«

Sie rückte das Foto von Jean-Phillipe zurecht, obwohl es schon ganz gerade hing. Sein Lächeln zog schmerzhaft an ihrem Herzen. Das hier war sein Traum gewesen. Und dann war es zu ihrem gemeinsamen Traum geworden. Jetzt war es nur noch ihr Traum, und sie hatte ihn endlich, nach viel zu langer Zeit, wahr gemacht.

»Er ist schon jetzt so stolz auf dich«, sagte Kathleen, als sie sah, wie Violet mit einem Finger über Jean-Phillipes Wange strich. »Du wirst hier Großartiges vollbringen, tolle Shows auf die Beine stellen, und er wird immer dabei sein. Dir zusehen und dich anfeuern.«

Violet lächelte Kathleen an, doch es war ein gezwungenes Lächeln, das nicht aus ihrem Herzen kam und das sie kaum länger als ein oder zwei Sekunden aufrechterhalten konnte. »Wir hätten heute gemeinsam unsere ersten Schüler begrüßen sollen.«

Kathleen stand auf und ging um den Schreibtisch herum, um in einer mütterlichen Geste einen Arm um Violets Schulter zu legen. »Und das werdet ihr. Er ist im Geiste hier bei dir.«

Die Glocke über der Eingangstür klingelte, und mit einem Mal war der Raum voller Menschen.

Es war so weit.

»Herzlich willkommen, liebe Jungs und Mädchen, Eltern und Großeltern. Ich bin Miss Violet, eure Tanzlehrerin, und ich freue mich sehr, dass ihr die Tanzschule Benson ausprobieren wollt.«

Zehn Kinder, alle zwischen vier und sechs Jahren, saßen zu ihren Füßen auf dem Boden. Die Eltern hatten auf Stühlen entlang der Wand Platz genommen. Aus großen, erwartungsvollen Augen sahen die Kinder zu ihr auf.

»Wie viele von euch haben denn schon einmal Tanzunterricht genommen?«

Ein paar Hände wurden gehoben.

»Und die Eltern? Haben wir auch tanzerfahrene Eltern dabei?«

Ein oder zwei Mütter winkten kurz.

Und der einzige Vater.

Mhm.

»Okay, also haben wir ein paar erfahrene Tänzer dabei und ein paar Anfänger. Das ist wunderbar. Hier ist jeder willkommen.«

Ein kleines Mädchen mit zusammenpassendem lila Body und Röckchen hob die Hand.

»Ja? Wie heißt du denn, Süße?«

Sie stand auf, vor Selbstbewusstsein nur so strotzend. »Ich heiße Mira.«

»Freut mich, dich kennenzulernen, Mira. Und wie alt bist du?«

Mira hielt vier Finger hoch. »Ich bin viereinhalb.«

Violet lachte leise in sich hinein. »Vier ist ein tolles Alter.«

Mira nickte. »Einhalb.«

»Richtig! Das halbe Jahr ist natürlich *sehr* wichtig. Wolltest du etwas fragen, Mira?«

Sie nickte wieder. »Dürfen wir hier keine Krönchen tragen, weil du dir Sorgen machst, dass sie runterfallen und jemand drauftreten könnte?«

Von der Elternwand klang verhaltenes Lachen herüber. Der Mann, der vorher die Hand gehoben hatte – ein sehr attraktiver Typ mit blauen Augen, kupferbraunem Haar und kurzem Bart –, bemühte sich, nicht zu lachen, scheiterte jedoch kläglich. Seine breiten, muskulösen Schultern vibrierten in dem dunkelblauen Polohemd.

Violet wandte sich wieder Mira zu. »Genauso ist es, Mira. Ich hätte ein ganz schlechtes Gewissen, wenn du eine Krone oder ein Krönchen mit zum Unterricht bringen würdest und es dann runterfällt und kaputtgeht. Deswegen ist es besser, das Verkleiden für zu Hause aufzuheben.«

Mira drehte sich um und sah ihren Vater an. Der zuckte mit den Schultern, woraufhin Mira wieder zu Violet herumwirbelte. Ihre Lippen hatten sich zu einem breiten Schmollmund verzogen, aber in ihren Augen stand noch immer Kampfgeist. »Und was ist mit einer *Papier*krone?«

Noch mehr Lachen von den Eltern.

Violet mochte dieses Mädchen schon jetzt.

»Weißt du was, Mira, ich hab eine Idee. In ein paar Wochen machen wir eine besondere Tanzstunde, zu der alle in ihren Lieblingskostüm kommen dürfen, mit Krönchen und allem Drum und Dran. Was hältst du davon?«

Die blauen Augen des Mädchens leuchteten auf, und es nickte. »Okay. Das klingt gut.«

Violet lächelte. »Super.«

Mira setzte sich wieder, wandte sich noch einmal halb zu ihrem Vater um und gab ihm ein Daumen-hoch-Zeichen. Als Antwort streckte er ebenfalls beide Daumen in die Luft.

Vom Eingang her drang plötzlich das Läuten der Türglocke an ihre Ohren, gefolgt von einigem Tumult. Ihr war klar gewesen, dass sie zu spät kommen würden. Jayda hatte erst um halb drei Schulschluss, und dann mussten sie noch quer durch die Stadt.

Ihr Bruder Mitch und ihre Nichte Jayda kamen ins Studio gerannt, beide mit erhitzten Gesichtern und außer Atem.

»Sorry«, sagte Mitch lautlos in ihre Richtung, bevor er neben Miras Vater Platz nahm.

Jayda rannte zu der Gruppe Kinder, einen Tanzschuh schon am Fuß, den anderen noch in der Hand. Sie ließ sich neben Mira auf den Boden plumpsen und begann hastig, ihren zweiten Schuh anzuziehen. »Hi, Tante Violet«, flüsterte sie. »Tut mir leid, dass wir zu spät sind. Da war ein Unfall, und wir standen im Stau.«

»Kein Problem, Süße.« Violet wandte sich den Eltern zu. »Wir möchten Sie bitten, das Studio während des Unterrichts zu verlassen. Draußen gibt es einen Warteraum für Eltern, inklusive Kaffee und Tee. Wir haben die Erfahrung gemacht, dass die Kinder besser auf die Anweisungen des Tanzlehrers hören, wenn die Eltern nicht im Raum sind.«

Sämtliche Eltern nickten, erhoben sich und verließen nacheinander den Saal. Alle außer Miras Vater. Er blieb mit Besorgnis im Blick zurück, obwohl Mira überhaupt nicht auf ihn achtete, sondern völlig in ihr Gespräch mit Jayda vertieft war, die den gleichen Rock trug wie sie.

»Im Warteraum gibt es auch einen Spionspiegel«, sagte Violet. »Durch den können sie ins Tanzstudio sehen und uns zuschauen, ohne uns abzulenken.«

Die saphirblauen Augen von Miras Vater, die von fast schon lächerlich langen Wimpern umrahmt waren, hellten sich bei ihren Worten auf, und sein Lächeln brachte Violet beinahe zum Schmelzen. »Danke.« Dann verließ er den Raum.

Sie war dankbar für Kathleens Vorschlag mit dem Spionspiegel, denn Miras Vater im Studio zu haben wäre auf jeden Fall eine Ablenkung gewesen, wenn auch nicht für seine Tochter. Seit sie zurück nach Seattle gezogen war, hatte Violet keinen so attraktiven Mann mehr gesehen. Nicht seit Jean-Phillipe.

Schuld und Trauer bohrten sich wie ein doppelter Messerstich in ihren Magen.

Jean-Phillipe.

Wie konnte sie auch nur an einen anderen Mann *denken*, wenn die Liebe ihres Lebens fort war und das Bild im Flur und sein Traum, ein Tanzstudio zu eröffnen, das Letzte waren, was sie noch von ihm hatte?

Doch sie konnte nicht zulassen, dass der Schmerz in ihrem Herzen sie lähmte. Nicht heute. Nicht am Eröffnungstag. Sie wandte sich wieder den Kindern zu, klatschte dreimal in die Hände und zwang das strahlendste Lächeln auf ihr Gesicht, zu dem sie fähig war. Irgendwann würde sie es nicht mehr vortäuschen müssen. Irgendwann würde das Lächeln wieder echt sein … oder?

»Also los, Kinder, dann lasst uns mal tanzen. Verteilt euch im Raum, so dass ihr alle genug Platz habt.« Sie ging zu der großen Stereoanlage an der Wand und drückte auf Play. Fröhliche, beschwingte, poppige Musik mit einem lebhaften Beat drang aus den Lautsprechern, und in die Kinder kam Bewegung. »Wir schütteln uns jetzt erst mal richtig aus, bevor wir mit ein paar Übungen beginnen.«

Dann – als ob es ihr egal wäre, dass Miras Vater ihnen durch den Spiegel zusah, auch wenn es ihr alles andere als egal war – tat sie das, was sie am besten konnte, und überließ der Musik die Kontrolle über ihren Körper. Ließ sie ihre Seele füllen und ihre Glieder bewegen. Sie musste ihn nicht sehen, um zu wissen, dass er da war. Dass er Mira zusah. Violet zusah. Seltsamerweise machte es ihr nichts aus.

Sie lächelte in den Spiegel, als sie aus einer Pirouette kam, suchte Blickkontakt zu dem Mann hinter dem Glas, und zum ersten Mal seit sehr langer Zeit fühlte sich ihr Lächeln echt an.

Kapitel 2

Adam streckte dem einzigen anderen Vater im Warteraum die Hand entgegen. »Adam.«

Der andere Mann nahm seine Hand und schüttelte sie. »Mitch, freut mich. Welches ist denn Ihres?«

Adam deutete auf Mira, die einen Narren an Mitchs Tochter gefressen zu haben schien, denn sie ahmte jede ihrer Bewegungen nach. »Die da. Die, die Ihrer Tochter alles nachmacht.«

Mitch lachte. »Violet ist meine Schwester, Jayda tanzt also schon eine Weile mit ihr.«

»Wie alt ist sie?«

»Sechs. Und Ihre?«

»Vier, auch wenn sie mich sofort korrigieren und betonen würde, dass sie schon viereinhalb ist.«

Mitch lachte wieder. »Halbe Jahre sind sehr wichtig.«

»Das sind sie.«

»Was machen Sie denn beruflich?«, fragte Adam, während er die Kaffee-Pads beäugte, die sich auf einem Tisch in der Ecke neben einem Kaffeeautomaten stapelten. Er spürte deutlich, wie seine Koffeinsucht ihren hässlichen Kopf hob. Er schlenderte hinüber zum Tisch, bereitete sich eine Tasse zu und fragte Mitch mit einer Geste, ob er auch eine wollte. Der nickte.

»Ich bin Fotograf«, antwortete Mitch. »Und Sie?«

»Biologieprofessor.«

»Oh, cool, an der UW?«

Adam nickte und reichte Mitch seinen Kaffee. »Ja, ich leite dort ein Labor. Wir arbeiten an der Genkartierung von Aquakultur.«

Mitchs Augen wurden groß, er sah jedoch eher verwirrt als interessiert aus. Adam war klar, dass er sein Fachgebiet in einfacheren Worten erklären musste.

»Im Grunde funktioniert das wie diese Websites, die anhand einer DNA-Probe herausfinden, mit wem man verwandt ist. Nur eben für Fische.«

»Ah, verstehe. Sehr cool.«

»Was für Bilder machen Sie?« Sie setzten sich auf eine Bank, von der aus sie die tanzenden Kinder perfekt im Blick hatten, und nippten an ihren Tassen.

»Ich mache alles Mögliche. Hochzeiten, Firmenevents, Landschaften, Tiere, Stillleben, Familienporträts. Ich bin auf die Kunsthochschule gegangen und habe meinen Abschluss in Fotografie gemacht, also kann ich eigentlich so ziemlich alles. Vi hat mich gebeten, Fotos von den Tänzern und den Aufführungen zu machen, für ihre Website.«

Während der Zubereitung des Kaffees hatte Adam versucht, Mira im Blick zu behalten. Sie hatte dem Tanzunterricht so sehr entgegengefiebert, und soweit er das beurteilen konnte, schlug sie sich großartig. Allerdings wurde er immer wieder von der Tanzlehrerin abgelenkt. So gern er seiner Tochter beim Tanzen zusah, so gern betrachtete er auch Miss Violet dabei. Was sicherlich zum Teil daran lag, dass die Frau einfach umwerfend aussah. Eigentlich hatte er kein Interesse an Dating und seit Paige auch keine Beziehung mehr gehabt, obwohl ihre Trennung nun schon eine ganze Weile zurücklag – und Paige in den letzten Monaten ihrer Ehe nicht mehr wirklich anwesend gewesen war, weder mental noch emotional noch körperlich, bevor sie eines Tages dann einfach gegangen war. Ihre Trennung war zwar freundschaftlich verlaufen, aber das hieß noch lange nicht, dass er damit glücklich war.

Seitdem hatte er andere Frauen nicht mal mehr wahrgenommen. Aber in dem Moment, als er ins Tanzstudio getreten war und Miras Lehrerin, Mitchs Schwester, ihn angelächelt hatte, war etwas in ihm erwacht, von dem er nicht sicher gewesen war, ob er es jemals wieder empfinden würde. Er konnte nicht aufhören, diese Frau anzusehen.

Er hatte gezögert, das Tanzstudio zu verlassen, und Violet musste geglaubt haben, er wolle Mira nicht aus den Augen lassen. Aber das war es nicht. Er ließ Mira schließlich jeden Tag in der Vorschule allein. Nein, er hatte *Violet* nicht aus den Augen lassen wollen. Hatte sie tanzen sehen wollen.

Adam liebte es zu tanzen. Das verdankte er seiner Großmutter.

Sein Blick hing noch immer an Violet, fasziniert davon, wie ihr Körper über den Tanzboden wirbelte. Es war, als wäre sie mit Musik in den Adern geboren worden. Ihre Bewegungen waren so fließend, so elegant, so … friedvoll. Als ob irgendetwas sie quälte und sie nur im Tanz Erlösung finden konnte. Sie tanzte, als hinge ihr Leben, ihre Seele, ihr Verstand davon ab. Und die Kinder beobachtete sie voller Bewunderung. Genau wie Adam.

»Kommen Sie aus Seattle?« Mitchs Stimme brachte ihn zurück ins Hier und Jetzt.

Er schüttelte den Kopf, um wieder klar denken zu können. »Was? Oh, ähm, nein. Nicht ursprünglich. Ich komme aus South Carolina. Und Sie?«

»In Seattle geboren und aufgewachsen, aber dann bin ich nach Arizona gezogen. Ich habe die Liebe meines Lebens getroffen, als ich dort Aufnahmen für ein Wildtiermagazin gemacht habe.«

»Was hat Sie zurück nach Seattle gebracht?«

Mitchs Gesicht verdüsterte sich. »Sie ist gestorben. Also bin ich mit Jayda zurück nach Seattle gezogen, um näher bei meiner Familie zu sein. Vi ist auch um die Zeit hierher zurückgezogen, deswegen haben wir zusammen ein Haus gekauft. Sie hilft mir, Jayda großzuziehen.«

»Oh, verdammt. Das tut mir sehr leid.«

Mitch nickte nur. »Danke. Es ist erst ein knappes Jahr her, dass Melissa von uns gegangen ist. Wir sind seit neun Monaten hier, Vi seit etwas mehr als einem Jahr. Sie hat ihren Partner verloren, Jean-Phillipe, kurz bevor ich Melissa verloren habe.«

»Ihren Tanzpartner?«

Er nickte wieder. »Tanzpartner und Lebenspartner. Man hat einen Tumor an seiner Wirbelsäule gefunden, und er ist auf dem Operationstisch gestorben.«

Oh, scheiße.

»Melissa ist bei einem Autounfall ums Leben gekommen.«

Liebe Güte.

»Und dann ist vor sechs Monaten auch noch unser Vater an den Komplikationen einer Lungenentzündung gestorben.«

Das gottverdammte Universum. Eine Familie so niederzuschlagen, wenn sie ohnehin schon am Boden lag … Was zum Teufel?!

Adam fuhr sich mit der Hand durch die Haare. »Das tut mir wirklich wahnsinnig leid. Für Sie alle. Meine Eltern sind auch bei einem Unfall ums Leben gekommen. Ich war damals erst sieben und mein Bruder vier.«

Mitch wandte sich zu ihm um. Er war offensichtlich sehr darum bemüht, nicht die Fassung zu verlieren. An seiner Schläfe pulsierte eine dicke Ader, und sein Kiefer war angespannt. »Tut mir leid, Mann. Das ist echt scheiße. Wer hat euch – sorry, aber ich glaube, es ist Zeit, dass wir zum Du übergehen – wer hat euch denn dann aufgezogen?«

»Die Eltern meiner Mutter.«

Mitch nickte und nippte wieder an seinem Kaffee. Ein paar Minuten saßen sie einfach nur da, keiner von beiden sagte etwas. Adam hatte diesem Fremden einiges über sich anvertraut, aber seltsamerweise kam er ihm gar nicht wie ein Fremder vor. Mitch hatte auch viel über sich preisgegeben. Vielleicht lag es daran? Er war alleinerziehender Vater, genau wie Mitch, und zog wie er eine Tochter groß. Sie waren keine Fremden. Sie waren so etwas wie Brüder. Er kannte Mitch zwar kaum, aber er schien ein netter Kerl zu sein. Ein Typ, mit dem Adam sich auf ein Bier treffen könnte, ein Typ, der gern seinen Samstagabend mit Kumpels, Zigarren, Alkohol und Kartenspielen verbrachte. Liam hatte gesagt, er könne einladen, wen er wolle – als ihr Gastgeber war er immer auf der Suche nach neuen Mitspielern, die er um ihr hart verdientes Geld bringen konnte.

Adam räusperte sich. »Also, ähm, ich bin da in so einer Männergruppe, eine Art Club. Wir sind eigentlich nur ein paar alleinerziehende Väter, die sich jeden Samstag zum Pokerspielen treffen. Manchmal gibt's auch 'ne Grillparty oder so was, Treffen mit den Kindern, wenn wir es zeitlich hinkriegen, aber ausnahmslos jeden Samstag ist Pokerabend. Wäre das was für dich?«

Mitch musterte ihn neugierig. »Wo denn?«

»Bei Liam Dixon, ich kann dir die Adresse schicken. Er ist einer von den Vätern und Scheidungsanwalt. In seinem Beruf bekommt er mit, wie unfair Väter oft von ihren Ex-Frauen und dem Justizsystem behandelt werden. Außerdem gibt es echt wenig Unterstützung für alleinerziehende Väter, deswegen hat er diese Gruppe ins Leben gerufen. Er hat ein paar von uns vor Gericht vertreten, aber man darf dem Club erst beitreten, wenn man nicht mehr sein Klient ist. Ein paar andere hat er einfach kennengelernt und eingeladen. Und wir können auch einladen, wen wir wollen, solange derjenige ein alleinerziehender Vater ist.«

Mitch fuhr sich mit der Hand übers Kinn und dachte kurz nach. »Vi ist samstags bis um fünf hier beschäftigt. Danach könnte sie sicher auf Jayda aufpassen. Um wie viel Uhr geht's los?«

Adam lächelte. »Um sieben.«

»Okay, das klingt gut. Poker also. Spielt ihr um echtes Geld?«

Adam sah den Kindern dabei zu, wie sie in Jetés quer durch den Saal sprangen. »Ja, um echtes Geld.«

Violet warf einen Blick zum Spiegel und lächelte, ihre goldgrünen Katzenaugen strahlten. Ihm war bewusst, dass sie ihn nicht sehen konnte, aber die Art, wie sie direkt in den Spiegel sah, und das süße, fast schüchterne Lächeln, das über ihr Gesicht huschte, gaben ihm das Gefühl, dass sie ihn direkt anlächelte.

Er lächelte zurück.

»Dir ist schon klar, dass sie dich nicht sehen kann, oder?«, sagte Mitch mit einem seltsamen Unterton in der Stimme. Er schien amüsiert, aber gleichzeitig etwas verärgert zu sein. Und der Beschützerinstinkt eines älteren Bruders schwang definitiv auch darin mit.

Adam lachte peinlich berührt. »Ich weiß nicht, wovon du redest.«

Mitch warf ihm von der Seite einen vielsagenden Blick zu. »Ist klar.«

Ein Geräusch wie Donnergrollen erfüllte das Studio, als fast ein Dutzend Kinder auf den Ausgang zustürmten, jedes mit einem

Sticker auf dem Handrücken, als Belohnung für die gute Arbeit. Nur Mira blieb stehen.

»Miss Violet?«, fragt sie mit ihrer hohen Stimme, in der nicht ein Hauch von Unsicherheit oder Schüchternheit mitschwang.

Violet wandte sich zu ihr um, nachdem sie die Stereoanlage ausgeschaltet hatte. »Ja, Süße?«

»Danke für die Tanzstunde und den Sticker.«

Violets Herz schmolz dahin. Dieses kleine Mädchen war so niedlich und hatte sich während des Unterrichts solche Mühe gegeben, hatte Violet und Jayda hoch konzentriert beobachtet und ihre Bewegungen nachgeahmt, so gut sie konnte. Sie war für die Bühne geboren.

»Sehr gern geschehen, Süße. Hat es dir denn Spaß gemacht?«

Mira nickte. »Ich liebe tanzen.«

»Das habe ich gesehen. Du hast das ganz toll gemacht. Übst du denn oft zu Hause?«

»Jap. Mit meinem Daddy. Der hat früher auch getanzt.«

Violet sah auf, als sich plötzlich schwere Schritte näherten. Und einen Moment später stand er auch schon vor ihnen: Miras Vater. Sie spürte, wie sich ihr Puls beschleunigte und ihre Brustwarzen sich steif aufrichteten. Sein Blick huschte zu ihren Brüsten, wo der dünne Stoff ihres Bodys vermutlich absolut nichts der Vorstellungskraft überließ.

Als er bemerkte, dass sie ihn beobachtete, wandte er hastig den Blick ab. »Mira, Süße. Wir müssen los.«

Sie machte ein paar Schritte auf ihn zu und streckte ihm die Arme entgegen. »Ich habe Miss Violet erzählt, dass du früher getanzt hast.«

Seine Wangen liefen unter dem Dreitagebart rot an. Sexy. Mit einer Hand strich er über Miras kastanienbraunes Haar. »Das ist aber schon lange her.« Dann streckte er Violet seine Hand entgegen. »Ich bin übrigens Adam, Miras Vater.«

Sie schüttelte seine Hand, die groß und warm und etwas rau in ihrer lag. Sie wollte seine Hand noch nicht wieder loslassen, doch als er sie zurückzog, ließ sie ihn.

Er hatte also getanzt.

Interessant.

Es gab natürlich einige Männer im Tanzgewerbe, wenn auch nicht annähernd so viele wie Frauen, aber sie fand es immer wieder spannend zu erfahren, wie ein Mann seine Liebe zum Tanz entdeckt hatte. Und ob es überhaupt Liebe war oder er nur dazu gezwungen worden war, zum Beispiel von einer Mutter, die viel lieber eine Tochter gehabt hätte. Geschichten dieser Art hörte sie häufig.

»Was haben Sie denn getanzt?«, fragte sie, weil sie mehr wissen wollte, noch nicht bereit war, die beiden – *ihn* – gehen zu lassen.

Er rieb sich mit einer Hand den Nacken. »Hauptsächlich Standardtanz. Ich bin bei meinen Großeltern aufgewachsen, und die waren begeisterte Standardtänzer. Aber als mein Großvater aufgrund seiner Diabetes ein Bein verloren hat, konnte er nicht mehr mit meiner Großmutter tanzen. Also habe ich das übernommen.«

Konnte dieser Mann noch liebenswerter werden? Ein Mann, der seine Großmutter liebte.

Schmacht.

»An der Uni habe ich dann auch noch ein bisschen getanzt.« Er verzog das Gesicht, wie um zu sagen, dass das keine große Sache war, doch sein Lachen klang gezwungen und machte deutlich, dass er lieber das Thema wechseln würde. »Aber das waren nur Wahlkurse. Kein richtiger Unterricht mit Hausaufgaben und so.

Dafür hätte ich auch gar keine Zeit gehabt bei dem Riesenpensum, das ich ohnehin schon hatte.«

Violet lachte. »Was haben Sie denn studiert?«

»Daddy ist ein Doktor«, mischte sich Mira ein.

»Ich bin Biologieprofessor«, korrigierte Adam. »Aber ja, theoretisch bin ich ein Doktor. Allerdings nicht die Art, die einen aufschneidet und wieder zunäht. Eher die Art, die den ganzen Tag vor einem Computer oder Mikroskop sitzt und Daten analysiert.«

Violet lächelte. Im nächsten Moment strömte ihre nächste Klasse, die älteren Kinder, geräuschvoll ins Studio.

Adam drehte sich zu dem plötzlichen Lärm um, bevor er sich wieder an Violet wandte. Sein Blick ging ihr durch und durch. »Mira, Süße, wir sollten jetzt wirklich los. Wir müssen auf dem Nachhauseweg noch einkaufen gehen.«

»Kommt Mira zweimal wöchentlich oder einmal?«, fragte Violet in der Hoffnung, dass sie die beiden schon am Donnerstag wiedersehen würde und nicht bis nächsten Dienstag warten musste.

»Einmal wöchentlich«, antwortete er.

Ihr Herz sank.

Mira zog an seiner Hand. »Kann ich nicht zweimal kommen, Daddy?«

Adam sah mit verhaltener Ungeduld auf seine Tochter hinab. »Willst du dir nicht erst ganz sicher sein, dass es dir auch wirklich Spaß macht, bevor du dich da festlegst?«

Sie schüttelte den Kopf. »Aber ich *liebe* es, Daddy. Ich *liiiiiieeebe* tanzen. Ich will mal eine richtige Ballerina werden, wie Miss Violet.«

»In der Donnerstagsgruppe ist noch Platz«, sagte Violet und hoffte, dass sie nicht zu aufdringlich war. Allerdings hoffte sie noch mehr, dass Mira ihren Vater dazu bringen konnte, sie für einen zweiten Tag anzumelden. »Jayda ist auch in der Gruppe. Ihr beide scheint euch ja schon gut angefreundet zu haben.«

Mira hüpfte auf und ab. »Ich mag Jayda total gern. Sie ist sechs und ich bin viereinhalb, aber wir sind trotzdem Freundinnen.«

Ach, verdammt. Violet hätte Mira in den Warteraum schicken und die zusätzliche Stunde mit Adam allein besprechen sollen. Außer Hörweite des kleinen Mädchens. Wenn er jetzt aus irgendeinem Grund Nein sagen musste, wäre er dank ihr der Böse. Und sie würde sich deswegen miserabel fühlen. Das hätte sie besser wissen müssen. Sie und Mitch machten mit Jayda doch genau dasselbe durch.

Sie hielt den Atem an.

Adam atmete geräuschvoll aus, und seine Schultern sackten unmerklich nach vorn, aber sein Lächeln war voller Liebe, als er seine Tochter ansah. »Na gut. Wenn du das Tanzen so sehr *liiiieebst*, dann sollten wir dich wohl für die zweite Stunde am Donnerstag anmelden.«

Mira quietschte auf und schlang die Arme um ein Bein ihres Vaters. »Danke!«

Er hob den Kopf und lächelte Violet an. »Dann sehen wir Sie wohl am Donnerstag.«

Ihr Herz klopfte heftig in ihrer Brust. »Das werdet ihr. Ähm, Sie.«

Adam lachte. »Gern Du. Bis Dienstag, Violet.«

Kapitel 3

Es war Donnerstag, und der Anfängerkurs Ballett/Jazz begann in fünf Minuten. Violet begutachtete sich im Spiegel in ihrem Büro, band ihr langes sandblondes Haar zum üblichen hohen Ballettdutt zusammen und strich ein paar lose Haare glatt.

Normalerweise trug sie kaum Make-up, doch heute hatte sie etwas Mascara und Rouge aufgelegt. Ihr getönter Lipgloss war irgendwo zwischen ihren Stiften und Kugelschreibern vergraben, aber sie fand ihn und strich sich hastig etwas davon auf die Lippen.

»Oh, du bist aber hübsch heute«, sagte Kathleen kichernd, als sie hinter ihrem Schreibtisch Platz nahm. »Steht was Besonderes an?«

Violet grinste im Spiegel erst sich selbst an und dann Kathleen. Sie wollte schon so etwas sagen wie »Ich möchte einfach nur hübsch aussehen«, als sie aus dem Augenwinkel Jean-Phillips Bild und sein warmes Lächeln wahrnahm.

Ihr eigenes Lächeln erstarb, und sie wischte sich den Lipgloss mit dem Handrücken von den Lippen.

»Was ist denn jetzt passiert?«, fragte Kathleen und nahm einen Schluck von ihrem Kaffee.

Violets Herz zog sich zusammen. »Nichts.«

Die Türglocke ertönte, und die Tanzschule wurde wieder vom Getöse junger Schüler und ihrer Eltern erfüllt.

»Miss Violet, Miss Violet!« Mira kam mit einem kleinen Strauß Tulpen in der Hand auf sie zugerannt. »Die sind für dich.« Sie streckte Violet die knallorangen Blumen entgegen und strahlte sie erwartungsvoll an.

Violet beugte sich zu ihr hinunter und nahm die Tulpen entgegen. »Danke, Mira. Die sind wunderschön. Aber womit habe ich die denn verdient?«

Adam trat hinter seine Tochter. »Mira hat die Blumen gesehen, als wir gerade an der Supermarktkasse standen, und wollte sie unbedingt für dich mitbringen.« Sein Lächeln war beinahe verlegen, aber in seinen Augen blitzte es spitzbübisch. War es wirklich nur Miras Idee gewesen, die Blumen zu kaufen? Oder hatte Adam ihr das überhaupt erst in den Kopf gesetzt?

Sie erhob sich wieder und drückte den Strauß an ihre Brust. »Na dann, vielen Dank dafür« – ihr Blick fand Adams – »euch beiden. Die passen wunderbar in meine Küche.«

Mira strahlte. »Ich freue mich so, dass ich jetzt zweimal die Woche tanzen darf.«

»Ich freue mich auch. Denn jetzt können wir dich alle doppelt so oft tanzen sehen.«

Das kleine Mädchen kicherte, setzte sich auf den Boden und zog die Schuhe aus.

»Hey, Schwesterherz.« Mitch und Jayda kamen um die Ecke. Kaum hatte Jayda Mira entdeckt, leuchteten ihre Augen auf. Mitch und Adam nickten einander zu, und Jayda ließ sich neben Mira auf den Boden sinken. Die beiden fingen sofort an, zu kichern und zu tuscheln wie jahrelange Freundinnen, während sie ihre Ballettschuhe anzogen.

Es war schon verrückt, wie leicht Kinder Freundschaften schlossen. Violet fiel das alles andere als leicht. Sie war schon immer eher schüchtern gewesen. *Mauerblümchen* hatte ihre Mutter sie genannt. Zumindest, bis sie ihre Liebe zum Tanz entdeckt hatte. Dann hatte sie es geliebt, auf der Bühne und im Rampenlicht zu stehen. Solange sie, von den Scheinwerfern geblendet, im Bann der Musik und voll konzentriert auf ihren Partner, das Publikum nicht sehen konnte, war es kein Problem für Violet, vor Tausenden von Leuten auftreten.

Genau das hatten sie und Jean-Phillipe getan. Sie hatten sich in ihrem ersten Jahr in der renommierten Marie-Claude Rousseau Tanzkompanie in New York City kennengelernt. Jean-Phillipe, der ursprünglich aus Quebec kam, hatte damals gerade seinen Abschluss an der Juilliard gemacht und Violet ihren an der Pacific Northwest School of Dance and Art. Sie wurden Tanzpartner und verliebten sich innerhalb eines Monats unsterblich ineinander, zogen sogar zusammen. Sie machten Schlagzeilen, und alle Zeitungen des Landes schrieben begeistert über ihre mitreißenden Auftritte, darüber, wie überzeugend die Romantik und die Gefühle zwischen den beiden waren und dass die Welt seit Jahrzehnten kein Tanzpaar mehr gesehen hatte, das auf der Bühne so sehr im Einklang miteinander war.

Sechs Jahre lang hatten Violet und Jean-Phillipe für die Kompanie getanzt, immer in den führenden Rollen, und waren mit der Zeit selbst zu Direktoren und Scouts aufgestiegen. Doch dann hatten Jean-Phillipes Rückenschmerzen begonnen. Sie waren zum Chiropraktiker gegangen, zum Physiotherapeuten und zur Akupunktur. Er hatte alles ausprobiert. Doch erst als er nicht mehr schlafen, gehen oder sitzen konnte, ohne hochdosierte Schmerzmittel zu nehmen, hatte ihn sein Arzt zum MRT geschickt. Und da wurde er schließlich entdeckt: der bösartige Tumor, der an seiner Wirbelsäule wuchs.

Ab dem Zeitpunkt war ihr Leben zu einer endlosen Aneinanderreihung von Arztterminen und Überweisungen, Tests, Tests und noch mehr Tests geworden. Sie mussten aufhören zu tanzen, die Proben zu leiten und nach neuen Talenten zu suchen. Ihr gesamtes Leben drehte sich nur noch um den Tumor. Er war zur dritten Person in ihrer Beziehung geworden.

Violet hasste den Tumor. Die Vorstellung eines Dreiers hatte ihr noch nie gefallen.

Sie probierten es mit Bestrahlung und Chemotherapie, aber nichts davon schlug wirklich an. Eine Operation war die beste Option, barg jedoch das hohe Risiko einer Querschnittslähmung. Es war die schwerste Entscheidung ihres Lebens gewesen, und am Ende hatte Violet in Tränen aufgelöst vor Jean-Phillipe auf die Knie fallen müssen, damit er der Operation zustimmte.

»Ich habe dich lieber in einem Rollstuhl für den Rest unseres Lebens an meiner Seite als gar nicht. Du könntest dann immer noch unterrichten, Regie führen und scouten. Du könntest noch so viel tun. Aber wenn du dich weigerst, der Operation zuzustimmen, könnten wir dich für immer verlieren.«

»Aber ich bin nicht ich, wenn ich nicht tanzen kann«, hatte er gesagt und sich vorgebeugt, um ihr eine Hand an die Wange zu legen. Vor Schmerz war er zusammengezuckt. »Wenn ich nicht mit dir tanzen kann. Es würde mich umbringen, dich mit einem anderen tanzen zu sehen. Seine Hände auf deinem Körper zu sehen, zu sehen, wie er dir auf der Bühne in die Augen schaut, so wie ich dich anschaue. Wenn ich dich auf dem Tanzparkett nicht in meinen Armen halten kann, bin ich sowieso tot.«

Letztendlich war es der Schmerz gewesen, der Jean-Phillipe umgestimmt hatte, es war unerträglich geworden. Erst als er schon aufgeschnitten auf dem OP-Tisch lag, entdeckten die Ärzte, dass der Krebs sich ausgebreitet hatte und so große Teile seiner

Wirbelsäule überzog, dass es praktisch ausgeschlossen war, dass er jemals wieder laufen würde.

Die Prozedur war lang und voller Komplikationen, und am Ende gelang es den Ärzten nicht, ihn zu stabilisieren, ihn wiederzubeleben.

Er starb.

Violet würde sich bis an ihr Lebensende an diesen Tag, diesen Moment erinnern. Ihre Seele war in tausend Teile zerbrochen. Das Herz war ihr aus der Brust gerissen worden, und ihre Liebe für den Tanz war von ihr abgefallen wie ein abgestorbenes Blütenblatt.

Während sie sich auf Jean-Phillipes OP vorbereiteten, hatten sie darüber gesprochen, was sie nach seiner Genesung alles tun wollten. Sie mussten einfach über die Zukunft reden, mussten Pläne schmieden, Ziele haben. Sonst versank er in einem dunklen Loch, aus dem ihn Violet kaum noch befreien konnte. Sie entschieden, New York und die Tanzkompanie nach der OP zu verlassen und nach Westen zu ziehen, wo Violet aufgewachsen war, um dort ein eigenes Studio mit Tanzschule zu eröffnen. Sie würde unterrichten, er das Studio leiten und sich um die geschäftliche Seite kümmern.

Sie hatten genug Geld beiseitegelegt, um ein angemessen großes Studio zu mieten, und wenn sie die ersten zwei Jahre sparsam lebten, würde es reichen, bis es Profit abwarf. Vielleicht müssten sie einen kleinen Kredit aufnehmen, aber Jean-Phillipe wollte ein paar Kurse in Buchhaltung belegen, damit er den Papierkram selbst machen und sie so noch etwas Geld einsparen konnten.

Dieser Plan war das Einzige, was sie noch aufrechthielt. Der Traum von ihrem eigenen Studio, ihrer eigenen Tanzkompanie.

Doch all diese Träume hatten sich in dem Moment in Luft aufgelöst, als der Arzt damals mit müden Augen und ernstem Gesicht aus dem OP gekommen war.

An jenem Tag hatte Violet ihr Herz verloren. Und Herzen wuchsen nicht nach.

»Könntest du Samstagabend auf Jayda aufpassen?«

Schnipp, schnipp.

»Erde an Vi.«

Schnipp, schnipp.

Eine sanft schüttelnde Hand auf ihrer Schulter holte sie schließlich aus ihren schmerzhaften Erinnerungen. Mitch sah sie an, seine Augen – so grün wie ihre – voller Sorge. »Alles okay?«

Sie schluckte schwer. »Ja. Alles gut.«

Er kannte sie zu gut. Er wusste, dass sie log. Mit einer festen Hand unter ihrem Ellbogen führte er sie ein Stück von dem sich rasch füllenden Warteraum weg. Adam sah ihnen neugierig nach, wurde dann aber von Mira abgelenkt.

Sie gingen um eine Ecke und landeten in der kleinen Abstellnische, in der sie Putzzeug und übrig gebliebene Ballettstangen aufbewahrte.

»Was ist los? Du warst total in Gedanken versunken, und dir standen Tränen in den Augen. Ist wirklich alles okay?«

Sie wischte sich über die Augen und schniefte. »Ich musste nur an ihn denken.«

Ihr Bruder nickte. Sie würde es natürlich niemandem wünschen, erst recht niemandem, den sie liebte, aber die Tatsache, dass ihr Bruder genau wusste, wie es ihr ging, machte alles ein klein wenig erträglicher. Er verstand ihre Trauer. Verstand ihre plötzlichen Stimmungswechsel; dass es ihr in einem Moment gut ging und sie im nächsten in einem dunklen Loch versank. Weil es ihm ganz genauso ging. Sie stützen sich gegenseitig. Passten aufeinander auf. Weil sie sonst niemanden mehr hatten.

»Er wäre so stolz auf dich, Vi, auf all das, was du hier auf die Beine gestellt hast. Du hast seinen Traum, euren Traum, wahr werden lassen.« Er ließ seine Hand an ihrem Arm hinabgleiten und nahm ihre Hand in seine.

Violet wischte sich noch einmal über die Augen. »Er fehlt mir einfach so. Er hatte das Selbstvertrauen, das mir noch immer fehlt. Er …« Ein Schluchzen brach aus ihr hervor.

Ihr Bruder zog sie in seine Arme, strich ihr über den Kopf. »Ich weiß. Ich weiß«, murmelte er.

Sie ließ die Tränen fließen. »Was soll ich nur machen, Mitch? Wie soll ich das alles ganz allein schaffen?«

Er strich weiter beruhigend über ihr Haar. »Das musst du doch gar nicht. Du hast mich. Du hast Jayda. Und irgendwann wirst du auch noch andere Tanzlehrer anstellen können. Warte mal sechs Monate, und dein Studio wird eine Warteliste für neue Schüler haben, das verspreche ich dir.«

Die Geräusche aus dem Warteraum wurden lauter. Ihre Schüler warteten auf sie. An der Tür hing ein Schild, auf dem stand: *15 Minuten zu früh = pünktlich, pünktlich = zu spät, zu spät = tot*. Sie konnte also nicht selbst zu spät kommen. Erst recht nicht am dritten Tag nach der Eröffnung.

Sie löste sich aus der Umarmung ihres Bruders und blinzelte ein paarmal, dann lächelte sie, auch wenn noch immer Tränen in ihren Wimpern hingen.

Ihr machte es zwar nichts aus, aber Mitch störte es gewaltig, dass sie beinahe gleich groß waren. Es wurmte ihn gewaltig, dass seine kleine Schwester nur vier Zentimeter kleiner war als er. Aber sie war nun mal die geborene Tänzerin mit ihren schlanken einsachtundsiebzig und den langen Armen und Beinen.

»Ich sollte zurückgehen«, sagte sie und griff nach einem Papiertuch, mit dem sie sich die Augen trocken tupfte. »Ich darf nicht zu spät kommen.«

Er nickte, auch seine Augen traurig und glasig. Er und Jean-Philippe hatten sich gut verstanden, aber Violet wusste, dass er gerade nicht an Jean-Phillipe gedacht hatte. Er dachte an Melissa.

Mit einer Hand schon auf dem Türbogen, hielt sie noch mal inne. »Was hast du mich vorhin gefragt?«

Er trat neben sie, und gemeinsam gingen sie zurück zum Warteraum. »Ob du Samstagabend nach der Arbeit auf Jayda aufpassen kannst.«

Sie erstarrte mitten in der Bewegung, achtete gar nicht darauf, dass sie mitten in einem Raum voller Schüler und Eltern standen. »Hast du ein Date?« War Mitch etwa schon bereit, nach vorn zu sehen? Er machte eigentlich nicht den Eindruck. Melissa war doch erst vor etwas über einem Jahr gestorben.

Er schüttelte den Kopf. »Nein, kein Date.«

Adam kam zu ihnen herüber, wie schon vorhin mit Neugier im Blick. »Hey, Kumpel, bist du beim Pokern am Samstag noch dabei?« Er klopfte Mitch auf den Rücken. »Damit ich dir dein ganzes Geld abknöpfen kann?«

Mitch schnaubte und verdrehte die Augen. »Das werden wir noch sehen.«

War das Gefühl, das Violet da so unangenehm im Nacken saß, Eifersucht? Es fühlte sich zumindest so an. Ihr Bruder fand neue Freunde, entwickelte sich weiter, tat mehr, als nur seiner verstorbenen Frau nachzutrauern. Und noch dazu mit Adam.

»Poker?«, fragte sie und bemühte sich, möglichst viel Enthusiasmus in ihre Stimme zu legen. Das Ergebnis war jedoch ein unangenehm hoher Quietschton. Merkten die beiden Männer, dass es nur aufgesetzt war?

Mitch warf ihr einen fragenden Blick zu. Natürlich wusste er, dass sie ihren Enthusiasmus nur vortäuschte.

Zum Glück schien Adam jedoch nichts bemerkt zu haben. Er lächelte. »Ja, in einer Gruppe für alleinerziehende Väter. Wir treffen uns jeden Samstag bei einem Freund von mir und spielen Poker.« Er zuckte mit den Schultern. »Einfach eine Gelegenheit für uns Jungs, mal ein bisschen Luft abzulassen, zu jammern und zu meckern und so.«

Also Männer, die über ihre Ex-Frauen herzogen?

»Wir reden aber nie schlecht über Frauen«, fügte er schnell hinzu, als er ihre wenig begeisterte Miene bemerkte. »Über unsere Kinder vielleicht manchmal …« Er lachte. »Zum Beispiel darüber, dass sie einem immer in die Quere kommen, wenn man mal ein heißes Date hat, und ehrlich gesagt wirklich eklig sind, immer ihre Nase an irgendwas abwischen, klebrige Hände haben und einem direkt in die Augen husten.«

Mitch lachte auf. »Das hat Jayda schon mindestens ein halbes Dutzend Mal mit mir gemacht. Und ich war danach jedes Mal erkältet.«

»Besser als Bindehautentzündung«, sagte Adam und verzog das Gesicht. »Der Sohn von einem der Jungs hört einfach nicht auf, in seine Unterhose zu greifen. Und dann fasst er die Brille seines Dads an oder tatscht ihm im Gesicht rum. Der Arme hat davon schon mal eine Bindehautentzündung bekommen.«

»Erinnere mich dran, Handschuhe anzuziehen, wenn ich dieses Kind jemals kennenlerne«, sagte Mitch.

Violet schüttelte lachend den Kopf. Ihr Herz fühlte sich auf einmal viel leichter an als noch vor ein paar Minuten. »Ich kann auf Jayda aufpassen, kein Problem.«

Adam strahlte, und Mitch drückte seiner Schwester einen Kuss auf die Wange. »Danke.« Dann hob er seine Kameratasche hoch, die neben Jayda auf dem Boden stand. »Ich habe meine Kamera mitgebracht. Soll ich schon mal ein paar Aufnahmen für die Website machen?«

Violet nickte. »Ja, bitte.« Sie betrachtete die Kinder im Warteraum. Sie schienen alle fertig umgezogen und bereit für den Unterricht zu sein. Sie klatschte dreimal in die Hände. »Also gut, Jungs und Mädels, auf ins Studio.«

Aufgeregte Kinder in Lederschühchen hüpften an ihr vorbei, manche lachend, andere sehr ernst und still. Sie warf ein breites Lächeln in die Elternrunde und folgte den Kindern dann Richtung Studio.

Sie war schon fast durch die Tür, als sie plötzlich ein äußerst maskuliner Duft einhüllte. Sie spürte seine Wärme, obwohl er sie nicht berührte, und wusste, dass er dicht hinter ihr stand.

»Violet?« Es war Adam.

Sie schluckte und drehte dann den Kopf halb zu ihm um. »Ja?«

»Du hast da ein Stück Toilettenpapier an der Schuhsohle hängen.«

Na großartig.

Er ging in die Knie und bedeutete ihr, den Fuß zu heben. Sie gehorchte, und obwohl es für sie als professionelle Tänzerin ein Leichtes sein sollte, auf einem Bein zu stehen, griff sie instinktiv nach seiner Schulter, um sich abzustützen.

»Und ich wollte dir sagen, dass du heute sehr hübsch aussiehst.«

Ihre Wangen brannten. »Danke.«

War das die Wirkung des Make-ups, das sie heute trug? Unwahrscheinlich. Nach den ganzen Tränen vorhin war das vermutlich eher ein Desaster. *Sie* sah vermutlich aus wie ein Desaster.

Er erhob sich wieder und lächelte. »Gern geschehen. Und hey, danke, dass du auf Jayda aufpasst, damit Mitch zum Poker kommen kann.«

Ihr Lächeln war angespannt, und Frustration stieg in ihr auf. Mitch verbrachte Zeit mit Adam, und das löste ein ganz schönes Durcheinander in ihr aus. Lauter Gefühle, die sie nicht haben sollte, nachdem sie sich eben noch wegen ihres toten Freundes die Augen ausgeweint hatte.

Mit einem knappen Nicken wandte sie sich ab und trat ins Tanzstudio, darauf bedacht, die Tür fest hinter sich zu schließen.

Kapitel 4

Violet kuschelte sich aufs Sofa und zog die Strickdecke über ihren Schoß. Sie hatte schon vor ein paar Tagen die neueste Folge *Let's Dance* aufgenommen und kam erst jetzt dazu, sie anzusehen.

Sie schaltete den Fernseher ein und nahm einen Schluck von ihrem Wein. Sie war völlig ausgelaugt. Die ganze Woche über war sie jeden Abend bis kurz vor zehn im Studio gewesen. Nun war Samstag, und sie konnte sich kaum noch auf den Beinen halten. Mitch war bei seinem Pokerabend und Jayda endlich im Bett. Sie hatte das Haus also für sich und würde die seltene Ruhe nutzen. Ein entspannter Abend war längst überfällig. Was sie jetzt brauchte, war ein fauler Abend auf dem Sofa, bei dem sie ihr Gehirn ausschalten und den Wein seine Arbeit tun lassen konnte.

Sie war etwa bei der Hälfte der Show angelangt, als sie hörte, wie sich die Haustür öffnete und wieder schloss. Ein Schlüsselbund klirrte, und Schuhe wurden von Füßen geschleudert, dann erklang ein tiefer Seufzer.

Violet drückte auf den Pause-Knopf. Mitch kam um die Ecke ins Wohnzimmer.

»Na, sind wir jetzt Millionäre?«, fragte sie.

Er ließ sich auf das andere Ende des Sofas fallen. »Nö, eher im Gegenteil. Hab fünfzig Dollar verloren.«

Violet stöhnte auf. »Hat Adam dich etwa abgezockt?«

Er schüttelte den Kopf. »Nein. Aber es scheint so, als ob der

Spruch ›Das Haus gewinnt immer‹ nicht nur in Vegas gilt. Liam hat uns alle ausgenommen.«

Sie gähnte und streckte sich, drückte in ihren plüschigen Hausschuhen die Zehen durch. »Kommt das öfter vor? Meinst du, er betrügt?«

Lachend beugte sich Mitch zum Couchtisch vor, griff nach ihrem Weinglas und nahm einen großen Schluck. Den Todesblick seiner kleinen Schwester ignorierte er gekonnt. »Ich bin nächste Woche ein paar Tage unterwegs, da musst du bitte auf Jayda aufpassen. Ich hab ein Shooting in Portland.«

Sie nahm ihm das Weinglas aus der Hand, bevor er noch mehr klauen konnte. Es war ihr Lieblingswein, sie hatte sich die Flasche extra bis nach der Eröffnung aufgespart, und das hier war das vorletzte Glas. Mitch hatte den ganzen Abend Bier getrunken, konnte den guten Wein also gar nicht würdigen. Der Idiot.

Er redete weiter: »Die Schule fängt um halb neun an, um halb drei musst du sie wieder abholen. Weißt du ja.«

»Ich habe eine Tanzschule, um die ich mich kümmern muss. Ich kann nicht den ganzen Tag in der Stadt rumfahren, um Chauffeur für deine Tochter zu spielen, weißt du? Vor der Eröffnung des Studios konnte ich dir natürlich helfen, aber jetzt muss ich Unterricht geben.«

Mitch verdrehte die Augen. »Deine erste Stunde fängt doch erst um neun Uhr morgens an.«

»Und Jaydas Schule ist gute zwanzig Minuten von meinem Studio entfernt! Um zehn kommen die Kinder mit speziellen Bedürfnissen, um elf ist der Kurs für Mütter mit Kleinkindern und um halb zwei der Kurs für Vorschulkinder. Ich kann Jayda unmöglich um halb drei abholen und rechtzeitig für den Anfängerkurs um halb vier wieder im Studio sein.« Sie schüttelte den Kopf, stand auf und ging hinüber in die Küche, um sich den Rest des Weins einzuschenken. »Du musst entweder einen Babysitter engagieren oder deine Arbeitszeiten meinen anpassen.«

»Verleg doch einfach den Halb-zwei-Kurs auf eins. Problem gelöst.«

Sie knurrte ihn an. »Nein, Problem *nicht* gelöst. Ich werfe nicht meinen ganzen Stundenplan um, damit er *dir* passt. Das würde bedeuten, den Tagesplan von über einem Dutzend anderer Leute durcheinanderzubringen. Die Eltern haben für einen Kurs um halb zwei bezahlt. Also erwarten sie auch einen Kurs um halb zwei.«

Er verdrehte mit einem bescheuerten, biergetränkten Grinsen die Augen.

So war das immer mit Mitch. Er hatte einfach kein Verständnis dafür, wenn er anderen Leuten Umstände machte. Vor dem Tod von Jean-Phillipe und Melissa war Mitch einmal einfach übers Wochenende nach New York geflogen und hatte erwartet, dass Violet alles stehen und liegen ließ, um ihm die Stadt zu zeigen. Hatte erwartet, dass sie und Jean-Phillipe ihn in ihrem winzigen Studio-Apartment unterbrachten. Es war ihm vollkommen egal gewesen, dass die beiden jeden Abend auf der Bühne standen und tagsüber proben mussten, ebenso, dass sie auf einem Schrankbett im Wohnzimmer schliefen. Mitch hatte einfach erwartet, dass sie ihn unterbringen konnten und für ihn die Touristenführer und Gastgeber spielten.

Sie liebte ihren Bruder, aber manchmal war er wirklich ein begriffsstutziger Arsch.

»Tja, der Job ist zu gut bezahlt, um ihn einfach sausen zu lassen. Du kriegst das schon hin«, sagte er und griff erneut nach ihrem Weinglas.

Sie schlug seine Hand weg. »Das ist meiner. Hol dir selbst welchen, wenn du Wein willst.«

»Du verhältst dich total kindisch.«

»Und du verhältst dich wie ein rücksichtsloser Idiot.«

»Was ist denn mit Kathleen? Kann sie Jayda vielleicht von der Schule abholen?« So schnell gab er sich nicht geschlagen. Er ging wie immer davon aus, dass sich alle verbogen, nur um ihm das Leben einfacher zu machen. Ihre Schwägerin war wirklich eine Heilige gewesen, dass sie diesen Mistkerl so lange ausgehalten hatte.

»Ich werde meine Empfangsdame garantiert nicht bitten, dein Kind von der Schule abzuholen. Das ist nicht ihr Job.« Wenn sie Kathleen fragte, würde die natürlich keinen Moment zögern. Aber darum ging es nicht. Wenn sie jetzt nachgab, würde Mitch diesen Gefallen auch in Zukunft immer und immer wieder von ihr erwarten. Darum ging es.

»Also, ein Uber schicke ich jedenfalls nicht zur Schule.«

»Das habe ich auch nie gesagt.«

Sie starrten sich über das Sofa hinweg an, keiner von ihnen zum Einlenken bereit.

Dann wurde sein Blick plötzlich weich, und er verzog den Mund zu einem breiten Grinsekatze-Grinsen. Oje, das schon wieder. Er würde es mit Charme versuchen.

»Komm schon, Schwesterherz. Du weißt doch, wie schwer das alles für mich ist, seit Melissa von uns gegangen ist. Ich bin daran gewöhnt, mein Kind als Teil eines Teams großzuziehen. Und ich dachte, wir wären auch ein Team.«

»Wenn dieser Wein nicht so gut wäre, würde ich ihn dir ins Gesicht kippen. Die Masche mit der toten Ehefrau kannst du bei mir nicht bringen. Wir *sind* ein Team. Aber seit wir dieses Haus gekauft haben, habe ich so viel mehr für dich getan als du für mich.«

Sein Lächeln fiel in sich zusammen. Er wusste, dass sie recht hatte.

»Wir müssen uns dringend zusammensetzen und besprechen, wie das alles funktionieren kann, jetzt, da ich das Studio habe. Ich werde dir nicht mehr so viel mit Jayda helfen können wie zuvor. Ich habe einen Job, genau wie du. Natürlich kann ich abends immer noch auf sie aufpassen, so wie heute, aber ich kann sie nicht mehr zur Schule bringen und abholen, wie ich es bisher oft getan habe. Es muss sich einiges ändern.«

Er erwiderte nichts darauf. Stattdessen zog er sein Handy aus der Tasche und tippte mit gerunzelter Stirn energisch auf dem Touchscreen herum.

Sie sah ihm stumm zu. Er hatte irgendwas vor, so viel war klar. Aber was?

Eine Minute oder zwei vergingen. Sie nippte an ihrem Wein. Gott, war der gut. Südafrika wusste, wie man Mourvèdre machte. Sie behielt den Wein einen Moment auf der Zunge und schloss die Augen. Jean-Phillipe hatte sie auf den Geschmack von gutem Wein gebracht. Eins der wenigen Luxusgüter, für die sie großzügig Geld ausgegeben hatten. Guter Wein und guter Käse waren die einzigen zwei Sünden, die sie sich erlaubten, und auch nur am Sonntag, nach den Wochenendvorstellungen. Disziplin war für Tänzer essenziell, aber man musste das Leben auch genießen. Und wenn man am Sonntag nicht mal ein oder zwei Flaschen guten Weins und dekadenten französischen Käse genießen konnte, lohnte es sich doch kaum, überhaupt zu leben.

Das erinnerte sie daran, dass sie noch ein Stück Brie im Kühlschrank hatte. Sie schluckte den Wein runter, öffnete die Augen und stand auf, um in die Küche zu gehen. Das Weinglas nahm sie mit. Wehe, wenn Mitch sich an ihrem Käse vergriffen hatte.

Sie hatte extra ein Post-it mit bösem Smiley-Gesicht darauf geklebt.

Als sie sich mit Wein und Käse wieder aufs Sofa setzte, war ihr Bruder noch immer mit seinem Handy beschäftigt. »Verlegst du dein Shooting?«, fragte sie.

Konzentrierte Falten standen auf seiner Stirn. »Nee.«

Sie biss in den cremigen Brie und schloss wieder die Augen. Zwischen zwei Bissen sagte sie: »Also, ich kann Jayda jedenfalls nicht abholen.«

»Musst du auch gar nicht.«

Sie schlug die Augen auf. »Wenn du da gerade Kathleen schreibst, reiße ich dir den Kopf ab.«

Er verdrehte die Augen. »Immer diese Todesdrohungen. Ich schreibe nicht mit Kathleen. Adam kann Jayda von der Schule abholen. Wie sich herausgestellt hat, wohnt er nämlich nur ein paar Straßen von der Schule entfernt, und Miras Vorschule ist auch dort in der Gegend. Er ist also sowieso schon da, und er hat sogar einen zweiten Kindersitz, passt also alles perfekt.«

»Er hat einfach angeboten, Jayda abzuholen und ins Studio zu bringen? Oder nimmt er sie mit zu sich, und ich muss sie dann dort abholen?« Die Vorstellung, Adam auch noch außerhalb der Tanzstunden zu sehen, ließ weintrunkene Schmetterlinge in ihrem Bauch Loopings fliegen. Sie biss ein weiteres großes Stück Käse ab, um sich zu beruhigen.

»Ich bin von Dienstagmorgen bis Mittwochabend weg. Er hat gesagt, am Dienstag kann er sie einfach mit ins Studio bringen. Nach ihrer Stunde kann sie ja dann bei dir im Studio bleiben, lesen oder mit dem iPad spielen oder so, bis ihr nach Hause geht. Am Mittwoch kann er sich gern nach dir richten, hat er gesagt. Und ich werde Jaydas Lehrerin fragen, ob du sie morgens etwas früher abliefern kannst. Dann bist du auf jeden Fall pünktlich für deine erste Stunde im Studio. Das sollte kein Problem sein, habe ich schon öfter gemacht.«

»Du verlangst ja ganz schön viel von deinem neuen Freund.«

»Er hat es selbst angeboten. Hat gemeint, dass es genau darum in diesen Club der alleinerziehenden Väter geht. Weil sie sich gegenseitig helfen, wenn sonst niemand da ist. Wenn er dann mal jemanden braucht, der auf Mira aufpasst, mache ich das natürlich gern.«

Endlich begann Violet, sich etwas zu entspannen. »Es ist schön, dass du neue Freunde findest, andere Männer, die dich unterstützen.«

»Tja, wenn meine Schwester mich schon nicht unterstützt ...«

Sie warf ein Kissen nach ihm. »Blödmann.«

»Pass auf deinen Wein auf.«

Sie warf ihm einen bösen Blick zu. »Aber du verpasst meinen Geburtstag.«

Er hielt inne, sein Gesicht nahm einen sehr ernsten Ausdruck an. Dann klickte etwas. »Scheiße. Der ist am Dienstag.« Er fuhr sich mit einer Hand durch die Haare, und in seiner Miene stand nun doch echte Reue. »Ich hab's vergessen. Tut mir leid.« Er beugte sich vor und legte eine Hand auf ihr Knie, das schon in der Pyjamahose steckte. »Dafür unternehmen wir am Donnerstag was Schönes, okay?«

Sie winkte ab. Ihr Geburtstag war ihr ohnehin nicht sehr wichtig. Auch wenn es diesmal die große Dreißig war, sie war nicht in Feierlaune.

»Wir könnten Mom am Donnerstag besuchen«, schlug er vor. »Du, ich und Jayda, und wir könnten Kuchen mitbringen.«

»Warst du in letzter Zeit mal bei ihr?«

Er nickte. »Es geht ihr gut, aber nicht großartig. Sie vermisst Dad.«

Violets Kehle schnürte sich zusammen. »Das tun wir alle.«

Das Schicksal hatte es mit der Familie Benson in den letzten eineinhalb Jahren wirklich nicht gut gemeint. Mitch hatte nicht nur Melissa und Violet Jean-Phillipe verloren, nein, vor sechs Monaten war auch noch ihr Vater gestorben.

Mitchs und Violets Eltern hatten erst recht spät Kinder bekommen, deswegen war ihr Vater schon Anfang siebzig gewesen. Hatte über fünfzig Jahre lang geraucht und sich geweigert, es aufzugeben, ganz egal, wie sehr sie ihn alle anflehten. Er hatte ein Lungenemphysem gehabt, eine chronisch obstruktive Lungenerkrankung, und war deswegen in seinen letzten Monaten auf einen Sauerstofftank angewiesen gewesen. Ihre Mutter, erst in ihren Sechzigern und noch fit wie ein Turnschuh, hatte ihren Ehemann von vorn bis hinten verwöhnt, weil sie ihn nun mal liebte. Weil sie Seelenverwandte waren, wie sie immer sagte.

Als er gestorben war, hatte sich ihr gesundheitlicher Zustand rapide verschlechtert, und sie hatte sich sehr zurückgezogen. In ihren dunkleren Momenten sagte sie oft, dass sie nicht ohne Bert leben wollte und nur für ihre Kinder und für Jayda am Leben blieb. Sie hätten alle schon genug mitgemacht mit dem Verlust ihrer Partner, da wolle sie ihnen nicht auch noch ihren Selbstmord antun.

»Tut mir leid, dass ich so ein Idiot bin«, sagte Mitch, und seine Augen schimmerten feucht. »Manchmal vergesse ich einfach, dass andere Menschen auch Jobs und eigene Leben haben, um die sie sich kümmern müssen. Manchmal vergesse ich, dass ich nicht der Einzige bin, der trauert. Wir haben im letzten Jahr alle eine Menge verloren. Wir kämpfen alle damit, die Bruchstücke wieder zusammenzusetzen, und ich verspreche, dass ich dir von jetzt an mehr dabei helfen werde, so wie du mir geholfen hast.«

Sie lächelte ihren großen Bruder an. Er war alles, was ihr noch geblieben war, und sie liebte ihn. Sie reichte ihm ihr Weinglas. »Na gut, einen Schluck kannst du haben. Einen *kleinen* Schluck.«

Kapitel 5

»Mommy!«, rief Mira am Sonntagnachmittag und rannte den Bürgersteig entlang in den Park.

Adams Ex-Frau erhob sich von der Bank, auf der sie gesessen hatte, und wandte sich Mira und Adam zu. Sie ging in die Hocke, um Mira aufzufangen, die sich mit Schwung in ihre Arme warf, schloss die Augen und vergrub die Nase im kastanienbraunen Haar ihrer Tochter.

»Hallo«, sagte Adam, als er zu Paige und Mira trat. »Du siehst gut aus.«

Paige richtete sich auf und setzte Mira auf ihre Hüfte. Adam beugte sich vor und gab seiner Ex-Frau ein Küsschen auf die Wange. Dann strich er eine Strähne ihres Haars, das dieselbe Farbe hatte wie Miras, hinter ihr Ohr.

Alte Gewohnheiten legt man nur schwer ab.

Er hoffte, dass es sie nicht störte. Seine Geste war einfach nur nett und vertraut. Den Gedanken, sie zurückzuerobern, hatte er längst aufgegeben.

Paige lächelte schüchtern und wich seinem Blick aus. »Hi, Adam.«

»Wie geht es dir?«

Sie nickte. »Ganz gut.«

»Arbeitest du immer noch Teilzeit im Restaurant?«

Sie drückte einen Kuss auf Miras Nase, bevor sie Adam wieder ansah. »Ja, nur drei Tage die Woche, von zwei bis neun.«

»Und wie läuft es?«

Mira schmiegte ihr Gesicht an den Hals ihrer Mutter, und Paige legte die Wange auf ihren Kopf. »Es läuft gut.«

»Mommy, ich nehme jetzt Tanzunterricht. Meine Lehrerin heißt Miss Violet. Und ich habe eine neue Freundin, die heißt Jayda. Sie ist schon sechs, und ich bin erst viereinhalb. Sie ist total nett. Sie geht schon zur Schule. Ich gehe auch bald zur Schule. Stimmt doch, Daddy?«

Adam nickte. »Bald, Süße. Aber nicht zu bald. Wir wollen ja nicht, dass du allzu schnell erwachsen wirst.«

Paige lächelte, doch auch wenn sie sich bemühte – und Adam wusste, dass sie das tat –, erreichte das Lächeln ihre Augen nicht. »Das ist wundervoll, Süße. Wir wissen ja alle, wie gern du tanzt.«

»Du solltest mal mitkommen und mir beim Tanzen zuschauen.«

»Das würde ich sehr gern.«

»Das erinnert mich an etwas …« Adam griff in seine Gesäßtasche und reichte Paige dann eine gefaltete Broschüre. »Das ist ihre Tanzschule. Nur falls es dich interessiert, was sie so macht, oder falls du sie mal abholen oder hinbringen möchtest.«

Paige nahm die Broschüre. »Danke.«

»Sollen wir eine Kleinigkeit essen gehen?«, fragte Adam und strich Mira über den Rücken.

»Ich will erst auf den Spielplatz«, sagte sie in leichtem Jammerton. Adam wusste, dass sie langsam hungrig wurde. Sie sollte wirklich etwas essen, bevor ihre hungerbedingte schlechte Laune noch schlimmer wurde.

Mira befreite sich aus den Armen ihrer Mutter und lief auf die Schaukeln zu. »Mommy, schubst du mich an?« Sie griff nach den Ketten und versuchte, auf das Schaukelbrett zu hüpfen, schaffte es jedoch nicht.

Adam und Paige gingen zu ihr, und Paige hob Mira auf die Schaukel, zog sie ein Stück zurück und ließ dann los.

»Huiiiiii!«

Paige schubste ihre Tochter weiter an.

»Gehst du noch zur Therapie?«, fragte Adam und vergrub die Hände in den Taschen seiner Jeans. Obwohl schon Mai war, blies ein kühler Frühlingswind vom Wasser her und ließ die Stadt frösteln, zwang ihre Einwohner zurück in lange Hosen und Sweatshirts.

Paige nickte. »Jeden Montagnachmittag.«

»Gut. Und hilft es dir?«

»Ich glaube schon. Meine Therapeutin hat vorgeschlagen, dass ich mir ein Hobby suchen soll. Am besten irgendwas Aktives oder Künstlerisches, wobei ich meine Gefühle ausleben kann. Sie sagt, ich könnte zum Beispiel laufen gehen oder einen Kurs in Bildhauerei oder Malerei belegen.« Sie zog ihre Stupsnase kraus. »Aber das ist nicht wirklich meins. Ich weiß, dass dir das Laufen Spaß macht, aber ich konnte damit noch nie was anfangen.«

»Gehst du denn noch zum Yoga? Ist das nicht auch gut, um seine Emotionen auszuleben?«

»Ich gehe, sooft ich kann. Aber das hat meine Therapeutin nicht gemeint. Sie will, dass ich mal aus meinem Kopf rauskomme, aufhöre, so viel zu denken.«

»Dann geh auf keinen Fall laufen. Ich bin immer total in Gedanken versunken, wenn ich laufe.«

»Das dachte ich mir auch.« Sie zuckte mit den Schultern. »Ich werde schon noch das Richtige finden.«

»Höher!«, rief Mira begeistert.

Paige gehorchte.

Dann wandte sie sich wieder Adam zu. »Ich habe einen Termin

gemacht, um mich sterilisieren zu lassen.« Sie starrte wieder Miras Rücken an.

Adam fühlte sich, als wäre sein Magen soeben auf den Boden gerutscht. »Was? Nein.«

Ihr Profil wirkte angespannt, sie blickte starr nach vorn. »Ich will keine Kinder mehr bekommen, Adam.« Sie schluckte sichtlich. »Oder besser gesagt, ich will nicht mehr schwanger werden und meine Kinder verlieren.«

Adams Herz zog sich schmerzhaft zusammen. »Aber … was, wenn du noch mal jemanden kennenlernst und mit ihm Kinder haben möchtest?«

Sie zog kaum merklich die Augenbrauen hoch. Als sie antwortete, war ihr Ton skeptisch, und es schwang unüberhörbarer Zynismus mit. »Ich kann mir nicht vorstellen, dass das passieren wird. Und wenn doch, kann man immer noch über Adoption nachdenken. Aber mein Körper wird nie wieder ein Baby töten …«

»Du hast sie nicht *getötet*.« Verdammt, er hasste es, wenn sie so redete. Hasste es abgrundtief. Weil es einfach nicht stimmte. Es war nicht ihre Schuld. Er fühlte sich so hilflos, wenn sie so etwas sagte, wenn sie sagte, dass sie keine gute Mutter war, weil sie kein Kind gebären konnte. Er erinnerte sie immer wieder daran, dass sie immerhin Mira zur Welt gebracht hatte, und Mira war perfekt. Aber damit stieß er auf taube Ohren. Sie war zu tief in ihrer Verzweiflung versunken, um ihn noch hören zu können.

Ihr Blick verdüsterte sich. »Nicht, Adam. Außerdem hast du da sowieso nichts mitzureden. Es ist mein Körper, und wir sind geschieden.«

Galle stieg brennend in seiner Kehle hoch. Er wandte sich ab, um sein Gesicht zu verbergen und die Tränen, die in seine Augen traten. Sie hatte natürlich recht. Es war nicht seine Entscheidung. Aber ihm lag noch immer viel an ihr, und er hoffte, dass es ihr irgendwann wieder gut genug gehen, sie sich selbst wieder genug lieben würde, um die Liebe eines anderen zuzulassen. Und vielleicht würde sie dann doch Kinder wollen. Sie war noch so jung, er wollte doch nur, dass sie nicht vor lauter Trauer und Schmerz voreilig etwas tat, was sie später bereuen würde.

Aber im Moment ging es ihr nicht gut. Sosehr sie auch beteuerte, dass es ihr besser ging, es stimmte nicht. Er hätte sie so gern in seine Arme gezogen, sie festgehalten und ihr den Schmerz genommen. Aber sie ließ ihn nicht. Nicht seit Anthony gestorben war. Danach hatte Paige sich komplett abgeschottet.

»Ich habe ja erst mal nur einen Beratungstermin«, sagte sie und riss ihn damit aus seinen düsteren Erinnerungen. »Der Eingriff ist in etwa mit einem Kaiserschnitt zu vergleichen, also könnte ich eine Weile nicht arbeiten. Deswegen müsste ich auch erst mal im Restaurant fragen, wann ich mir freinehmen könnte.« Sie blickte auf ihre Füße hinunter. »Und ich habe ja ... damals schon so viel freigenommen ...«

»Das war etwas anderes«, sagte er sanft. »Dir ging es nicht gut. Dafür hatten sie Verständnis. Und sie hatten doch ohnehin erwartet, dass du in Mutterschu ...«

Der tiefsitzende Schmerz in ihrem Blick ließ ihn verstummen.

Er schluckte und begann neu. »Dein Chef liebt dich doch. Alle in der Küche lieben dich.« Plötzlich wallte Wut in ihm auf. »Sie machen dir doch nicht das Leben schwer, oder?«

Sie schüttelte den Kopf, ihr Mund war noch immer angespannt und ihr Blick hart. »Nein, sie sind alle sehr verständnisvoll und stehen hinter mir.« Ihr Blick wurde weich und offenbarte die tiefe Traurigkeit. »Und das brauche ich auch von dir. Ich möchte, dass du meine Entscheidung für die Sterilisation unterstützt.« Tränen standen in ihren Augen. »Bitte, Adam.«

Er schüttelte seine Frustration ab, ging zu ihr und schloss sie in seine Arme. Er wollte ihr zeigen, dass er immer für sie da war, sie immer unterstützte und liebte, auch wenn ihre Ehe vorbei war. Sie waren Freunde gewesen, bevor sie ein Liebes- und schließlich ein Ehepaar geworden waren. Sie konnten wieder Freunde sein.

Sie schniefte in sein T-Shirt und klammerte sich an ihn. Es fühlte sich gut an, sie wieder im Arm zu halten. Sie hatte schon sehr lange keine Umarmung mehr zugelassen. Hatte schon sehr lange keine Hilfe mehr zugelassen.

Sie hatte nicht einmal zugelassen, dass er mit ihr trauerte. Hatte immer wieder gesagt, dass es nicht ihrer *beider* Fehlgeburten waren, sondern ihre allein. Auch wenn der Verlust für ihn derselbe war, schließlich waren die verlorenen Kinder auch seine. Doch in ihrem Schmerz hatte sich seine Frau geweigert, zu sehen, dass auch er litt, hatte seine Trauer und seinen Schmerz, seinen Trost ignoriert. Als er das erste Mal von *ihrem gemeinsamen Verlust* gesprochen hatte, war sie ihm fast an die Kehle gesprungen – und er hatte gewusst, dass das der Anfang des Endes ihrer Beziehung war. Selbst nach unzähligen Therapiestunden und dem therapeutischen Aufenthalt in Colorado war sie noch immer so voller Wut, so voller Schmerz. Sie weigerte sich, ihn wieder an sich heranzulassen.

Sein eigener Therapeut hatte ihm mit seiner Trauer geholfen. Genau wie sein Bruder Zak und seine Großeltern. Zum Glück hatte er auf deren Unterstützung zurückgreifen können. Und auch Paiges Eltern waren eine große Hilfe gewesen und hatten Mira so oft wie möglich zu sich genommen. Aber sosehr er sich auch um Paige bemüht und gehofft hatte, dass sie wieder zu sich kam und ihrer Ehe noch eine Chance gab, sie hatte es nicht getan. Also hatte er sie gehen lassen.

Er holte tief Luft. »Wenn eine Sterilisation dir hilft, nach vorn zu sehen, dann unterstütze ich dich dabei«, sagte er und strich mit einer Hand über ihren Hinterkopf, spürte ihre Locken seidig weich unter seinen Fingerspitzen.

»Danke«, murmelte sie.

»Ich hab Hunger«, quietschte eine hohe Stimme neben ihnen. Sie lösten sich voneinander und sahen Mira, die von der Schaukel gehüpft war und neben ihnen stand. »Ich hab Hunger. Können wir jetzt was essen gehen?«

Adam und Paige lachten und wischten sich beide über Augen und Nase.

Adam nahm Mira an der Hand. »Natürlich, Süße. Komm, wir suchen uns was Leckeres zum Mittagessen.«

Mira griff nach Paiges Hand. »Ich will deine Hand auch halten, Mommy. Weil wir eine Familie sind.«

Paige lächelte angespannt, als sie Adams Blick auffing. »Das stimmt, Süße. Wir sind eine Familie.«

Kapitel 6

Adam hielt die Tür des Tanzstudios für Mira und Jayda auf, und die zwei kleinen Mädchen hüpften hinein. »Alles klar, Mädels, Straßenschuhe aus, Ballettschuhe an.«

»Wissen wir doch, Daddy«, sagte Mira ungeduldig und ließ sich neben Jayda zu Boden sinken.

»Genau, Mr Miras Papa, wir machen das doch jede Woche«, sagte Jayda im selben ungeduldigen Ton wie seine Tochter.

Adam lachte leise in sich hinein. »Weniger frech sein, mehr Schuhe wechseln.« Er warf einen Blick durch den Spionspiegel, um zu sehen, ob er Violet entdecken konnte, aber sie war noch nicht im Saal. Vielleicht war sie in ihrem Büro. Im Warteraum saßen außer ihnen bis jetzt nur wenige Familien. Er war gut durch den Verkehr gekommen, nachdem er Jayda abgeholt hatte, und sie waren früh dran.

»Tante Violet!«, rief Jayda fröhlich und sprang auf. »Hallo, Geburtstagskind!« Sie schlang ihrer Tante die Arme um den Bauch.

Bei ihren Worten hatte Adam ruckartig den Blick von seinem Handy gehoben. Wo war Violet auf einmal hergekommen? Er war nicht sicher, wie das überhaupt möglich sein konnte, aber sie war heute noch schöner als letzte Woche.

Lachend erwiderte Violet die Umarmung ihrer Nichte. »Hallo, meine Süße.« Als sie den Blick hob und Adam ansah, nahmen ihre Wangen einen hinreißenden Rotton an. »Hallo.«

»Happy Birthday.« Die Klimaanlage im Studio musste extrem

hoch eingestellt sein. Ihre Brustwarzen waren hart, so steif aufgerichtet, dass er durch den Stoff sogar den Warzenhof erkennen konnte. Der Ausschnitt ihres hellrosa Bodys war weit und ließ den Blick auf Schlüsselbein und Schultern frei. Wieso hatte er plötzlich das unwiderstehliche Bedürfnis, mit der Zunge durch die kleine Kuhle an ihrem Hals zu fahren?

Sie kniff die Augen kurz zusammen und wandte das Gesicht ab. Ihre Schüchternheit war verdammt sexy. »Danke, aber weißt du, wenn man schon so oft Geburtstag hatte wie ich, verliert es irgendwie an Bedeutung. Es ist einfach nicht mehr so wie früher, als man noch ungeduldig dem ersten zweistelligen Geburtstag entgegengefiebert hat.«

»Es ist also ein runder Geburtstag?«

Ihr Lächeln verrutschte etwas, bevor sie antwortete. »Die große Dreißig. Meine Zwanziger habe ich jetzt offiziell hinter mir gelassen.«

Nicht, dass dreißig alt wäre, aber sie sah eindeutig jünger aus. »Ach, so schlimm ist das gar nicht. Man wird weiser in den Dreißigern. Trifft bessere Entscheidungen.«

Ihre grünen Augen funkelten. »Meinst du wirklich?«

»Zumindest rede ich mir das gern ein. Ich bin jetzt schon seit sieben Jahren in meinen Dreißigern, und ehrlich gesagt fühle mich nicht *so* viel weiser als vor zehn Jahren. Ich vertrage nicht mehr so viel Alkohol wie früher, und mein Rücken tut schon nach vier Stunden Autofahren weh, aber ich kann zumindest sagen, dass ich klüger bin. Ich baue nicht mal mehr halb so viel Mist wie in meinen Zwanzigern.«

Ihr sanftes Lachen umwehte ihn, zusammen mit ihrem blumigen, femininen Duft. Das Parfüm war subtil, aber berauschend. Es passte perfekt zu ihr. »Das werde ich im Hinterkopf behalten.«

Mira griff nach Adams Hand und zog daran. Er ging in die Hocke, so dass sie auf Augenhöhe waren. »Ja?«

Sie beugte sich vor und flüsterte ihm etwas in Ohr, laut genug, dass Violet mithören konnte. »Können wir Miss Violet heute zum Abendessen einladen? Es ist doch ihr Geburtstag.«

Jayda schien schon in den Plan eingeweiht worden zu sein, denn sie hüpfte aufgeregt auf und ab, der lange blonde Pferdeschwanz schwang auf ihrem Rücken hin und her. »Bitte, Mr Miras Papa? Biiiitte.«

Violet schüttelte den Kopf. »Ignorier sie einfach. Ihr braucht euch nicht um mich zu kümmern.«

»Du hast ja bestimmt auch schon Pläne mit deinen Freunden gemacht …«

Sie verzog den Mund. »Habe ich nicht. Aber wie gesagt, mir sind Geburtstage sowieso nicht so wichtig.«

Mira und Jayda hüpften immer noch wild auf und ab. »Nein, du musst zu uns kommen«, sagte Mira.

»Mein Daddy kommt erst morgen Abend wieder zurück. Wir haben überhaupt kein Essen zu Hause. Wir müssen also zu euch zum Abendessen kommen, sonst verhungern wir«, fügte Jayda hinzu und legte sich dramatisch den Handrücken an die Stirn.

Violet schnaubte. »Wir haben genug zu essen, Jayda.«

»Aber nichts, was ich mag.«

Adam zog eine Schulter hoch. »Würdest du gern zum Essen kommen? Ich habe ein paar Steaks besorgt und wollte Salat dazu machen, ein bisschen Spargel anbraten. Nichts Besonderes. Aber ich mache echt gute Käsemakkaroni.« Er wandte sich den beiden Mädchen zu. Da er wusste, dass Mira Mac and Cheese liebte, sah er Jayda fragend an. »Wollt ihr Käsemakkaroni?«

Beide Mädchen nickten und fuhren dann mit ihrem Rumgehüpfe fort.

Violet sah durch ihre langen Wimpern zu ihm auf. Verdammt, war sie hübsch. »Ich will mich wirklich nicht aufdrängen.«

Adam schob die Hände in seine Hosentaschen und wippte auf den Fersen zurück. »Du drängst dich überhaupt nicht auf. Ich nehme die Mädels einfach nach der Stunde mit nach Hause, und du kommst nach, sobald du kannst. Vielleicht so gegen sechs?«

Ihre helle Haut lief noch röter an. Sie blinzelte und lächelte dann schüchtern, ohne den Blick von ihm zu nehmen. Schließlich nickte sie. »Okay. Um sechs. Danke.«

Jayda und Mira jubelten.

Adams Grinsen war so breit, dass es beinahe wehtat. Jetzt musste er nur noch einen Kuchen besorgen.

Adam beobachtete, wie Violet die Augen schloss, die Lippen spitzte und dann pustete.

Beim Anblick des perfekten Os, das ihre Lippen bildeten, musste er ein Stöhnen unterdrücken. Sie hatte sich umgezogen und trug nun statt Body, Strumpfhose und Ballettrock ein figurbetontes dunkellila Tanktop und dazu einen Rock aus fließender, weißer Spitze, der bis knapp über ihre Knie fiel. Sie war kein Betthäschen, sie war eine Frau mit Klasse, die ihr sexy Aussehen völlig mühelos erscheinen ließ. Adam wäre jede Wette eingegangen, dass sie selbst in einem Sack einfach umwerfend aussehen würde.

Die Mädchen riefen fröhlich: »Happy Birthday!« Mira klatschte begeistert, bevor sie zur Esszimmerwand hinüberlief und das Licht wieder anschaltete.

»Es ist Käsekuchen«, sagte Jayda, während sie mit großen Augen beobachtete, wie ihre Tante die Kerzen und die einzelne, perfekte rote Rose vom Kuchen nahm. »Mit Schokolade.« Sie leckte sich die Lippen.

»Mein Lieblingskuchen«, sagte Violet breit grinsend, und ihr Blick huschte zu Adam. »Das ist er wirklich. Hat Mitch dir das verraten?«

Adam schüttelte den Kopf. »Es ist auch mein Lieblingskuchen, deswegen habe ich ihn einfach auf gut Glück gekauft.«

Sie schob einen Finger in den Mund, um ein paar Tropfen Zuckerguss abzuschlecken, und Adam bekam beinahe einen Herzinfarkt. »Ist der von der Emerald City Bäckerei?«, fragte sie.

Er trug den Kuchen zurück in die Küche. »Ist er. Die haben den besten Käsekuchen der ganzen Stadt.«

»Ich weiß. Ich hole mir da jeden Sonntagmorgen nach dem Laufen drei Mini-Cheesecakes.«

Adam grinste breit und hörte auf, den Kuchen aufzuschneiden, um nach einer kleinen Schachtel auf dem Küchentresen zu greifen. »Du meinst die hier?«

Ihre goldgrünen Augen wurden groß. »Ooooh, noch was zu naschen für später?«

Er stellte die Schachtel wieder ab. »So in der Art.«

Tatsächlich hatte er die Minikuchen in allen möglichen Geschmacksrichtungen gekauft, für den unwahrscheinlichen Fall, dass Violet keine Schokolade mochte. Jetzt würde er sie ihr vermutlich einfach mitgeben, als Geburtstagsgeschenk sozusagen.

»Mädels«, rief er, während er mehrere Teller zum Tisch trug, »der Kuchen ist serviert.«

Die beiden waren in Miras Zimmer verschwunden, nachdem sie Violet ein Ständchen gesungen hatten, aber bei der Erwähnung von Kuchen hörte es sich plötzlich an, als käme eine Herde Elefanten die Treppe heruntergestürmt.

Das größte Stück Kuchen stellte er vor Violet auf den Tisch. »Für das Geburtstagskind.«

Sie fuhr sich mit der Zunge über die Unterlippe, bevor sie die Zähne darin vergrub. Wieder musste Adam ein Stöhnen unterdrücken.

»Lecker!«, rief Mira und kletterte auf ihren Stuhl. Sie und Jayda machten sich sofort über ihr Dessert her, so dass es am Tisch plötzlich sehr still wurde, während alle das dekadente cremige Backwerk genossen.

»Das ist sooo lecker«, rief Jayda mit vollem Mund und schokoverschmiertem Gesicht. »Echt krass gut.«

»Krass gut«, plapperte Mira ihr nach.

Violets Lippen zuckten. »Stimmt. Echt *krass* lecker.«

»Können wir Musik hören, Daddy?«, fragte Mira. »Sonst hören wir beim Abendessen doch auch immer Musik.«

Adam ließ seinen Käsekuchen stehen und holte die Fernbedienung für die Stereoanlage. Mira hatte recht, bei ihnen im Haus lief eigentlich immer Musik, besonders zu den Mahlzeiten. Violets Anwesenheit hatte ihn so sehr abgelenkt, dass er es diesmal ganz vergessen hatte. »Was wollen wir denn hören?«

»Die Musik, zu der du früher mit Oma getanzt hast«, sagte Mira, ohne nachzudenken, bevor sie ihren Teller hob und anfing, ihn abzuschlecken.

Adam verdrehte die Augen, und Violet musste offensichtlich ein Lachen unterdrücken. »Tanzmusik also, na gut.« Er drückte ein paar Knöpfe auf der Fernbedienung, und sofort erfüllte ein lebhafter Foxtrott das Esszimmer.

»Du bist also bei deinen Großeltern aufgewachsen?«, fragte

Violet, nachdem sie ihre Kuchengabel so langsam und erotisch aus ihrem Mund gezogen hatte, dass sich Adam beinahe an seinem eigenen Kuchen verschluckte.

Er nahm einen Schluck Wasser, ehe er ihr antwortete. »Ja. Mein Bruder Zak und ich. Ich war sieben, als meine Eltern gestorben sind, Zak war vier.«

»Das tut mir sehr leid.«

Er zog eine Schulter hoch. »Danke. Aber es ist schon lange her. Ich habe zwar ein paar Erinnerungen an sie, aber nicht viele.«

»Wie sind sie gestorben?«

»Bei einem Autounfall. Ein betrunkener Fahrer hat ihn verursacht.«

Sie presste die Lippen zusammen, und ihr Blick huschte zu Jayda, die inzwischen ebenfalls ihren Teller abschleckte.

Er konnte sich denken, was in ihrem Kopf vorging. Sie wollte in Anwesenheit von Jayda nichts sagen, was sie traurig machen könnte. Deswegen nickte er einfach. »Ich weiß. Dein Bruder hat es mir erzählt.«

Erleichterung trat in ihre Augen.

»Meine Eltern waren noch sehr jung, als sie mich bekommen haben«, fing Adam an zu erzählen. »Fast noch Teenager. Ich bin in den Südstaaten geboren worden, und die Eltern meines Vaters hielten meine Mutter für nicht gut genug. Mein Großvater väterlicherseits war Priester und am Boden zerstört, als sein Sohn die Tochter eines einfachen Fischers geschwängert hat. Als ob Fischer kein anständiger Beruf wäre. Na ja, jedenfalls haben sie meinen Vater enterbt und wollten nichts mehr mit ihm zu tun haben, und auch nicht mit Zak und mir. Die Eltern meiner Mutter waren ganz anders und haben die beiden unterstützt. Aber weil sein eigener Vater ihn so mies behandelt hatte, wollte mein Vater unbedingt alles allein schaffen, seiner neuen Familie ein Leben aufbauen. Er wollte von niemandem Hilfe annehmen. Deswegen haben meine Eltern wie die Irren geschuftet. Meine Mutter hatte mehrere Jobs, hat sich um Zak und mich gekümmert und nebenbei auch noch Wäsche geflickt. Mein Vater hat tagsüber in einer Fabrik gearbeitet und mehrmals die Woche die Abendschule besucht. Er war fest entschlossen, einen Collegeabschluss zu erreichen, und wenn es ihn umbringen würde.«

»Das ist sehr bewundernswert.«

Seine Kehle wurde eng. Es *hatte* seinen Vater umgebracht. »Eines Abends nach dem Unterricht wollte sein Wagen nicht anspringen, also hat er meine Mutter angerufen, damit sie ihn abholen kam. Wir haben schon geschlafen, und sie hat einen Nachbarn gebeten, auf uns aufzupassen. Sie ist also zu ihm gefahren und …« Er senkte die Stimme, realisierte dann aber, dass die Mädchen ihn trotzdem noch hören konnten, und fuhr deswegen flüsternd, beinahe lautlos fort: »Ein betrunkener Sheriff außer Dienst ist in ihren Wagen geknallt. Sie waren beide sofort tot.«

Violet schlug die Hand vor den Mund, Tränen traten in ihre Augen. »Nein.«

Er nickte. Mit vorgehaltener Hand flüsterte er: »Sie wurden von der Straße gedrängt. Der Wagen hat sich überschlagen und ist im Fluss gelandet.«

»Es tut mir so leid.«

Er holte tief Luft, dann wanderte sein Blick zu Jayda und Mira. Sie waren beide kreideweiß und saßen stockstill am Tisch. Verdammt.

Er schluckte und zwang ein breites Lächeln auf sein Gesicht. »Tut mir leid, ich wollte uns nicht die Stimmung verderben.«

Er räusperte sich. »Jedenfalls sind wir bei den Eltern meiner Mutter aufgewachsen, die einfach unfassbar tolle Menschen sind. Mein Großvater hat uns beigebracht zu fischen, und meine Großmutter hat uns – na ja, hauptsächlich mir – das Tanzen beigebracht.«

»Und das Kochen, Daddy«, fügte Mira hinzu.

Er nickte. »Das stimmt. Oma ist die beste Köchin der Welt, richtig?«

Mira nickte mit einem schokoverschmierten Grinsen im Gesicht.

»Klingt so, als wärst du bei ziemlich tollen Leuten aufgewachsen«, sagte Violet leise.

Adam stand mit seinem leeren Teller in der Hand auf. »Das stimmt.« Er griff nach Violets Teller, und sie bedankte sich.

»Tanz mit mir, Daddy«, sagte Mira, schob ihren Teller von sich und rutschte vom Stuhl. Sie ging ins Wohnzimmer rüber und streckte die Arme nach ihm aus.

Er stellte die Teller in die Spüle und ging mit einem feuchten Küchentuch zu ihr. »Aber erst muss ich dir das Gesicht sauber machen«, sagte er lachend und wischte unter ihren lautstarken Protesten mit dem Tuch über ihren Mund.

»Das reicht, Daddy. Jetzt dreh mich.«

Er warf das nasse Papiertuch auf den Tisch und wirbelte Mira im Kreis.

»Und jetzt nach hinten beugen.«

Er tat es.

»Und hochheben.«

Schnaufend hob er sie in die Höhe.

Als er Mira wieder auf den Boden stellte, hörte er ein Kichern, das nicht aus dem Mund seiner Tochter kam, und blickte auf.

Jayda und Violet tanzten neben ihnen, drehten und wiegten sich zum Rhythmus der Musik.

Violets Lächeln raubte ihm schier den Atem, und das glückliche Strahlen in ihren Augen, als die Musik sie durchströmte, ließ jede Zelle in seinem Körper erwachen.

»Toller Musikgeschmack.« Sie lächelte und ließ Jayda zweimal um die eigene Achse wirbeln, was dem Mädchen ein begeistertes Quietschen entlockte.

Er wackelte mit den Augenbrauen. »Danke. Die Musik höre ich auch immer beim Joggen.«

Mira griff nach seiner Hand, und er spürte, wie noch eine andere Hand gegen seine stieß. Er sah nach unten und erkannte, dass Jayda und Mira seine und Violets Hände zusammendrückten.

»Ihr sollt zusammen tanzen«, bestimmte Jayda, bevor sie und Mira sich an den Händen fassten und begannen, im Kreis herumzuhüpfen.

Violet öffnete den Mund und sah zu Adam auf.

Er schüttelte den Kopf und zog seine Hand zurück. »Schon okay. Wir müssen nicht tanzen.«

Etwas huschte über ihr Gesicht, und dann war plötzlich ihre Unsicherheit wie weggewischt. Sie straffte die Schultern und hob den Kopf. »Doch, lass uns tanzen.«

Sie begaben sich in Tanzposition und begannen sich zu bewegen.

Violet fühlte sich gut an in seinen Armen.

Vermutlich war sie in jeder erdenklichen Tanzrichtung ein Profi, doch Adam war etwas eingerostet. Den Foxtrott konnte er trotzdem nicht vermasseln, da war er sich ziemlich sicher. Sie tanzten Kreise durchs Wohnzimmer, ließen keinen Schritt aus, kamen nicht ein einziges Mal aus dem Takt oder sich gegenseitig in die Quere. Sie war wirklich eine Profitänzerin. Die perfekte Partnerin. Ihr Körper wusste, wie er sich bewegen und auf die Musik reagieren musste, sie sah jeden seiner Schritte voraus, als wäre es das Natürlichste der Welt.

Sie war anmutig und leichtfüßig, schwebte nahezu in seinen Armen, als sie durchs Wohnzimmer wirbelten und dann weiter, durch die Küche, den Haushaltraum und in den Flur, bis sie schließlich wieder vor dem Kamin im Wohnzimmer ankamen. Sie strahlte, immerhin war sie es gewohnt, im Rampenlicht zu stehen, und wusste, wie man das Publikum begeisterte – nicht nur mit einer fehlerfreien Vorführung, sondern auch mit ihrer bezaubernden Ausstrahlung und ihrer Körperhaltung. Jeder konnte spüren, mit wie viel Freude und Leidenschaft sie bei der Sache war.

Zumindest fühlte es sich für Adam so an, während er mit ihr tanzte.

Ihre grünen Augen strahlten, als er sie nach außen wirbelte, so dass ihre Arme sich streckten. Ihre Hände jedoch blieben verbunden. Immer verbunden. Er zog sie zurück, und sie drehte sich anmutig in seine Arme, ihr Rücken nun an seiner Brust, während ihre Körper sich zur Musik bewegten.

»Bereit für das große Finale?«, fragte er mit einem so breiten Grinsen, dass seine Wangen schmerzten.

»Immer«, hauchte sie.

Er wirbelte sie wieder nach außen, zurück zu sich und beugte sie dann tief nach hinten.

Als er das glückliche Lächeln sah, mit dem sie zu ihm aufblickte, hätte er sie beinahe fallen lassen. Wäre das Lied nicht genau in diesem Moment mit einem lauten Zimbelschlag zu Ende gegangen, wäre sie womöglich auf dem Boden gelandet.

Mit einem Kichern, das ihm viel zu gut gefiel, hob sie eine Augenbraue, wartete darauf, dass er sie wieder aufrichtete. Das tat er, und wie echte Tanzstars traten sie auseinander und verbeugten sich. Als sie lachend die Köpfe hoben, erwarteten sie Jubel und Applaus von den beiden Mädchen, doch die Kinder waren nirgendwo zu sehen. Das Zimmer war leer.

»Sie sind weg«, sagte Violet. Ihr Dekolleté war leicht gerötet und hob und senkte sich rasch.

Adam schüttelte lachend den Kopf. »Die Aufmerksamkeitsspanne einer Mücke.«

Sie hielten sich noch immer an den Händen. Sie hatte ihn noch nicht losgelassen. Und er sie auch nicht. Ein langsameres Stück begann, und statt die Hand des anderen fallen zu lassen und wie Mauerblümchen in entgegengesetzte Ecken des Zimmers zurückzuweichen, traten sie wortlos wieder aufeinander zu.

»Du bist ein großartiger Tänzer«, sagte sie, während sich ihre Hand wie von selbst wieder auf seine Schulter legte.

»Aber nichts im Vergleich zu dir.« Durch den dünnen Baumwollstoff seines T-Shirts spürte er ihre Wärme. Sie war ihm so nah, dass ihre Brüste, obwohl nicht groß, leicht gegen seine Brust drückten.

»Ich würde es eigentlich kaum noch tanzen nennen.«

Er hob fragend eine Augenbraue.

»Für mich ist es eher eine Lebensart«, erklärte sie. »Ich tanze, seit ich mich erinnern kann. Ohne das Tanzen …« Sie verstummte, wandte den Blick ab und starrte an die Wand. Sie biss sich auf die Lippe, wie um sich davon abzuhalten, noch mehr zu sagen.

»Ohne das Tanzen würdest du nicht wirklich leben?«, vollendete er ihren Satz.

Ihr Blick huschte zu ihm zurück. In ihren goldgrünen Augen stand Schmerz. Schmerz und Kummer, Sehnsucht und Trauer. Er kannte diesen Blick nur allzu gut. Er sah ihn selbst jeden Morgen im Spiegel.

»So in der Art«, flüsterte sie.

»Aber du lebst. Dir geht es gut. Du tanzt.« Er drehte sie langsam nach außen.

Sie lächelte schwach, die Augen noch immer traurig, und legte die Hand wieder auf seine Schulter, nachdem er sie zurück in seine Arme gedreht hatte. »Manchmal fühlt es sich aber gar nicht so an. Ich habe schon sehr lange mit niemandem mehr getanzt.« Sie presste kurz die Lippen zusammen. »Nicht seit …«

Er drückte ihre Hand und nickte ernst. »Mitch hat es mir erzählt. Es tut mir sehr leid.«

Ihre Finger auf seiner Schulter verkrampften sich plötzlich. Eine Träne rollte über ihre Wange. Er hätte sie so gern fortgewischt, sie in die Arme geschlossen und ihr den Schmerz genommen. Mit Paige hatte er sich immer so hilflos gefühlt. Sie hatte keinen Trost von ihm gewollt, hatte ihn nicht an sich herangelassen, ihre Trauer – ihrer beider Trauer – nicht geteilt. Sie trauerte allein und hatte dadurch auch ihn gezwungen, allein zu trauern. Natürlich wusste er, wie schwer der Verlust ihrer Kinder, ganz besonders Anthonys, für seine Frau gewesen war, und dass ihr Körper sich noch davon erholte, die Hormone ihr das Leben zu Hölle machten. Aber auch er hatte Kinder verloren. Sie hatte ihn abgewiesen, ihn in seiner Trauer alleingelassen, nicht nur in der Trauer um seine Kinder, sondern auch um seine Frau, seine Ehe, seine Familie.

Sie hatten aufgehört zu tanzen und standen sich mitten im Wohnzimmer dicht an dicht gegenüber, während ein langsamer

Wiener Walzer begann. Er hob die Hand von ihrer Taille und legte sie an ihre Wange, strich mit dem Daumen die Tränen fort. Sie blinzelte ein paarmal mit ihren nassen Wimpern und sah aus großen, tiefgründigen Augen zu ihm auf. Augen, in denen er so leicht versinken konnte. Augen, die er gern jeden Morgen gleich nach dem Aufwachen sehen würde.

Er kannte Violet erst seit einer Woche, aber sie hatte etwas Besonderes an sich. Sie war voller Sanftmut, Ruhe und Klasse. All das vermisste er in seinem Leben.

»Du bist wirklich ein toller Tanzpartner«, flüsterte sie, und er spürte den Druck ihrer Finger an seiner Schulter.

»Es hilft, wenn die Frau die Tanzschritte kennt und weiß, wie sie sich bewegen muss.«

Seine Hand lag noch immer an ihrer Wange. Es schien ihr nichts auszumachen. Sie schmiegte sich sogar in seine Berührung, schloss halb die Augen, und ein leises Lächeln zupfte an ihren Lippen. »Danke für den wunderschönen Abend. Das war ein wirklich schöner Geburtstag. Genau so was habe ich gebraucht.«

Er ließ ihre Hand los und legte den Arm um ihre Taille, strich mit den Fingern sanft über ihren Rücken. »Du hast einen schönen Geburtstag verdient«, sagte er leise, und sein Blick glitt zu ihren vollen roten Lippen.

Sie fuhr mit der Zungenspitze drüber, ließ sie nicht ahnend feucht glänzen. Adam musste wieder gegen ein Stöhnen ankämpfen, das aus ihm herausbrechen wollte.

Sie öffnete leicht den Mund. War das eine Einladung?

Er wollte, dass es eine Einladung war.

Er wollte, dass sie seine Lippen, seinen Kuss, seinen Körper willkommen hieß. Dass sie zuließ, dass er sie in seine Arme zog, den Schmerz von ihr nahm und sie glücklich machte. Sie hatte es verdient, glücklich zu sein. Das hatten sie beide verdient.

»Adam …«, flüsterte sie.

Ihre Gesichter waren sich nun so nahe, dass er ihren warmen Atem an seinem Kinn spürte. Sie hob den Blick, um ihm in die Augen zu sehen, und er entdeckte Neugier darin.

Er neigte den Kopf und verstärkte seinen Halt in ihrem Rücken und an ihrer Wange. Sie schien in seinen Armen zu schmelzen, seine Stärke und Nähe schienen ihr gutzutun. Zumindest hoffte er das. Sanft neigte er ihr Gesicht nach oben, und sie ließ es geschehen. Sie schloss die Augen und öffnete leicht den Mund. Diesmal nahm er die Einladung an und streifte mit seinen Lippen die ihren.

Ihr Puls pochte wild unter seinem Daumen an ihrem Hals, und als ein leises Seufzen aus ihrer Kehle drang, spürte er die Vibration in jeder Faser seines Körpers, bis sie sich in seinem Schritt zu sammeln schien. Ihre Brust hob und senkte sich heftig und drückte gegen seine. Doch sie wich nicht zurück. Nein, sie schlang die Arme um seinen Hals und vertiefte den Kuss, erlaubte ihm, mit seiner Zunge vorzudringen und ihren Mund zu erforschen. Ihr Verlangen stand dem seinen in nichts nach, sie saugte an seiner Zunge und knabberte an seiner Unterlippe. Die Frau konnte küssen!

Adam ließ seine Hand von ihrer Wange den Rücken hinabgleiten, um sie noch enger an sich zu ziehen, sie festzuhalten, während er sie leicht nach hinten beugte, gierig alles nahm, was sie ihm bot. Sie bewegte sich mit ihm, klammerte sich beinahe verzweifelt an ihn, bis sie vollkommen ineinander versanken. Ihre Zungen spielten miteinander, ihr Atem mischte sich. Violet stöhnte in seinen Mund, und er küsste sie noch intensiver. Als er sie weiter nach hinten beugte, öffnete sie leicht die Beine, und er schob sein Knie zwischen ihre Schenkel, spürte ihre Hitze an seinem Bein. Er drückte gegen ihren Venushügel, und sie kam ihm noch weiter entgegen. Er rieb sich an ihr, sie bäumte sich auf. Nach wenigen Sekunden war er hart wie Granit, und sie wusste es, doch es schien ihr nichts auszumachen.

Er wollte gerade eine Hand heben und um ihre Brust legen, um endlich mit den harten Nippeln zu spielen, die ihn jeden Dienstag und Donnerstag gelockt hatten, als ein Geräusch auf der Treppe sie beide innehalten ließ.

Hohe Stimmen und Stampfen – so laut, dass es eigentlich nur von Sumoringern stammen konnte – drangen zu ihnen ins Wohnzimmer.

Adam riss die Augen auf. Violet hatte ihre bereits geöffnet. Widerstrebend nahm er seine Lippen von ihren und richtete sie beide wieder gerade auf, bevor er sich rasch mit einer Hand über den Mund fuhr.

Violet strich ihren Rock glatt und trat einen Schritt zurück. Sie wich seinem Blick aus und richtete die Aufmerksamkeit auf ein Bild an der Wand, genau in dem Moment, als zwei kleine Mädchen in Prinzessinnenkleidern und mit Krönchen und Zeptern ins Wohnzimmer stolziert kamen,

»Tanzt ihr immer noch?«, fragte Mira, während ihr Blick zwischen Violet und ihrem Vater hin und her huschte.

Adam lächelte seine Tochter an und schluckte. »Gerade fertig.«

»Dann habt ihr aber ganz schön lange getanzt«, sagte Jayda und schob die Krone, die ihr in die Stirn gerutscht war, zurück in ihr langes blondes Haar.

Violet drehte sich zu ihnen um. Ihr Gesicht war leicht gerötet und ihre Lippen etwas geschwollen. Sie sah noch umwerfender aus als je zuvor. Wuschig, mit leuchtenden Augen und einfach zum Niederknien. Am liebsten hätte er sie sofort in sein Bett getragen.

»Du weißt doch, wie gern ich tanze«, sagte sie zu ihrer Nichte. »Und Miras Papa tanzt genauso gern.«

Er ließ seinen Blick zu Violet schweifen. »Ich liebe es zu tanzen. Und so habe ich schon sehr lange nicht mehr *getanzt.*«

Sie stieß heftig die Luft aus. Er nahm das als Zeichen, dass auch sie sich noch nicht ganz von ihrem spontanen Kuss erholt hatte. »Ich auch nicht«, sagte sie, und ihre Wangen liefen tiefrot an.

Kapitel 7

Violet wischte sich den Mund ab und warf ihre Serviette in den Müll. Die Uhr an der Wand sagte ihr, dass ihr noch exakt sieben Minuten blieben, bis der Abendkurs für Erwachsene begann, und sie bekam einfach nicht genug von diesen Mini-Cheesecakes. Nun waren sie aus Versehen zu ihrem Abendessen geworden. *Ups!*

Ihr Mittagessen hatte heute nur aus Supermarkt-Sushi und einem Chai Latte bestanden. Als sie um sechs Uhr dann immer noch mit der Überarbeitung ihrer Website beschäftigt gewesen war, hatte ihr Magen nicht nur geknurrt, sondern ein wahres Donnergrollen von sich gegeben. Sie hätte niemals bis halb neun durchgehalten, ohne ihren eigenen Arm anzunagen oder zumindest das Glas Gummibärchen leer zu essen, das immer auf Kathleens Schreibtisch stand. Doch dann waren ihr die Mini-Käsekuchen von Adam wieder eingefallen, die sie im Kühlschrank des Studios abgestellt hatte. Und aus einem Snack, um den schlimmsten Hunger bis zum Abendessen zu überbrücken, waren dann eben schnell sechs Kuchen geworden, die nun einen angenehmen Zuckerrausch in ihr auslösten. So viel dazu, dass der Sonntag ihr einziger »Cheatday« war.

Sie starrte auf den letzten noch übrigen Minikuchen in der Schachtel, und ihre Gedanken schweiften ganz von allein zum gestrigen Abend und zu Adam ab. Das war vielleicht ein Tanz gewesen.

Sie berührte mit den Fingerspitzen ihre Lippen und lächelte. Und was für ein Kuss.

Seit Jean-Phillipe hatte sie mit keinem anderen Mann mehr getanzt, keinen anderen Mann mehr geküsst. Aber sonderbarerweise hatte sich die Art, wie Adam sie angesehen hatte, wie er sich mit ihr bewegt und sie gehalten, wie er sie geküsst hatte, nicht falsch angefühlt. Es war natürlich ganz anders, als mit Jean-Phillipe zu tanzen oder ihn zu küssen, aber es war aufregend gewesen. Adam war aufregend.

Nachdem die Mädchen ihren Kuss unterbrochen hatten, war die Stimmung zwischen ihr und Adam etwas angespannt gewesen, deswegen hatte sie sich beeilt, Jayda zum Aufbruch zu überreden. Es war ohnehin schon beinahe Schlafenszeit für ihre Nichte gewesen, und sie war nicht sicher, ob sie noch länger in Adams Nähe hätte bleiben können, ohne eine Zugabe zu verlangen. Sowohl was das Tanzen betraf als auch das Küssen.

Er war jedoch der perfekte Gentleman geblieben, hatte ihr die Schachtel mit den Mini-Cheesecakes überreicht und sie und Jayda zur Tür gebracht. Sie hatte ihm angesehen, dass ihn die abrupte Unterbrechung ihres Kusses noch mehr erregt hatte, und die verräterische Hitze in ihrem eigenen Gesicht gespürt.

Jayda war jetzt bei Adam. Er hatte sie von der Schule abgeholt und mit nach Hause genommen. Violet hatte heute den ganzen Nachmittag und bis in den Abend hinein durchgehend Unterricht, deswegen würde Mitch seine Tochter bei Adam abholen müssen, wenn er aus Portland zurückkam.

Violet war nicht ganz sicher, ob sie enttäuscht oder erleichtert darüber war, dass sie Adam heute Abend nicht wiedersehen würde. Ihr Herz war den ganzen Tag über im Zwiespalt gewesen. Einerseits hatte sie das Gefühl, Jean-Phillipe und seine Liebe zu betrügen – sie würde nie wieder einen anderen Mann so lieben können, *sollte* nie wieder jemanden so lieben können wie ihn, denn Jean-Phillipe war ihre große Liebe gewesen. Ihr einzig wahrer Tanzpartner.

Andererseits konnte sie die Anziehung, die Adam auf sie ausübte, die längst tot geglaubten Gefühle, die er in ihr wachrief, nicht leugnen. Vielleicht war es wirklich besser, dass sie ihn erst morgen wiedersehen würde. Sie musste noch eine Nacht darüber schlafen. Noch eine Nacht, um den Zustand ihres Herzens zu analysieren und herauszufinden, ob es bereit war, sich der Liebe wieder zu öffnen. Ob es noch einmal lieben konnte.

Das Läuten der Türglocke riss sie aus ihren Gedanken, und sie griff schnell in die Box, um sich den letzten Minikuchen in den Mund zu schieben. Sie schloss die Augen und widerstand dem Drang, sie genussvoll zu verdrehen – der Kuchen war einfach zu köstlich. Red Velvet mit Käsekuchenfüllung. Lieber Gott.

Sie kaute ein paarmal und schluckte den Großteil hinunter, bevor sie um die Ecke und in den Warteraum trat. Hoffentlich sah sie nicht aus wie ein Hamster mit vollgestopften Backen.

Eine Frau mit kastanienbraunen, zu einem Pferdeschwanz zurückgebundenen Locken stand da und zog sich gerade eine große Sonnenbrille von der Nase. Skeptisch musterte sie die Poster und Fotografien an den Wänden. Mitch hatte mehrere Fotos von ihr und Jean-Phillipe auf der Bühne in New York gemacht, und sie hatte die Bilder rahmen lassen und im Wartezimmer aufgehängt. Als Erinnerung an die Vergangenheit und an das, was sie hierhergebracht hatte.

Sie ging auf die Frau zu, die langsam durch den Raum schritt, ohne den Blick von den Fotos zu nehmen. »Hallo, kann ich Ihnen helfen?«

Die Frau fuhr zusammen, als hätte sie Violet überhaupt nicht wahrgenommen.

Violet schenkte ihr ein freundliches Lächeln. »Sind Sie hier, um Tanzunterricht zu nehmen?«

Die Frau schluckte. Ihre Augen, die die Farbe von Milchschokolade hatten und von kleinen goldenen Sprenkeln durchsetzt waren, huschten nervös hin und her. »Ja. Ist es zu spät, um sich für Ihren Anfängerkurs für Erwachsene in Modern Dance anzumelden?«

Violet schüttelte den Kopf und streckte ihr die Hand entgegen. »Überhaupt nicht. Ich bin Violet, die Tanzlehrerin. Wie heißen Sie?«

Die Frau legte eine kühle und feingliedrige Hand in Violets. Ihr Händedruck war schwach und zurückhaltend. »Ich bin Paige.«

Violet lächelte. »Freut mich, dich kennenzulernen Paige. Wir duzen uns hier alle, ich hoffe, das ist in Ordnung. Hast du denn schon mal getanzt?«

Paige zog ihre Hand zurück und strich sich eine Locke hinters Ohr, offenbar verlegen. »Nein, nicht wirklich.«

Violet trat ein Stück zur Seite, damit Paige einen Blick ins Studio werfen konnte. »Dann bist du auf jeden Fall zum richtigen Kurs gekommen. Hier sind Anfänger willkommen. Hier sind alle Erfahrungslevel willkommen. Jeder kann mitmachen.«

Wortlos trat Paige ins Studio. Violet hatte die Fenster an der Seitenwand geöffnet, um die Abendbrise hereinzulassen, und die Ventilatoren an der Decke liefen auf Hochtouren, um die kühle Luft im Saal zu verteilen. Es war ein warmer Tag gewesen, und die Fensterfront ging nach Südwesten, was bedeutete, dass sie fast den ganzen Tag Sonne abbekam. Sie wusste, dass das Studio in ein oder zwei Monaten das Potenzial zur Sauna haben würde.

Sie sollte den Elektriker noch einmal einbestellen, um sicherzugehen, dass die Klimaanlage wirklich funktionierte. Aber für den Moment begnügte sie sich damit, die Jalousien runterzulassen, die Fenster zu öffnen, die Ventilatoren aufzudrehen und zu hoffen, dass niemand wegen Überhitzung ohnmächtig wurde.

»Das sind aber viele Spiegel«, flüsterte Paige und fuhr mit der Hand über eine der Ballettstangen, die zwei der vier Wände einnahmen.

Violet lachte. »Das hilft uns, die Haltung zu wahren. Und die Kinder lieben es.«

»So sehen wir alle unsere Unvollkommenheiten.«

»Was meinst du, wieso ich schwarz trage?«, erwiderte Violet mit einem erneuten Lachen. »Schwarz erzeugt die Illusion, dass ich mehr als die Figur eines Teenagers habe.«

Paige kicherte leise. »Ich habe auch lange schwarz getragen. Allerdings aus anderen Gründen.«

Das Läuten der Türglocke und die Stimmen der anderen Tanzschüler drangen zu ihnen. Es waren alles Frauen zwischen zwanzig und vierzig, und alle freuten sich darauf, Modern Dance auszuprobieren.

»Wie bist du denn auf mein Studio gekommen? Wo hast du von uns gehört?«

Paige hob den Blick, um dem von Violet zu begegnen. In ihren Augen tobte ein Wirbelsturm der Gefühle, und Violet war nicht sicher, welches die Oberhand gewinnen würde. Da war Traurigkeit, aber auch Hoffnung und Aufregung. »Ich habe deine Broschüre gesehen. Kann ich … kann ich gleich heute anfangen?«

Ja! Ihre Broschüre zeigte Wirkung. »Natürlich! Die ersten zwei Stunden sind sowieso gratis. So kannst du dir erst mal einen Eindruck verschaffen und dir überlegen, ob es das Richtige für dich ist, ohne dich gleich festzulegen. Danach hast du die Wahl, mehrwöchige feste Kurse zu buchen, die über mehrere Wochen gehen, oder du kannst pro Stunde bezahlen und kommen, wann du willst.« Sie lächelte. »So ist hoffentlich für jeden das Richtige dabei.«

Ein schmales Lächeln umspielte Paiges Lippen. »Danke.« Die anderen Frauen, die nun nach und nach ins Studio kamen, zogen ihre Aufmerksamkeit auf sich. Sie alle trugen lederne Tanzschuhe, Strumpfhosen und Bodys. Paige zog ihr übergroßes T-Shirt über den Kopf und schlüpfte aus ihren Flip-Flops. »Freut mich, dass ich noch reinpasse.«

Violet wandte sich ab, um zur Stereoanlage zu gehen. »Solange du der Musik einfach die Führung überlässt, wirst du wunderbar zurechtkommen.«

Am Donnerstagnachmittag war Violet so aufgeregt, dass sie förmlich durch das Studio hüpfte. Sie würde Adam endlich wiedersehen. Gestern Abend hatte sie sich nur mit Mühe davon abhalten können, Mitch und Jayda mit einer Million Fragen zu löchern, sobald die beiden nach Hause kamen. Wie ging es Adam? Hatte er nach ihr gefragt? Hatte er ihren Tanz erwähnt?

Sie schlug sich mit der Hand an die Stirn und verdrehte mit genervtem Blick auf ihr Spiegelbild die Augen. Sie musste sich wirklich wieder in den Griff bekommen. Sie war dreißig Jahre alt, verdammt noch mal. Sie war kein Schulmädchen mehr, das seine beste Freundin vorschickte, um herauszufinden, ob ein Junge sie mochte. Oder ihm im Unterricht ein Zettelchen zusteckte: *Magst du mich? Ja oder Nein? Bitte ankreuzen.*

Nicht, dass sie so etwas jemals getan hatte. Aber sie hatte die Zettel durchs Klassenzimmer wandern sehen, das Kichern gehört und die schmachtenden Blicke gesehen, die all ihre Freundinnen Warner Robson zugeworfen hatten, dem heißesten Jungen der Schule. Violet hatte ihn nur aus der Ferne angehimmelt, hatte zu Hause wieder und wieder seinen Namen in ihr Notizbuch geschrieben und von dem Tag geträumt, an dem er sie endlich bemerken und zum Winterball einladen würde. Natürlich war dieser Tag nie gekommen.

Doch das hier war nicht die Highschool. Und Adam war nicht Warner Robson. Warner Robson konnte Adam Eastwood nicht mal ansatzweise das Wasser reichen, und sie konnte weder ihren Bruder noch ihre sechsjährige Nichte fragen, ob Adam sie mochte.

Wenn sie das herausfinden wollte, musste sie es selbst tun.

Manchmal hatte es echt Nachteile, erwachsen zu sein.

Beim Läuten der Türglocke warf sie noch einen letzten prüfenden Blick in den Spiegel, dann trat sie in den Wartebereich hinaus, um die ersten Schüler zu begrüßen. Sie hoffte, dass es Adam und Mira waren.

Sie blieb abrupt stehen, als sie statt des erwarteten attraktiven Mannes und seiner zuckersüßen Tochter eine kleine, zierliche Frau mit breitrandiger schwarzer Brille, schwarzen Pumps, einem schwarzen Bleistiftrock und der grellgelbsten Bluse erblickte, die sie jemals gesehen hatte. Dieser Frau stand die kreischende Farbe jedoch erstaunlich gut. Sie lächelte strahlend, klick-klackte dann auf ihren hohen Absätzen auf Violet zu und legte den Kopf in den Nacken, um zu ihr aufzusehen. »Sind Sie Violet Benson?«

Violet sah auf die Frau hinab. »Die bin ich. Wie kann ich Ihnen helfen?«

Das Lächeln der Frau wurde noch breiter. Sie zog einen Stylus-Stift aus ihrem blonden Dutt und ein Tablet aus der Handtasche.

»Mein Name ist Sarah Turner, und ich arbeite für die städtische Kulturstiftung. Wir veranstalten diesen Sommer um den vierten Juli herum ein großes Festival für darstellende Künste, ›Kunst im Park‹. Und wir würden uns sehr freuen, wenn Sie und Ihre Schüler dort auftreten würden.« Sie klickte ein paarmal mit ihrem Stylus auf dem Tablet herum, bevor sie schließlich den Bildschirm zu Violet umdrehte. Er zeigte ein Anmeldeformular. »Wir bräuchten mindestens drei Vorstellungen von Ihnen. Einen Soloauftritt, ein Duett und eine Gruppenperformance. Das Alter der Tänzer ist dabei völlig Ihnen überlassen. Auch wenn wir eine Mischung aus Kindern und Erwachsenen bevorzugen würden. Wenn das möglich ist.« Sie blinzelte Violet mit ihren himmelblauen Augen hoffnungsvoll an. »Und ich meine, es wäre natürlich *absolut großartig*, wenn *die* Violet Benson persönlich auftreten würde.« Sie wackelte einmal kurz mit den Augenbrauen. »Vielleicht sogar mit einem Partner?«

Violets Herz, das sich gerade erst von der Enttäuschung erholt hatte, nicht Adam im Warteraum vorgefunden zu haben, begann zu rasen. Sie war schon seit Jahren nicht mehr vor Publikum aufgetreten. Und sie war nicht mehr zusammen mit einem Partner aufgetreten, seit …

»Ich habe Sie mal in New York auf der Bühne gesehen«, fuhr Sarah fort. »Sie waren einfach unglaublich. So anmutig, so talentiert. Und Ihr Partner, Junge, Junge, der war ja zum Dahinschmelzen. Sie beide waren einfach perfekt zusammen. Ist er immer noch Ihr Partner? Ist er auch hier?« Sie versuchte an Violet vorbeizuschauen, als stünde Jean-Phillipe einfach nur hinter der nächsten Ecke.

Violet schluckte den harten Kloß in ihrer Kehle hinunter. »Danke. Ähm, nein. Er ist … er ist nicht *hier*.«

Sarah zeigte sich enttäuscht. »Das ist aber sehr schade. Sie beide waren phantastisch.«

Ja, sie waren phantastisch gewesen.

Daraufhin griff Sarah in ihre Tasche und reichte Violet eine Broschüre, genau in dem Moment, als die Tür aufschwang und Adam mit Mira hereinspaziert – nein, nicht spaziert, *geschlendert* war das passendere Wort – also: hereingeschlendert kam. Sein Gang war großspuriger und selbstsicherer, als sie es jemals an ihm gesehen hatte, und sein Lächeln überwältigend.

Seine Gefühle, was den Dienstagabend betraf, waren offensichtlich nicht so zwiegespalten wie ihre eigenen. Er stellte sich direkt neben Violet, als hätte er jedes Recht, an der Unterhaltung teilzuhaben. »Hallo.« Er lächelte auf Sarah hinab. »Hi.«

Sarah leckte sich die Lippen und strauchelte kurz auf ihren Stilettos, die mindestens zehn Zentimeter hoch sein mussten. Dann streckte sie Adam die Hand entgegen. »Sarah Turner, von der städtischen Kulturstiftung. Wir organisieren ein Festival der darstellenden Künste. Wir nennen es ›Kunst im Park‹, und es wird am verlängerten Wochenende um den vierten Juli stattfinden. Und wir hoffen, dass Miss Benson auftreten wird.« Sie warf Mira, die gerade in ihre Ballettschühchen schlüpfte, einen Blick zu. »Zusammen mit einigen ihrer Schüler.«

Adam schüttelte ihr die Hand. »Das klingt nach einer großartigen Idee. Wo soll das Ganze denn stattfinden?«

Violet entging nicht, dass Sarah Adams Hand weit länger als nötig festhielt, und das gefiel ihr überhaupt nicht. Was war bloß los mit ihr? Sie war noch nie eifersüchtig gewesen, in ihrem ganzen Leben nicht.

»Im Magnolia Park«, erwiderte Sarah und leckte sich wieder die Lippen. »Sind Sie auch einer der Tänzer? Oder nur ein sexy

Vater, der seine Tochter jede Woche pflichtbewusst zur Tanzstunde bringt?«

Hatte sie ihn wirklich gerade gefragt, ob er ein sexy Vater war?

Adam lachte. »Ich habe nicht nur zwei linke Füße, wenn Sie das damit meinen.«

Sarah kicherte und klimperte mit den Wimpern. »Vielleicht wollen Sie dann auch für uns tanzen?«

Violet musste einen Würgereiz unterdrücken, wandte rasch den Blick ab und verdrehte die Augen.

Adam lachte wieder. »Ich glaube nicht. Aber Sie sollten Miss Benson auf jeden Fall zu einem Auftritt überreden. Sie ist unglaublich.«

Hitze stieg in Violets Wangen. *Unglaublich*. Auch wenn Sarah genau das Gleiche zu ihr gesagt hatte, klang es aus Adams Mund ganz anders.

»Werden Sie für uns tanzen, Miss Benson?«, fragte Sarah und zog Violets Aufmerksamkeit wieder auf sich.

Violet schüttelte den Kopf. »Tut mir leid … ich … ich werde auf jeden Fall herausfinden, ob meine Schüler Interesse haben, mitzumachen. Ich kann gern etwas organisieren, aber ich selbst trete nicht mehr auf.«

Sarahs Lächeln geriet ins Rutschen. Wenn es einen Oscar für die beste Darstellung einer Person gab, deren Träume gerade zerstört worden waren, Sarah Turner würde garantiert gewinnen. »Oh. Okay.« Ihre Lippen bebten, als müsste sie sich beherrschen, nicht in Tränen auszubrechen. »Natürlich.« Sarah war eine erwachsene Frau, aber ihre offensichtliche Enttäuschung hatte auf Violet hatte dennoch eine beachtliche Wirkung. »Auch nicht mit einem Partner?«, hakte Sarah noch einmal nach, und der letzte Funke Hoffnung ließ ihre Stimme zu einem hohen Quietschen werden.

Wollte Violet wirklich den Traum dieser armen Frau zunichtemachen? Sarah war so energiegeladen und aufgeregt ins Studio gekommen, und jetzt sah sie aus, als hätte ihr jemand einen heißgeliebten Welpen aus den Armen gerissen und in den nächsten Fluss geworfen.

Aber Violet hatte keinen Partner. Weder fürs Tanzen noch für sonst irgendwas. Und bis vor zwei Tagen hatte sie auch mit niemandem mehr getanzt, seit sie Jean-Phillipe verloren hatte.

Sie schüttelte wieder den Kopf. »Tut mir wirklich leid. Ich werde fragen, ob zwei meiner Tänzer aus der Jugendgruppe ein Duett tanzen wollen. Ich selbst habe leider keinen Tanzpartner mehr.«

Sarahs Miene fiel noch mehr in sich zusammen. Sie schluckte und nickte dann ernst. »In Ordnung, also … ist es okay, wenn ich Ihnen trotzdem das Anmeldeformular per E-Mail zuschicke, nur falls Sie es sich doch anders überlegen? Sie können sich noch bis nächsten Freitag entscheiden.«

Plötzlich landete eine Hand auf Violets Schulter und ließ sie vor Schreck beinahe aus der Haut fahren. »Woah!«, sagte Mitch mit einem überraschten Lachen. »Alles klar bei dir?«

Wo war ihr Bruder denn so plötzlich hergekommen?

Violet schüttelte den Kopf und blickte in drei fragende Gesichter. »Ich habe dich nur nicht kommen hören. Du hast mich erschreckt.«

Mitch nahm seine Hand von ihrer Schulter, nickte Adam zur Begrüßung zu und reichte dann Sarah eine Hand. »Mitch Benson, Violets großer Bruder.«

Sarah beäugte Mitch genauso hungrig wie zuvor Adam. Diese Frau war eindeutig auf Männerjagd. »Sarah Turner von der städtischen Kulturstiftung. Ich bin nur hier, um Miss Benson zu unserem Kunstfestival im Juli einzuladen.« Sie verzog die Lippen zu einem übertriebenen Schmollmund und fuhr in fast schon trotzigem Ton fort: »Nur will sie leider nicht für uns tanzen. Nicht mal mit einem Partner.«

Violet biss die Zähne zusammen. Langsam ging Sarah Parker ihr auf die Nerven. Gerade hatte sie sich noch Vorwürfe gemacht, die Träume dieser Frau zu zerstören, aber das war jetzt vorbei.

Mitch sah Violet mit krausgezogener Nase an. »Du willst nicht tanzen?«

Violet starrte ihren Bruder mit weit aufgerissenen Augen an und hoffte, dass ihre Geschwisterverbindung ansprang, die telepathischen Kräfte der Bensons, und er verstand, dass er verdammt noch mal die Klappe halten sollte.

»Jayda hat erzählt, dass du und Adam am Dienstag zusammen getanzt habt. Wieso tretet ihr zwei nicht zusammen bei dem Festival auf?«

Dämlicher großer Bruder.

Sarahs Augen leuchteten auf, und ihr Blick hüpfte von Adam zu Violet und wieder zurück. »Sie tanzen zusammen?«

»*Haben* getanzt«, korrigierte Violet. »Wir haben einmal miteinander getanzt. Ich hatte Geburtstag, und nach dem Kuchen gab es noch eine kleine Tanzparty. Die Mädchen haben uns darum gebeten.«

Ein Grinsen erschien auf Adams Gesicht. Dachte er dasselbe wie sie? Dass sie nicht nur miteinander *getanzt* hatten?

Hitze stieg ihren Hals hinauf und flutete ihre Wangen.

»Könnten Sie denn noch einmal zusammen tanzen?«, fragte Sarah. »Zum Beispiel auf der Bühne?«

»N-nein«, stammelte Violet.

»Natürlich könntet ihr das«, warf Mitch ein.

Sie warf ihm einen bösen Blick zu. *Halt endlich die Klappe*. Ehrlich mal.

Violet schüttelte den Kopf. »Nein, ich kann nicht. Wir können nicht.« Schwarze Punkte tanzten vor ihren Augen, und ihr Puls wummerte so laut in ihren Ohren, dass sie nicht mehr hörte, was die anderen sagten. Sie konnte nicht mehr zurück auf die Bühne. Konnte nicht mehr vor Publikum tanzen. Mit niemandem. Niemals wieder. Ihre Liebe für das Scheinwerferlicht war in dem Moment gestorben, als Jean-Phillipe seinen letzten Atemzug getan hatte. Sie war keine Showtänzerin mehr und würde es auch nie wieder sein.

Adams Stimme riss sie aus ihren düsteren Gedanken. »Lasst sie mal in Ruhe, Leute. Wenn sie nicht tanzen will, dann sollten wir sie nicht dazu drängen. Wir hatten da letztens einfach nur ein bisschen Spaß. Und ein Tänzchen im Wohnzimmer ist ja wohl was ganz anderes als ein Auftritt auf einer großen Bühne und vor Publikum.« Er legte Violet eine Hand auf den Rücken, was weder ihrem Bruder noch Sarah entging. »Aber ich bin sicher, die Tanzgruppe der Mädchen würde liebend gern auftreten.«

Violet spürte, wie sich ihr ganzer Körper entspannte. Adam strich sanft über ihren Rücken. Es fühlte sich gut an, aber ihre Sinne schienen plötzlich übersensibel zu sein. Sie spürte seine Berührung mit jeder Faser ihres Körpers und war sich mit der gleichen Intensität auch der Blicke von Mitch und Sarah bewusst.

Ihr Bruder zog eine Augenbraue hoch, und ein vielsagendes Lächeln umspielte seine Lippen. »Alles klar. Wenn du noch nicht bereit dafür bist, dann ist das eben so.«

Sarah blinzelte ein paarmal, dann setzte sie ein strahlendes Lächeln auf. »Natürlich. Kein Druck.« Sie warf einen Blick auf ihr Handy. »Ich muss leider los, aber ich schicke Ihnen das Anmeldeformular, und Sie lassen uns einfach wissen, welche Tänzer an der Vorstellung teilnehmen werden.« Sie streckte eine Hand aus und drückte sanft Violets Arm. »Auch wenn ich nicht noch einmal die Gelegenheit bekomme, Sie tanzen zu sehen, es war mir eine Ehre, Sie kennenzulernen. Als kleines Mädchen wäre ich gern genauso wie Sie gewesen.« Sie drückte Violets Arm noch einmal, warf Mitch und Adam ein Lächeln zu, wirbelte dann auf ihren lächerlich hohen Absätzen herum und klick-klackte aus dem Studio.

»Die war ja süß«, sagte Mitch grinsend. »Ziemlich klein, und hat irgendwie was von einem Stalker an sich, aber trotzdem süß.«

Adam zog seine Hand zurück, und Violet wünschte sich sofort, er hätte es nicht getan.

»Sie ist kein Stalker, nur ein Tanz-Fan«, sagte Violet und verdrehte mit Blick auf ihren Bruder die Augen. »Und ich habe auch wirklich ein schlechtes Gewissen, ihr abzusagen, aber ich kann das einfach nicht.«

Mitch sah sie mitfühlend an. »Das verstehe ich. Du bist noch nicht so weit.«

»Ich glaube auch nicht, dass ich das jemals sein werde«, sagte sie ernst, während sie über den Kopf ihrer Nichte strich, die sich Halt suchend an Violets Bein gelehnt hatte, um in ihre Ballettschuhe zu schlüpfen. Violet lächelte auf sie hinab. »Würdest du gern auf einer Bühne im Park vortanzen?«

Jayda nickte. »Klar. Total gern.«

Violet hob den Kopf. »Dann ist ja alles geklärt.«

Kapitel 8

Wie jeden Mittwoch gab Adam einen späten Biologiekurs am College. Paiges Mutter kam an diesen Abenden immer vorbei, machte Mira Abendessen und brachte sie ins Bett. Und oft fand Adam dann beim Nachhausekommen frisch gebackene Kekse mit extra vielen Schokostückchen oder Zuckerstreuseln – manchmal sogar mit beidem – in seiner Küche vor. Paige arbeitete mittwochs im Restaurant, aber da Adams Beziehung zu ihren Eltern nach wie vor gut war, sprangen sie gern als Babysitter ein. Es war ihnen wichtig, so viel wie möglich am Leben ihrer Enkeltochter teilzuhaben.

Adam warf einen Blick auf die Uhr seines Handys und entschied, auf dem Heimweg noch einen kleinen Umweg zu machen. Er wusste, dass Violet mittwochs ebenfalls noch einen späten Kurs gab, und wenn alles klappte, würde er sie gerade noch beim Aufräumen erwischen, bevor sie das Studio verließ.

Sie hatten noch keine Gelegenheit gehabt, über ihren Tanz letzten Dienstag zu reden oder über ihren Kuss, und er wollte sichergehen, dass bei ihr alles in Ordnung war. Sichergehen, dass er nicht zu weit gegangen war und sie bedrängt hatte. Er war eigentlich sicher, dass er das nicht getan hatte – sie war schließlich mit Begeisterung bei der Sache gewesen, sowohl beim Tanzen als auch beim Küssen –, aber er wusste auch, dass sie in einer sensiblen Verfassung war, und wollte nichts riskieren. Am Donnerstag war die Zeit vor Miras Tanzstunde für die Unterhaltung über das

Kunstfestival draufgegangen, und gestern, am Dienstag, waren er und Mira spät dran gewesen, weil es auf dem Pacific Highway mal wieder einen Unfall gegeben hatte, der den Verkehr zum Stillstand brachte. Sie mussten sich also dringend unterhalten.

Wohl eher: Du willst *unbedingt mit ihr reden. Sie sehen. In ihrer Nähe sein.*

Wie auch immer.

Ungefähr fünfzehn Minuten später fuhr er auf den Parkplatz des Tanzstudios. Es standen nur noch drei andere Fahrzeuge hier, eines davon war Violets süßer kleiner Fiat.

Es war ein lauer Abend, und die Sonne war noch nicht hinter dem Horizont versunken.

Adam liebte den Sommer. Die langen Tage, warmen Nächte und den Geruch von frisch gemähtem Gras und Grillfleisch. Nichts war besser, als mit einem kühlen Bier in der Hand ein Steak auf den Grill zu werfen.

Er schlug die Tür seines SUV hinter sich zu und ging zum Eingang der Tanzschule hinüber. Wie immer kündigte das Glöckchen an der Tür sein Eintreten an.

»Wir haben leider schon geschlossen«, schallte Violets bezaubernde Stimme aus einer Ecke des Studios zu ihm herüber. Sie hatte ihm den Rücken zugewandt und drückte an der Stereoanlage herum. Schließlich begann eine lebhafte Melodie zu spielen, die er zu erkennen glaubte, aber spontan nicht zuordnen konnte.

»Tschüss, Violet!« Die Stimme hinter ihm ließ Adam herumfahren. Zwei Frauen waren aus dem Umkleideraum gekommen und gingen nun auf den Ausgang zu. Sie winkten. »Sollen wir abschließen?«

»Ja, bitte«, rief Violet zurück.

Adam wandte sich wieder um. Violet starrte ihn an. Er schenkte ihr ein hoffentlich nicht allzu stalkermäßiges Lächeln. »Hi.« O Gott, hatte er wirklich gerade gewinkt?

Ihre Lippen, die, wie er nun wusste, so verdammt köstlich waren, öffneten sich ganz leicht. Sie fuhr mit den Vorderzähnen über ihre volle Unterlippe, und Adam durchlief ein heißer Schauer.

»Wie geht es dir?«

Sie hatte noch immer nichts gesagt. Die Musik nahm Tempo auf.

»Was tust du hier?«, fragte sie schließlich und kam ein paar Schritte auf ihn zu.

»Ich wollte mit dir reden.« Auch er machte ein paar Schritte nach vorn, bis sie kaum noch einen Meter voneinander entfernt waren. Heute trug sie einen weinroten Body und einen dazu passenden Rock, darunter hautfarbene Strumpfhosen. Sie sah unfassbar sexy aus.

»Worüber willst du reden?«

»Über Dienstagabend.«

Ihre Haut war so hell, dass man ihr jede Emotion an der Gesichtsfarbe ablesen konnte. So auch jetzt: Ihre Wangen nahmen einen wunderschönen Rosaton an, und die Farbe lief langsam ihren Hals hinab bis zu ihrem Dekolleté. Unter dem dehnbaren, aber dünnen Stoff ihres Bodys richteten sich ihre Nippel auf. Der Gedanke an den letzten Dienstag löste in ihr also Ähnliches aus wie in ihm. Das war schon mal ein guter Anfang.

»Was ist mit Dienstagabend?«

Er sah, wie sie schwer schluckte. Adam wollte mit der Zunge ihren Hals entlangfahren, an ihrem Ohrläppchen knabbern und spüren, wie sie gegen ihn sank.

Er machte noch einen Schritt auf sie zu, so dass sie gezwungen war, den Kopf leicht in den Nacken zu legen, um zu ihm hochzusehen. Der Blick aus ihren grüngoldenen Katzenaugen ging ihm durch und durch.

»Ich glaube, du weißt ganz genau, was ich meine.«

»Adam«, hauchte sie.

Er trat noch einen Schritt vor und schlang die Arme um ihre Taille. Ihr Haar war zu einem ordentlichen Ballettdutt zusammengefasst und stellte ihren langen Hals perfekt zur Schau. Trotzdem hätte er am liebsten alle Klammern herausgezogen, nur um zu sehen, wie lang es war. Reichte es bis zu ihren Brüsten? Würde es ihre Nippel umspielen? Er stellte sich vor, dass es seidig weich war. Fest um seine Hand geschlungen, wenn er sie küsste, sie vögelte, würde es sich bestimmt noch besser anfühlen. Sie hatte ihren üblichen Dutt auch getragen, als sie zu ihm nach Hause gekommen war. Bisher hatte er sie immer nur so gesehen. Und so gut ihr die Frisur auch stand, er wollte sie mit offenen Haaren sehen, wollte die seidigen Strähnen zwischen seinen Fingern spüren.

Er musste dem plötzlichen Impuls widerstehen, einfach in ihr Haar zu greifen und herauszufinden, wie lang es war. So weit waren sie noch nicht. Noch lange nicht.

Seine Brust wurde eng, als sich der Ausdruck in ihrem Blick änderte, nun voller Verwirrung war. Voller Trauer. Er wollte diese Traurigkeit wegküssen. Den Schmerz wegküssen. Stattdessen holte er tief Luft und sammelte sich.

»Ich schaffe es einfach nicht, mich von dir fernzuhalten«, flüsterte er. »Ich denke ununterbrochen an dich. An unseren Tanz, diesen Kuss.«

Sie senkte den Kopf und schloss die Augen, so dass ihre langen Wimpern die erhitzten Wangen streiften. »Ich kann nicht …«

Mit einem Finger unter ihrem Kinn hob Adam ihr Gesicht sanft an. »Ich will dich nicht drängen. Und werde es auch nicht tun. Aber du gehst mir echt unter die Haut, Vi.«

Er fing an, ihren Körper sachte zur Musik zu bewegen, kam ihr dabei näher. Sie wich nicht zurück. Hielt ihn nicht auf. Stattdessen schmiegte sie sich an ihn. Er legte eine ihrer Hände auf seine Schulter, während er mit der anderen ihren Arm entlangfuhr, bis sich ihre Finger miteinander verflochten. Auch das ließ sie geschehen.

»Tanz mit mir«, murmelte er in ihr Haar und führte sie in die Mitte der Tanzfläche.

Sie folgte willig, schwebte in seinen Armen. Ihre Schritte, ihr Körper schienen mit ihm zu verschmelzen, eins zu werden mit der Musik. Es machte nichts, dass sie erst einmal miteinander getanzt hatten; sie war eine wahre Tänzerin, und auch wenn sie es selbst nicht glaubte, sie konnte mit jedem tanzen. Ihr Talent strahlte so hell, dass sie selbst den größten Tollpatsch wie Fred Astaire erscheinen lassen konnte.

Sie wirbelten durch den Saal, ließen sich von der Musik, von der Magie des Moments leiten. Ja, er führte zwar, aber sie sah jede seiner Bewegungen voraus, wusste, wann er das Tempo steigern, wann er sie drehen, wann er langsamer werden würde. Sie las ihn wie ein Buch.

Er konnte nur hoffen, dass er keine einmalige Lektüre war, sondern dass sie in ihm einen Klassiker sah, den sie nicht mehr aus der Hand legen wollte, einen Roman, in den sie Hunderte Eselsohren machte, ein Buch, das sie aus ihrem brennenden Haus retten würde.

Denn für ihn war Violet eine Geschichte, über die er mehr erfahren wollte. Sie hatte einiges zu erzählen, und irgendetwas sagte ihm, dass sie all das besser mit ihrem Körper ausdrücken konnte als mit Worten.

Als die Musik schließlich verstummte, standen sie eng aneinandergepresst in der Mitte der Tanzfläche, schwer atmend, mit erhitzten Gesichtern und strahlendem Lächeln. Dieses Strahlen war das, was das Publikum liebte. Dieses Strahlen gewann Wettbewerbe und füllte Säle. Das hatte er schon in jungen Jahren gelernt, und es war ihm in Fleisch und Blut übergegangen. Genauso wie er wusste, dass er seiner Partnerin nicht auf die Zehen treten durfte, so wusste er auch, dass er lächeln musste, wann immer er tanzte.

Er zog ihre verschränkten Hände an seine Lippen und küsste ihre Knöchel. Sie senkte schüchtern den Blick, aber es war nicht zu übersehen, dass ihr Lächeln noch heller wurde. Es hatte ihr gefallen. Auch wenn sie es vielleicht nicht wollte, es gefiel ihr, mit ihm zu tanzen, mit einem neuen Partner.

»Danke«, sagte Adam. Er wollte sie nicht loslassen, doch ihm war bewusst, dass er das vermutlich sollte. Aber als er den Arm von ihrer Taille nehmen wollte, hielt sie ihn fest. »Violet.« Er küsste ihre Stirn, ihre Schläfe, ihre Wange, suchte sich langsam seinen Weg zu ihren Lippen. Und tatsächlich hob sie ihm ihr Gesicht entgegen.

Er küsste sie, lang und leidenschaftlich. Sie wich nicht zurück.

Mit einem leisen Stöhnen drang Adam mit der Zunge zwischen ihre Lippen und erforschte die süße Tiefe ihres Mundes. Er neigte den Kopf ein wenig zur Seite, damit ihre Münder noch enger miteinander verschmolzen.

Währenddessen vergrub Violet die Hände in seinem T-Shirt und zog ihn näher zu sich heran. Er ließ sich nicht zweimal bitten und schlang den Arm fester um sie, presste sie an sich, ließ sie spüren, wie wild sie ihn machte.

Dann ließ er ihre Hand los und umfasste ihre Brust, spürte die harte Spitze ihres Nippels durch den weichen Stoff des Bodys. Sie seufzte lustvoll in seinen Mund und rieb sich an seinem Oberschenkel, den er zwischen ihre Beine geschoben hatte. Die Hitze ihres Körpers, ihr offensichtliches Verlangen nach ihm brachte seine Selbstkontrolle an ihre Grenzen.

Als er hereingekommen war, hatte er bemerkt, dass alle Jalousien heruntergelassen waren, wohl um die Abendsonne auszusperren, die mit ihrem gleißenden Licht sonst versuchen würde, die Ballerinas im Studio zu kochen. Niemand konnte hereinsehen, niemand hinaus. Die Tür war verschlossen.

Sie waren allein.

Er löste seinen Mund von ihrem, und ihr protestierendes Stöhnen machte ihn nur noch härter. »Violet, ich habe gesagt, dass ich dich nicht drängen will«, murmelte er mit den Lippen an ihrer Schläfe, an ihrem Hals. »Ich bin ein Gentleman. Ich höre darauf, wenn eine Frau Nein sagt.« O Gott, hoffentlich sagte sie nicht Nein. »Dein Körper …« Er schob sie ein Stückchen von sich und ließ seinen Blick über sie wandern. Sie hatte noch nie so umwerfend ausgesehen. Erhitzt, zerzaust, erregt. Er stöhnte, als ein winziges sexy Lächeln an ihren Lippen zupfte. »Gott, du bist wunderschön.«

»Adam, ich …« Sie fuhr sich mit der Zunge über die Lippen.

Verdammt, wie sehr er diesen Dutt packen und all die Nadeln herausziehen, Violet sanft auf die Knie drücken und ihre Lippen zu seinem Schwanz führen wollte.

»Ich bin so verwirrt«, flüsterte sie.

Er nickte. Der Moment begann zu bröckeln. Sie ließ zu, dass ihr Verstand dem in die Quere kam, was ihr Körper eindeutig wollte, was ihr Herz wollte. Was ihr Herz vielleicht sogar brauchte. Er wusste, dass sie trauerte, und er würde niemals jemandem vorschreiben, auf welche Art oder wie lange er zu trauern hatte, aber sosehr sie sich auch dagegen wehrte, zeigte sie ihm doch auch, dass sie die Anziehungskraft zwischen ihnen ergründen wollte. Sie *wollte* ihr Herz öffnen und ihren Körper.

Ein neues Lied begann zu spielen. Langsam und verführerisch. Er griff nach ihr. Und wenn sie nur miteinander tanzten, dabei hielt er sie wenigstens in seinen Armen. Sie ließ sich willig zu ihm ziehen.

Kapitel 9

O Gott, das war alles so verwirrend. Seit Jean-Phillipe hatte sie für keinen Mann mehr so empfunden, hatte sich nicht mehr so sicher, so zu Hause in jemandes Armen gefühlt. Aber gleichzeitig beharrte ihr Gehirn drauf, dass es falsch war. Dass sie Jean-Phillipe betrog, dass sie nie wieder wirklich lieben konnte, nicht nachdem die Liebe ihres Lebens gestorben war.

Es würde mich umbringen, dich mit einem anderen Mann tanzen zu sehen.

Seine Worte schwammen durch ihren Kopf und ließen alles ringsum unscharf erscheinen.

Aber die Art, wie Adam sich mit ihr bewegte, sie küsste, sie in seinen Armen hielt und verehrte, ließ ihren Körper erbeben und ihr Höschen ganz feucht werden.

Seine Küsse. Oh, seine Küsse würden noch ihr Untergang sein. Sie war nie jemand gewesen, der gern Risiken einging, und doch wollte sie mehr von seinen gefährlichen Lippen, wollte sie überall auf ihrem Körper spüren.

Im Moment bedeckten jedoch nicht seine Lippen sie mit Küssen, sondern sein ganzer Körper war dicht an ihren gedrängt, während sie sich mühelos zur Musik bewegten, sich wiegten und drehten. Es war fast wie Sex, nur angezogen und aufrecht stehend. Er hatte sie nicht noch einmal geküsst, sondern seine Stirn an ihre gelegt und beobachtete jede ihrer Reaktionen auf seine Berührung, ihre gemeinsame Bewegung, seine Hand auf ihrem Rücken, die Finger weit gespreizt, um sie eng an sich zu drücken.

Erneut schob er ein Knie zwischen ihre Beine und presste seinen Oberschenkel gegen das V ihrer Schenkel. Unwillkürlich schloss sie die Augen, als die sanfte Reibung Hitzewellen durch ihren Körper sandte. Er drängte sich noch näher an sie, und ein Stöhnen entrang sich ihrer Kehle. Sie presste sich an sein Bein, rieb ihren Körper, ihre Klitoris an ihm, bis in ihrem Inneren ein Wirbelsturm tobte und sie völlig außer Atem war.

Die Musik pulsierte um sie herum, ein sexy Beat. Sie konnte sich nicht daran erinnern, diesen Song ihrer Playlist hinzugefügt zu haben, aber in diesem Moment war sie froh, dass er darauf war. Die Musik passte perfekt zu der Art, wie sie tanzten – wenn man es denn überhaupt tanzen nennen konnte. Sinnlich und langsam, aber mit einem steten Rhythmus im Hintergrund, der das Bild eines sich liebenden Paares hervorrief, stoßend und pulsierend. Es war Musik, zu der man Sex haben musste.

Er fuhr mit seinem Oberschenkel wieder und wieder über ihre Klitoris, ließ die Reibung ihrer Strumpfhose ihre ganze Magie entfalten. Sie wäre jede Wette eingegangen, dass Adam eine Frau nur auf die richtige Art ansehen musste, um sie auch ganz ohne Reibung zum Orgasmus zu bringen. Der Mann war einfach zu sexy. Hitze und Verlangen kochten in ihrem Inneren. Ihre Klitoris pulsierte. In ihrem Bauch brodelte es. Sie war schon so kurz davor. Sie waren noch immer voll bekleidet, tanzten nur, und doch war sie kaum eine Haaresbreite von einem glorreichen Orgasmus entfernt.

»Baby …«, flüsterte er mit den Lippen an ihrer Schulter. Sein kurz geschnittener Bart kitzelte ihre empfindliche Haut. Er schob ihren Body ein Stück zur Seite und vergrub die Zähne sanft in ihrer entblößten Schulter. Noch ein letztes Mal stieß er mit seinem Bein gegen ihre Klitoris, und sie kam.

Mit geschlossenen Augen, wie zu einer stummen Bitte leicht geöffnetem Mund und in den Nacken gelegtem Kopf gab sich Violet dem Orgasmus hin, ließ ihn durch ihren Körper donnern, jede Zelle, jede Faser, jeden Nerv erfassen, bis ihr ganzer Körper von einer Hitze und Glückseligkeit erfüllt war, die sie schon viel zu lange nicht mehr gespürt hatte.

»Genau so, Baby«, schnurrte er. »Du bist wunderschön, wenn du kommst.«

Er ließ eine Hand langsam ihren Rücken hinaufwandern, bis seine Finger über die nackte Haut zwischen ihren Schulterblättern strichen und Gänsehaut ihren gesamten Körper überzog, trotz der Hitze in ihr. Kitzelnd und neckend setzte er die Erkundungstour fort, bis er die Hand an ihren Hinterkopf legte und sanften Druck ausübte, damit sie den Kopf zur Seite neigte. Mit einem Seufzen gab sie nach, und seine Lippen fanden die empfindliche Stelle, an der ihr Hals in die Schulter überging.

Adam fuhr mit den Zähnen ihren Hals entlang, reizte sie mit sanften Bissen, gerade fest genug, um ihren Adrenalinspiegel in die Höhe schnellen zu lassen. Er drückte einen Kuss in die Kuhle unter ihrem Hals und bewegte sich dann küssend weiter ihr Schlüsselbein entlang. Violet lehnte sich noch weiter zurück, wollte, dass er tiefer wanderte, ihren Body nach unten zog und einen ihrer steifen Nippel in den Mund nahm.

Aber das tat er nicht. Stattdessen fuhr er mit der Hand, die in ihrem Nacken gelegen hatte, plötzlich in ihr Haar, befreite es von den Klammern, löste ihren Dutt und ließ ihre langen, dicken Strähnen durch seine Finger gleiten. Es fühlte sich phantastisch an, und sie stöhnte erneut, als er ihr Haar plötzlich in seiner

Faust zusammenfasste und ihren Kopf daran nach hinten zog, sie zwang, ihm wieder ihren Hals darzubieten.

Sie drückte ihre Brust nach oben, gegen ihn. Das Verlangen nach seinem Mund auf ihren Brüsten war kaum noch auszuhalten. Das Verlangen ihrer empfindlichen Nippel, in diese nasse Hitze gesogen zu werden.

»Vi«, hauchte er an ihrem Nacken. »Du musst eine Entscheidung treffen.«

Hatte sie das nicht schon längst? Hatte ihr Körper ihrem Gehirn nicht klar und deutlich befohlen, die Klappe zu halten und sich endlich, nach einer gefühlten Ewigkeit, wieder richtig gut zu fühlen? Sie war gerade auf seinem Bein gekommen. Sie waren doch schon die halbe Strecke gegangen. Sie hatte sich entschieden.

Ihr Herz hatte einen Sprung gemacht, als sie sich vorhin umgedreht und ihn in ihrem Studio entdeckt hatte. Und dann zu hören, dass er genauso empfand wie sie, dass er nicht aufhören konnte, an sie zu denken, sich nicht von ihr fernhalten konnte. Sie wusste, dass es falsch war, dass sie Jean-Phillipe damit betrog, doch sie konnte einfach nicht leugnen, wie richtig es sich anfühlte, wenn sie in Adams Armen lag. Wie gut es sich anfühlte, wieder mit einem Partner zu tanzen, der genau zu wissen schien, wie er mit ihrem Körper umgehen, sie über die Tanzfläche führen musste, und ihr das Gefühl gab, dass er sie niemals fallen, niemals loslassen würde.

Es war falsch. Auf so vielen Ebenen. Zu vielen. Viel zu vielen, um sie zu zählen. Also versuchte sie es erst gar nicht, dachte nicht mehr drüber nach, sondern überließ ihrem Verlangen die Führung – ungeachtet der Konsequenzen.

Sie wiegten sich noch immer zu der erotischen Musik, seine Lippen an ihrem Hals, seine Hand auf ihrer Brust. Sie war so feucht und konnte auch seine Erektion schon seit einer Weile spüren. In einem Anflug von Kühnheit ließ sie eine Hand zwischen ihre Körper gleiten und öffnete den Reißverschluss seiner Cargoshorts.

Er erstarrte.

»Vi …«

»Ja«, hauchte sie. »Bitte.«

Mit einem Knurren nahm er die Hände von ihrer Brust und ihrem Haar und hob sie hoch, setzte sie auf seine Hüfte. Trug sie hinüber zu einem der Stühle, die vor der Spiegelwand standen, und setzte sich. Er befreite seinen Penis und fuhr mit der Hand in einer langen, sexy Bewegung ein paarmal daran auf und ab.

»Ich habe kein Kondom dabei.«

Auch sie hatte keines. Sie war nicht davon ausgegangen, so etwas in ihrem Erste-Hilfe-Kasten im Studio zu brauchen.

Sie leckte sich die Lippen. Sein Schwanz ragte zwischen ihnen auf, an der Spitze ein glänzender Tropfen flüssiger Vorfreude, und konnte ihre Zuwendung offensichtlich kaum noch erwarten. »Ich habe eine Spirale und keine Geschlechtskrankheiten.«

Er nickte. »Ich auch nicht.«

Oh, Gott sei Dank.

Sie schob seine Hand aus dem Weg und schloss ihre Faust um seinen beachtlichen Schwanz, ließ die Handfläche über die seidig weiche Haut gleiten, auf und ab. Sein Lächeln ließ ihr Höschen noch feuchter werden.

Während sie seinen Schwanz verwöhnte, schob Adam den Träger des Bodys wieder über ihre Schulter und küsste ihre nackte Haut, ließ die Zunge so kunstvoll darüber gleiten, dass sie sich wünschte, er wäre weiter südlich an ihrem Körper damit zugange.

Er küsste sie, biss sie, leckte über ihr Schlüsselbein. Zog ihren

Body weiter nach unten, bis ihre Nippel freilagen – endlich –, und saugte eine der fast schon schmerzhaft sensiblen Knospen in seinen feuchten, warmen Mund, saugte gerade hart genug daran, um das schmerzhafte Ziehen zu lindern. Nur dass er damit ein neues wundervolles Ziehen zwischen ihren Beinen zu pulsierendem Leben erweckte. Sie wollte ihn nicht nur in ihrer Hand spüren, sie musste ihn in sich haben.

Adam ließ die Hand über ihren Bauch nach unten wandern und schob seine Finger unter den dünnen Stoff ihres Rocks, tauchte in den Schritt ihres Bodys.

Mist.

Er zog seine Hand zurück, als ihnen zeitgleich klar wurde, dass ihre Vagina momentan in etwa so gut geschützt war wie Fort Knox. Ein Body, eine Strumpfhose und ein Tanga standen Adam im Weg.

Ein kleines sexy Lächeln zupfte an seinen Lippen. »Das sind ganz schön viele Lagen.«

»Ja.« Ihr Lachen war gezwungen und atemlos.

»Ich hätte zwar nichts dagegen, aber du möchtest wahrscheinlich nicht, dass ich deine Klamotten zerreiße?«

Sie drückte sich von seinem Schoß hoch. »So sexy das auch wäre, ich weiß deine Zurückhaltung zu schätzen.«

Langsam, weil sie plötzlich Lust hatte, ihm eine kleine Show zu bieten, zog sie die Träger ihres Bodys über die Schultern und schob den Stoff bis zu ihrer Hüfte hinunter, entblößte dabei Brüste und Bauch. Wiegte sich sanft zur Musik und beobachtete, wie seine Pupillen sich weiteten, seine Nasenflügel sich blähten. Dann zog sie Body und Strumpfhose weiter runter, ließ sie ihre Oberschenkel hinabgleiten, dann ihre Waden, ohne auch nur für einen Moment den Blickkontakt zu unterbrechen.

Adam blinzelte nicht einmal. Er saß einfach nur da, sah ihr zu, seine Augen zwei dunkelblaue Flammen, die nun ihren Körper entlangwanderten, ihre Haut mit bloßen Blicken verbrannten. Er hatte die Hand um seinen Schwanz gelegt, war jedoch zu gebannt, um sich zu streicheln. Es gefiel ihr, dass sie eine solche Wirkung auf ihn hatte.

Mit der Figur einer Tänzerin, schmalen Hüften, langen Beinen, einer schlanken Taille und kaum vorhandenen Brüsten, schämte sich Violet nicht für ihren Körper. Weder nackt noch bekleidet. Natürlich gab es Momente, in denen sie sich wünschte, eine etwas weiblichere Figur zu haben, mit ein paar Kurven, mehr Oberweite und etwas mehr Po, aber im Großen und Ganzen akzeptierte sie ihren Körper so, wie er war. Viele Frauen taten einiges, nicht selten zum Schaden ihrer Gesundheit, um so eine Figur zu erreichen, wie Violet sie von Natur aus hatte, sie wollte sich also nicht beschweren.

Doch erst, als sie sich selbst im Spiegel hinter Adam erblickte und dann auch in all den anderen Spiegeln im Saal, wurde ihr bewusst, was sie da gerade tat. Sie hatte gestrippt – einen richtigen Striptease hingelegt –, und zwar vor den Augen eines Mannes, den sie kaum kannte. Stand jetzt in ihrem Tanzstudio vor ihm, nackt bis auf den hautfarbenen Tanga, und würde gleich zurück auf seinen Schoß klettern, um das zu tun, was Menschen nun mal am besten konnten.

Ihr war bewusst, dass ihr das peinlich sein sollte, dass es sich falsch und schmutzig anfühlen sollte, aber das tat es nicht. Sie brauchte es. Sie wollte es. Sie wollte *ihn*.

Er streckte ihr eine Hand entgegen. »Unglaublich«, flüsterte er.

Sie nahm seine Hand und ließ sich von ihm nach vorn ziehen, setzte sich wieder rittlings auf seinen Schoß, legte die Arme auf seine Schultern und fuhr mit den Fingern durch sein volles, kupferfarbenes Haar. Sie liebte seine Frisur, an den Seiten kurz und oben etwas länger, mit dem Ansatz einer Welle. Und dieser kurz getrimmte Bart … Gott, sie konnte sich nur vorstellen, wie es sich anfühlen würde, wenn der über die Innenseite ihrer Schenkel rieb.

Mit den Fingern einer Hand fuhr er sanft die Linien des Tattoos an ihrem Brustkorb nach und verzog die Lippen zu einem neugierigen, aber anerkennenden Lächeln. »Wann hast du dir das stechen lassen?«

Sie schluckte, genoss das Kribbeln, das seine Finger auf dem kleinen Paar Ballettschuhe hinterließen. »Als ich mein erstes Solo bekommen habe.«

Sein Blick huschte hoch zu ihrem Gesicht. »Es gefällt mir.« Er ließ seine Hände an ihren Flanken hinabgleiten und legte sie um ihren Po, zog sie näher zu sich heran, so dass sein Schwanz gegen ihre Spalte drückte. Sie schloss die Augen, biss sich auf die Lippen und legte den Kopf in den Nacken.

»Nein.«

Sie öffnete die Augen und sah auf ihn hinab, überrascht von seinem plötzlich rauen Ton.

»Schau mich an. Ich will dich sehen. Jeden Teil von dir. Ich will, dass du uns in den Spiegeln zusiehst. In allen. Da drin sind so viele Versionen von uns, die alle dasselbe tun. Die alle verbunden sind. Sieh dir selbst dabei zu, wie du kommst, jeder einzelnen Version von dir. Du sollst sehen, wie absolut umwerfend du bist.«

Sie tat wie ihr geheißen. Wie hätte sie auch widerstehen können?

Mit offenen Augen, den Blick auf Adam gerichtet, hob sie sich mit den Händen auf seinen Schultern und den Zehenspitzen auf dem Boden leicht an. Er ließ eine ihrer Pobacken los, umfasste seinen Schwanz und brachte ihn in Position.

Langsam, genießerisch, sinnlich ließ sie sich auf ihn sinken, nahm ihn in sich auf, spürte, wie seine Größe sie dehnte. Es fühlte sich verdammt gut an.

»O ja, Baby«, stöhnte er, griff wieder mit beiden Händen nach ihrem Po und brachte sie dazu, sich auf ihm zu bewegen. »Das ist so gut.«

Sie ritt ihn, auf und ab, immer wieder. Sie hatten den perfekten Winkel gefunden. Er drang tief in sie, so tief, dass sein straffer Bauch über ihre Klitoris rieb. Er stieß kraftvoll nach oben, hielt ihren Po fest und stöhnte mit jedem harten Aufwärtsstoß, den sie bis in ihre Kopfhaut und die Zehenspitzen spürte.

Nicht ein einziges Mal unterbrachen sie den Blickkontakt. Bei jedem Senken ihrer Hüfte, jedem Stoß seines Beckens, bleiben sie völlig aufeinander fokussiert, beobachteten, wie sie beide dem Höhepunkt immer näher kamen. Seine Pupillen weiteten sich, bis das Schwarz das tiefe Blau beinahe verdrängte. Seine Augenbrauen waren vor Konzentration zusammengezogen. Sie spürte, wie es tief in ihr zu beben begann, und das Ziehen, das sie so lange zwischen ihren Beinen gespürt hatte, war nicht länger ein Ziehen, sondern eine Hitze, die sich aus ihrer Mitte heraus ausbreitete, zu ihren Brüsten, ihrem Hals, bis in ihre Glieder. Jeder Teil ihres Körpers spürte die Wirkung, den Adam auf sie hatte, während er ihr so nah war, sie ausfüllte.

Er nahm eine Hand von ihrem Po und schob sie zwischen ihre Körper, ließ seine Finger in ihren Tanga gleiten und fand ihre nasse und geschwollene Klitoris. Als der zweite Orgasmus sie überwältigte, keuchte sie auf. Ihr Rücken bog sich durch, ihre Pussy zog sich zusammen, und sie klammerte sich an seinem Nacken fest, als hinge ihr Leben davon ab. Sie wollte so gern die Augen schließen, aber er hatte es ihr verboten.

Adam verlangsamte seinen Rhythmus nicht, stieß mit der Kraft seiner starken Oberschenkel immer wieder tief in sie, während er mit einer Hand weiter ihren Kitzler streichelte und die Finger der anderen schmerzhaft in ihre Pobacke grub. Doch es machte ihr nichts aus. Sie war noch immer berauscht von ihrem Höhepunkt, und alles, was Adam mit ihr tat, fühlte sich einfach unfassbar gut an.

»Sieh dich an«, stieß er atemlos hervor. »Schau in die Spiegel. Du bist so verdammt sexy.«

Sie hob den Blick und sah in den Spiegel hinter Adam. Ihre Wangen waren tiefrot angelaufen, und ihre Augen strahlten. Dann sah sie ihren Rücken im Spiegel hinter ihnen, ihre Pobacken, die auf seinen Schenkeln auf und ab hüpften, seine Finger, die sich darin vergruben, die Knöchel schon ganz weiß.

»Siehst du, wie ich in dich stoße?«

Sie kniff die Augen zusammen, konzentrierte sich auf ihr Spiegelbild, auf die Stelle, an der sie miteinander verschmolzen. Langsam glitt sie nach oben – und da war er. Sie ließ sich wieder nach unten sinken und sah seinen Schwanz in ihr verschwinden. Wieder hob sie sich und sah ihre Verbindung, die Stelle, an der sie eins wurden.

»So. Verdammt. Heiß«, keuchte er.

Sie war fasziniert von dieser Verbindung, von der Erotik und davon, wie perfekt sie aufeinander passten. Erst als der dritte Orgasmus durch ihren Körper wogte, zeitgleich mit Adams Höhepunkt, nahm sie den Blick von ihrem Spiegelbild und richtete ihn wieder auf den Mann unter ihr, in ihr.

Sie wimmerte, als er sanft in ihre Klitoris zwickte und daran zupfte. Je härter er zudrückte, desto lauter wurde ihr Stöhnen, ihr Orgasmus schien sich unendlich auszudehnen.

Sie ließ ihre Stirn gegen seine sinken. Als sie sich schließlich etwas vom Rausch ihrer Höhepunkte erholt hatten, fanden sich ihre Blicke. Ihr Atem mischte sich, während sich ihr Herzschlag beruhigte und die Musik schließlich verstummte.

»Tanz für die Kulturstiftung«, sagte Adam, während er seine Finger federleicht über ihren Rücken wandern ließ und ihr eine wohlige Gänsehaut bescherte. Seine raue und gebieterische Stimme ließ ihren ganzen Körper vor Verlangen erbeben. »Ich werde dein Partner sein.«

Kapitel 10

Adam drückte auf einen Knopf an seinem Autoschlüssel und hörte das bestätigende *Chirp*, als der SUV seine Türen verriegelte. Die Abendluft war noch immer lau und kündete vom nahen Sommer. Er konnte es kaum erwarten und hatte vor, so oft wie möglich mit Mira an den Strand zu fahren.

»Hey, DamDam!« Er ließ beinahe das Sixpack Bier fallen, das er in der Hand hielt, als ihn plötzlich ein harter – beinahe zu harter – Schlag auf den Rücken traf.

»Verdammt, Zak. Lass das doch mal.« Er sah seinen Bruder böse an, jedoch nicht, weil der seinen Spitznamen aus Kindertagen verwendet hatte.

Als Zak sprechen gelernt hatte, war ihm das Wort »Adam« noch schwergefallen, deshalb hatte er seinen Bruder erst Dam und später dann DamDam genannt, nachdem er das erste Mal die Familie Feuerstein im Fernsehen gesehen hatte und von Bamm-Bamm Geröllheimer begeistert gewesen war. Der Name war Adam bis heute erhalten geblieben.

Adams kleiner Bruder, der alles andere als klein war, verdrehte die Augen und holte aus, um Adam noch einmal auf den Rücken zu hauen, zog dann aber in letzter Sekunde die Hand zurück und lachte. »Alles klar?«

Adam atmete geräuschvoll aus. »Alles gut. Und bei dir?«

Zak grinste noch breiter. »Ging mir nie besser.«

Adam wusste, dass sein Bruder nur eine Show abzog, so wie

immer. Lächle einfach, und niemand wird je erfahren, wie sehr du insgeheim leidest.

Gemeinsam gingen sie die lange Kieseinfahrt zu Liams Haus hinauf. »Wie geht's den Kindern?«

Zak zog ganz leicht eine breite, muskulöse Schulter hoch. »Gut. Loni zickt nur mal wieder rum und weigert sich, mir die Kinder an meinen Tagen zu überlassen.«

Adam blieb wie angewurzelt stehen. »Wieso das denn, verdammt noch mal?«

Zak verdrehte die dunkelblauen Augen. »Sie meint, es wäre zu verwirrend für sie.«

»So ein Schwachsinn. Die Kinder sind immer von Sonntag bis Mittwoch bei dir. Wieso sollte das denn verwirrend sein? Die beiden sind doch keine Babys mehr. Die verstehen den Zeitplan schon.«

Zak gab ein unartikuliertes Geräusch von sich und dehnte seinen kräftigen Hals ein paarmal von Seite zu Seite, bis es knackte. »Dein Wort in Lonis Ohren. Sie ist der Meinung, dass die Kinder unter der Woche, wenn Schule ist, bei ihr bleiben sollten und ich sie doch einfach am Wochenende nehmen kann.«

»Damit sie jedes Wochenende frei hat?«

Zak setzte ein gezwungenes Lächeln auf. »Genau. Anscheinend datet sie gerade irgendeinen Idioten, den sie über so eine App kennengelernt hat. *Craig*. Sie will am Wochenende freihaben, damit sie mit *Craig* tanzen gehen kann. Oder mit *Craig* zu einer Weinverkostung gehen kann. Oder mit *Craig* nach Lopez Island fahren kann. Craig kann mich mal.«

Adam nickte. »Craig kann uns alle mal.«

Zak fuhr sich mit der Hand durchs wirre dunkelrote Haar. Abgesehen von den blauen Augen und dem nahezu identischen Lächeln sahen die beiden überhaupt nicht wie Brüder aus. Während Adam dunkles, kupferbraunes Haar und olivfarbene Haut hatte, war Zaks Haar wirklich rot und seine Haut zwar nicht bleich, aber deutlich heller als die seines Bruders. Er würde jedem sofort an die Kehle springen, der ihn als hellhäutigen Rotschopf bezeichnete, doch er hatte jede Menge Sommersprossen auf den Armen und bekam viel schneller Sonnenbrand als Adam.

Adam schüttelte den Kopf und lächelte, während sie weiter auf Liams Haus zugingen. Gene und ihre Funktionsweise faszinierten ihn immer wieder aufs Neue. Er hatte seinen Beruf goldrichtig gewählt. Evolution und die Vererbung von Eigenschaften, sowohl körperlichen auch geistigen, waren einfach spannend.

»Hast du vor, das mit ihr auszufechten?«, fragte er seinen Bruder. Er wusste, dass Zak von dem Rechtsstreit mit seiner Ex-Frau völlig ausgelaugt war. Er liebte seine Kinder über alles, aber vor Gericht hatte Loni ihn in einem schrecklichen Licht dargestellt, hatte behauptet, er sei ein Workaholic, würde zu viel trinken und sie und die Kinder emotional missbrauchen. Es hatte Adam krank gemacht, neben seinem Bruder im Gerichtssaal zu sitzen und sich die Lügen und Gemeinheiten über ihn anhören zu müssen. Zum Glück war es Liam gelungen, den Richter davon zu überzeugen, dass diese Vorwürfe vollkommen haltlos waren, und Zak das geteilte Sorgerecht zu verschaffen. Und das – auf Zaks Wunsch hin –, ohne Loni durch den Dreck zu ziehen, wie ihr Anwalt es mit Zak getan hatte. Adams Bruder war ein wahrhaft aufrichtiger Kerl, und Adam hasste es, ihn so leiden zu sehen.

»Ich muss heute mit Liam darüber reden. Rausfinden, ob ich da juristische Möglichkeiten habe. Ich meine, unsere Scheidung lief zwar über Anwälte, und wir haben das geteilte Sorgerecht vor Gericht zugesprochen bekommen, aber die Tage, die jeder mit den Kindern verbringt, haben wir außergerichtlich vereinbart. Wir haben das ja bewusst flexibel gehalten, um es an unsere Jobs und Pläne anpassen zu können. Wenn ich die Kinder habe, arbeite ich nur halbtags, während sie in der Schule sind. Im Ausgleich arbeite ich dann länger, wenn sie bei ihrer Mutter sind.«

»Das klingt nach einer sehr sinnvollen Abmachung.«

»Außerdem bin ich gerade dabei, das vierte Fitnessstudio zu eröffnen, die langen Tage sind zurzeit also *extra* lang.«

»O ja, stimmt. Hast du dich schon für einen Standort entschieden?«

»Ich hab die Optionen zumindest schon mal eingegrenzt. Es gäbe da ein tolles Gebäude in der Nähe vom Frye Art Museum. Dort könnten wir jede Menge Studenten gewinnen, die Uni ist da ja auch direkt um die Ecke. Aber in North Beacon Hill gibt es auch eine tolle große Immobilie, die sehr vielversprechend ist. Und in dem Bereich der Stadt sind wir bisher noch gar nicht vertreten. Das könnte sich also wirklich lohnen.«

Adams Bruder war Fitnesstrainer und besaß eine kleine Fitnessstudio-Kette. Aber angesichts dessen, wie viel Zak in dieses Projekt investierte, würde das Unternehmen bestimmt nicht lange klein bleiben. Innerhalb von nur fünf Jahren war er vom Besitzer eines winzigen Studios im zwielichtigen Teil der Stadt – zu dessen Stammkunden fast ausschließlich irgendwelche Schwachköpfe zählten, die sich jeden Morgen zu ihrem Müsli noch eine Portion Steroide gönnten – zum Inhaber dreier luxuriöser Fitness-Etablissements aufgestiegen, die über die ganze Stadt verteilt waren. Club Z Fitness lockte nun nicht mehr nur Schwachköpfe mit Oberarmen so dick wie Wassermelonen an, sondern auch Olympiateilnehmer, Profisportler, Politiker, CEOs, Hausfrauen und Studenten. Seine Studios boten für jeden das Richtige. Verschiedene Kurse, Trainer, Programme und sogar Ernährungsberater vor Ort, für all diejenigen, die es richtig ernst meinten und nicht nur ihren Körper, sondern ihren ganzen Lebensstil verändern wollten.

»Tja, du weißt, für welchen Standort ich stimmen würde«, sagte Adam lachend. »Wenn du in der Nähe der Uni bist, könnte ich einfach nach der Arbeit vorbeikommen und müsste nicht erst zwanzig Minuten bis zu deinem nächsten Studio fahren. Die Lage ist alles.«

Zak grinste. »Ich werde es im Hinterkopf behalten.«

Sie hatten die Haustür erreicht, aber keiner von beiden machte sich die Mühe, zu klopfen oder zu läuten. Zak griff nach der Klinke und drückte die Tür einfach auf. Adam folgte ihm auf den Fuß.

»Wenn du jemanden brauchst, der auf Aiden und Tia aufpasst, sag einfach Bescheid«, bot Adam an, während sie den Flur entlang auf die lauter werdenden Männerstimmen zugingen. »Am Stundenplan für meine Kurse kann ich zwar nichts ändern, aber wenn ich im Labor arbeite, bin ich flexibel. Das kann ich auch von zu Hause aus machen.«

Zak klopfte ihm wieder auf die Schulter, diesmal jedoch deutlich brüderlicher als zuvor. »Danke. Wie geht es dir denn? Und Mira?«

Adam nickte ein paar der anderen Männer zur Begrüßung zu, trat in Liams riesige, topmoderne Küche und stellte das Bier bis auf eine Flasche in den Kühlschrank. Die eine Flasche öffnete er und nahm einen Schluck, ließ das eisgekühlte Gebräu genüsslich seine Kehle hinabrinnen. »Mira geht's gut. Sie nimmt seit ein paar Wochen Tanzunterricht und findet es ganz toll.«

»Ach ja? Wo denn?«

»In der Innenstadt, nicht allzu weit von deinem Club in der Union Street entfernt. An der Tanzschule Benson.«

Zak riss eine Tüte Minibrezeln auf und schüttete sie in eine der Schüsseln, die auf dem Küchentresen bereitstanden. »Meinst du, Tia würde so was auch Spaß machen?«

»Du kannst ja einfach mal mit ihr vorbeikommen und es dir ansehen.«

»Ah, das höre ich doch gern«, erklang da eine vertraute Stimme hinter ihnen. »Du wirbst schon neue Kunden für uns an. Danke, Mann. Kostenlose Werbung nehmen wir immer gern.«

Adam drehte sich um und entdeckte Mitch, der mit seinem eigenen Sixpack Bier und einem breiten Grinsen in der Küchentür stand. Sie schüttelten sich die Hand. »Wie läuft's?«, fragte Adam.

Mitch stellte sein mitgebrachtes Bier neben Adams in den Kühlschrank und behielt ebenfalls eine Flasche in der Hand, die er direkt öffnete. »Kann mich nicht beschweren. Aber Jayda würde Mira gern öfter sehen, sie redet quasi nur noch von ihr.«

Adam lächelte. »Und Mira von Jayda.«

In dem Moment kam Liam um die Ecke, aus seinen bernsteinfarbenen Augen sprach wie immer der Schalk. »Na, ihr Dödel?«

Adam warf ihm einen vielsagenden Blick zu. »Immer der Erwachsenste der ganzen Gruppe.«

Liam grinste noch breiter. »Aber klar doch.«

Adam, Zak und Mitch gingen ins Wohnzimmer, dessen große Fensterfront über den Lake Washington blickte. Liam lebte in einem der elitärsten Teile der Stadt, am Lake Washington Boulevard, inmitten der Crème de la Crème von Seattles Gesellschaft, und teilte sich einen Postboten mit den besten Ärzten und Anwälten, Politikern und CEOs. Kein Wunder also, dass er für seine

Dienste eine ganze Stange Geld verlangte. Die Grundsteuer, die er zahlen musste, war vermutlich astronomisch hoch.

Die meisten anderen Männer ihres Clubs waren schon da und bereiteten den Pokertisch vor oder bedienten sich an Liams protziger Bar mit der lederbespannten Theke.

»Bleibt ihr beim Bier, oder wollt ihr was Härteres?«, fragte Scott, Liams jüngerer Bruder, nachdem er vor Adam, Mitch und Zak zur Begrüßung spaßeshalber salutiert hatte. »Wie war eure Woche? Budweiser-stressig oder eher drei-Finger-breit-Macallan-18-stressig?«

»Ich bleibe erst mal beim Bier«, sagte Adam und griff nach dem dunkelbraunen Holzkästchen, das auf einem Nebentisch stand und Liams Pokerchips enthielt.

»Ich auch«, sagte Mitch.

»Ich könnte einen Scotch vertragen.« Zak schlenderte zur Bar hinüber und sah Scott dabei zu, wie er ihm ein großzügiges Glas Whisky einschenkte.

»Die Art Woche also, was?«, fragte Scott.

Zak nahm einen tiefen Schluck. »Kann man so sagen.«

»Nicht du auch noch«, sagte Emmett, ein weiterer alleinerziehender Vater ihrer Gruppe. Er nickte Scott knapp zu. »Nachschenken, Barkeeper. Und das gern den ganzen Abend. Tiffs neuer Liebhaber geht mir echt auf die Nerven. Und Jojo erst.«

»Sind wir wirklich so miese Typen, dass unsere Frauen uns verlassen und betrügen, nur um sich dann solche Loser zu suchen?«, fragte Zak. »Ich halte mich eigentlich für einen ganz anständigen Kerl.« Er zog sein T-Shirt ein Stück hoch und stellte seine beeindruckenden Bauchmuskeln zur Schau.

Adam verdrehte die Augen. Sein Bruder ließ sich wirklich keine Gelegenheit entgehen, mit seinen Muskeln anzugeben.

»Ich meine, schlecht anzuschauen bin ich ja wohl nicht, oder? Ich habe ein eigenes Unternehmen. Bin gesund und aktiv. Lecke gern jede Frau stundenlang, ohne im Gegenzug einen Blowjob zu erwarten. Ich dachte eigentlich, ich wäre ein ziemlich guter Fang.«

Adam schnaubte und setzte sich an den Tisch. »Du glaubst, mehr braucht es nicht, um ein guter Fang zu sein? Du meinst, es reicht aus, dass du nach sechzig Minuten noch keinen Krampf in der Zunge bekommst?«

»Ich bin außerdem auch ein guter Vater. Ich kann kochen, respektiere Frauen, schlage oder missbrauche sie nicht und rasiere regelmäßig meine Schambehaarung, da unten ist es immer ordentlich. Und ja, ich bin der Meinung, dass mich das alles zu einem guten Fang macht.«

»Geht mir auch so«, sagte Scott trocken und setzte sich zu ihnen. »Ich verstehe die Frauen einfach nicht. Was wollen die denn von uns?«

Adam konnte sich an diesem Gespräch nicht wirklich beteiligen. Seine Scheidung von Paige war größtenteils freundschaftlich verlaufen, und er empfand noch immer größten Respekt und Zuneigung für sie. Und er wusste, dass sie ihn liebte; sie war nur nicht mehr in ihn *verliebt*, weil sie im Moment nicht mal sich selbst lieben konnte. Als in ihrer Ehe noch alles gut gewesen war, war es *richtig* gut gewesen. Aber diese Zeiten waren vorbei, und nun waren er und seine Ex-Frau nur noch Freunde und natürlich die Eltern ihrer gemeinsamen Tochter. Es hatte sechs Monate und viele Therapiestunden gebraucht, bis er das akzeptiert hatte, aber nun, da er es tat, freute er sich auf die Zukunft. Bei dem Stichwort wanderten seine Gedanken sofort zu Violet. Was sie wohl gerade machte? Was sie wohl anhatte? Ob sie auch an ihn dachte?

»Manchmal glaube ich, mein Leben wäre einfacher, wenn ich

schwul wäre«, sagte Zak trocken. »Was Männer wollen, weiß ich wenigstens. Ich wäre der weltbeste schwule Ehemann.«

»Blowjobs, Bier, Massagen, Grillen. Wir sind echt leicht zufriedenzustellen«, fügte Scott lachend hinzu.

»Ich glaube, ihr vergesst die Popo-Sache«, witzelte Liam, der nun mit mehreren Schüsseln voller Chips zu ihnen ins Wohnzimmer kam.

Sein Bruder zwinkerte ihm zu und schnalzte mit der Zunge. »Stimmt.«

Adam schnaubte.

Nach und nach nahmen alle Männer am Tisch Platz und stapelten ihre Pokerchips vor sich, während sie Atlas – einem noch recht neuen Mitglied des Clubs und eher der starke, ruhige Typ – dabei zusahen, wie er mit der Routine eines Blackjack-Dealers in Las Vegas die Karten mischte.

»Teilst du auch irgendwann mal aus, oder willst du ewig mischen?«, fragte Liam und nahm einen großen Schluck von seinem Whisky.

Atlas warf Liam einen Blick zu, der jeden anderen Mann auf seinen Platz verwiesen hätte, aber die beiden waren Freunde und Kollegen, und Atlas schienen Liams Sticheleien nichts auszumachen. »Ich warte nur noch auf den letzten Spieler.«

In dem Moment hörten sie die Haustür ins Schloss fallen, und der leere Stuhl neben Emmett sagte ihnen, dass soeben Mark – oder Marky Mark, wie Liam ihn liebevoll nannte – als Letzter eingetroffen war.

»Hey«, sagte Mark, als er mit erhitztem Gesicht um die Ecke kam. War er die ganze Auffahrt hochgerannt? »Tut mir leid, dass ich so spät dran bin.« Seine Lippen zuckten, also müsste er ein Grinsen zurückhalten. »Tori … äh …«

»Ja, ja, ja. Du bist glücklich und verliebt und hast gerade deine Freundin gevögelt. Halt einfach die Klappe und beweg deinen Arsch hier rüber, damit wir endlich anfangen können«, grummelte Liam, konnte die Verbitterung in seiner Stimme aber nicht verbergen. Liam, ihr Gastgeber und Gründer der Gruppe, glaubte nicht an die Liebe und predigte seine Philosophie jedem, der sie hören wollte – und auch allen anderen. »Ich sollte mir überlegen, ob ich euch nicht aus dem Club werfe, wenn ihr keine Singles mehr seid.«

»Das wäre aber nicht fair«, sagte Mark lachend und nahm zwischen Emmett und Adam Platz. »Ich mag unsere Pokerabende immer noch und lästere gern über unsere Kinder und rede mit euch. Nur weil ich jetzt nicht mehr offiziell Single bin, sollte ich doch wohl nicht dafür bestraft werden.«

»Du solltest mal ein paar Regeln aufstellen oder so, Bro«, fügte Scott hinzu. *»Bist du nicht mehr allein, kommst du hier nicht rein.«* Er lachte über seinen eigenen Witz, während die anderen nur die Augen verdrehten.

»Die Idee gefällt mir überhaupt nicht«, sagte Mark und wandte sich an Atlas. »Herr Anwalt, was ist Ihre Meinung?«

Atlas warf ihm einen Blick zu, zuckte mit den Schultern und wandte sich dann wieder dem Spieltisch zu. »Du kannst bleiben, wenn du deinen Einsatz verdoppelst.«

Liam klatschte begeistert und rieb sich dann mit einem manischen Funkeln in den Augen die Hände. »Oh, die Idee gefällt mir.«

»Na gut.« Mark schüttelte den Kopf, griff in seine Hosentasche und warf einen zweiten Fünfzig-Dollar-Schein auf den Tisch, bevor er sich mit der Hand durch sein wirres dunkles Haar fuhr. Er sah meistens so aus, als wäre er gerade erst aus dem Bett gefallen – er behauptete, das sei sein Stil –, und auch wenn ihm diese neue Regel offensichtlich nicht passte, leuchteten seine grünen Augen. O ja, er hatte definitiv gerade erst Sex gehabt.

So wie du. Zwar schon am Mittwoch, aber trotzdem.

Adam warf Mitch über den Tisch hinweg einen verstohlenen Blick zu. Hatte Violet ihm von Mittwochabend erzählt? Er benahm sich Adam gegenüber nicht anders als sonst, behandelte ihn nicht wie den Mann, der seine Schwester mitten in deren Tanzstudio geschändet hatte, aber andererseits war Mitch auch ein echt entspannter Typ. Vielleicht hatte er ja gar nichts dagegen, wenn Adam hinter seiner Schwester her war.

Mark stieß Adam mit dem Ellbogen an und deutete mit dem Kinn auf Mitch. »Ein Neuer?«

Richtig. Verdammt. Mark war letztes Wochenende nicht da gewesen, hatte Mitch also noch nicht kennengelernt.

Adam nickte. »Mark, das ist Mitch.« Er zeigte auf Mitch und gewann damit auch dessen Aufmerksamkeit. »Mitch, Mark.«

Die beiden Männer schüttelten sich über den Tisch hinweg die Hand.

»Woher kennt ihr euch denn?«, fragte Mark und bedankte sich bei Scott, der ihm ein Bier reichte.

»Unsere Töchter sind im selben Tanzkurs«, sagte Adam mit einem Lächeln. »Wir haben uns zwischen Tutus und Strumpfhosen kennengelernt.« Er griff nach einem Kartoffelchip.

»Und du datest meine Schwester«, fügte Mitch hinzu.

Adam erstarrte mitten in der Bewegung, der Chip hatte kaum seine Lippen erreicht.

Mitch sah ihn mit einer erhobenen Augenbraue herausfordernd an.

Alle am Tisch verstummten und beobachteten gebannt den Austausch zwischen Adam und Mitch.

Adam schluckte. »Nicht ganz. Ich *würde* deine Schwester gern daten.«

Ein schiefes Lächeln stahl sich auf Mitchs Gesicht, und er prostete Adam mit seiner Bierflasche zu. »Na dann, viel Glück.«

Puh.

»Wenn du ihr das Herz brichst, breche ich dir das Genick.«

Zu früh gefreut.

»Tja, diese Wendung hatte ich jetzt nicht erwartet«, sagte Liam lachend. »Ich dachte schon, ich müsste doch noch mal ernsthaft darüber nachdenken, im Keller einen Boxring aufzustellen.«

»So gern ich dir manchmal auch eine reinhauen würde«, begann Emmett, »ich behandle viele Kinder im Krankenhaus und würde lieber nicht erklären müssen, wo ich die geschwollene Lippe oder das blaue Auge herhabe.«

Mark nickte. »Dito.«

Liam verzog den Mund zu einer übertriebenen Schnute. »Ihr seid doch alle Spielverderber.«

»Apropos«, sagte Atlas, räusperte sich und warf einen erstklassigen strengen Vaterblick in die Runde, »lasst uns endlich Karten spielen, verdammt noch mal.«

Kapitel 11

»Gute Nacht, Tante Violet«, sagte Jayda, streckte die Arme über den Kopf und riss den Mund zu einem riesigen Gähnen auf.

Violet lächelte ihre Nichte an und beugte sich vor, um ihr einen Kuss auf die Stirn zu drücken. »Gute Nacht, Süße.«

Das kleine Mädchen zog die Decke bis zum Kinn hoch und rollte sich auf die Seite. »Können wir Mira und ihren Papa zu uns zum Abendessen einladen, wenn er Geburtstag hat? So wie die beiden dich eingeladen haben?« Sie blinzelte Violet mit ihren unfassbar großen blauen Augen an.

Ob absichtlich oder nicht, dieses Kind hatte wirklich den perfekten Dackelblick drauf. Sie könnte selbst den härtesten aller harten Kerle mit einem bloßen Blick aus ihren babyblauen Augen um den kleinen Finger wickeln.

»Weißt du denn, wann er Geburtstag hat?« War es schon bald? Sollte sie etwas für ihn besorgen? Waren sie schon so weit? Waren sie überhaupt irgendwas?

Jayda zog eine Grimasse, die klarmachte, dass sie keine Ahnung hatte. »Ich weiß nicht.«

»Na, dann finde doch mal heraus, wann er Geburtstag hat, und dann schauen wir, was wir tun können. Okay?«

Jayda lächelte und wechselte dann so abrupt das Thema, wie nur Kinder es können. »Mira ist meine allerbeste Freundin.«

Violet strich mit einer Hand über das lange blonde Haar ihrer Nichte. Es sah aus wie gesponnenes Gold, wie es da so ausgebreitet auf ihrem *Eiskönigin*-Kissen lag. »Ihr kennt euch erst seit ein paar Wochen und seid schon beste Freundinnen?«

Jayda zuckte mit den Schultern. »Manchmal weiß man so was einfach. Wenn jemand so toll ist, weiß man es eben sofort.«

Und das aus dem Mund einer Sechsjährigen.

Du kennst Adam doch auch erst seit Kurzem und hast schon mit ihm geschlafen. Dass Jayda Mira ihre beste Freundin nennt, ist im Vergleich dazu doch ziemlich harmlos.

Violet gab Jayda noch einen Kuss und knipste dann die Nachttischlampe aus. »Vermutlich hast du recht, manchmal weiß man es einfach. Schlaf gut, Süße.«

Jayda gähnte wieder und schloss die Augen. »Gute Nacht.«

Kopfschüttelnd schloss Violet die Zimmertür und ging die Treppe hinunter. *Schon faszinierend, wie schwarz und weiß die Welt durch Kinderaugen ist,* dachte sie mit einem Lächeln.

Mitch war wieder beim Pokerabend seines neuen Clubs für alleinerziehende Väter. Mit Adam. Also war sie allein. Nur Violet mit ihrem Wein und ihrem Käse.

Sie schenkte sich ein *großes* Glas von dem köstlichen, vollmundigen Cabernet ein, den ihr der monatliche Weinliebhaber-Newsletter empfohlen hatte, und schnitt ein beschämend großes Stück von dem Beecher's Marco Polo Reserve ab, den sie sich heute in ihrer Mittagspause gekauft hatte. Sie hatte im Laden mehrere Käsesorten probiert, und als diese salzige, gereifte Dekadenz ihre Geschmacksknospen berührt hatte, hätte sie vor Genuss fast die Augen verdreht. In Kombination mit den schwarzen und grünen Pfefferkörnen ließ einem diese Köstlichkeit wirklich das Wasser im Mund zusammenlaufen, und sie hatte den ganzen restlichen Tag an kaum noch etwas anderes denken können.

Wer brauchte Männer – wer brauchte Sex –, wenn man guten Käse hatte?

Wem machte sie hier eigentlich etwas vor?

Ja, Violet hatte den ganzen Nachmittag an den Käse gedacht, aber sie hatte auch an Adam gedacht. Nach ihrem intensiven Abend am Mittwoch war sie so durcheinander, so glücklich und so beschämt gewesen, dass sie die ganze Nacht kein Auge zugetan hatte. Als er Mira dann am Donnerstag zum Unterricht gebracht hatte, waren die beiden auf die Minute pünktlich gewesen, nicht zu früh wie sonst oft, und sie hatte keine Gelegenheit gehabt, mit ihm zu sprechen. Nach dem Kurs hatte er Mira dann aus der Tür gedrängt, kaum dass die Stunde zu Ende gewesen war.

Ging er ihr aus dem Weg?

Es fühlte sich auf jeden Fall so an.

Und das wiederum hatte sie nur noch nervöser gemacht und in dem Gedanken bestärkt, dass sie am Mittwoch einen Riesenfehler begangen hatten. Dachte er das auch? Ging er ihr deswegen aus dem Weg?

Sie ließ sich schwer auf das weiche dunkelgraue Sofa fallen, den Käse in der einen, das Weinglas in der anderen Hand. Das Leben war einfach so verwirrend.

Sie rief die aufgenommenen Sendungen auf und klickte *Let's Dance* an. Vielleicht würde ja ein wenig Tanz, Wein und Käse ihren Kopf wieder klarer machen. Oder sie wenigstens ablenken, denn Ablenkung hatte sie bitter nötig.

Wie es Adam wohl ging? Dachte er gerade an sie?

Sie hatten keine Handynummern ausgetauscht, er konnte ihr also keine Nachricht schicken. Seine Nummer könnte sie zwar auf Miras Anmeldeformular finden, aber das grenzte ihrer Meinung nach schon an Stalking, und eine Stalkerin war sie ganz bestimmt nicht. Sie war nur eine verwirrte junge Frau, die sich zum Vater einer ihrer Schülerinnen hingezogen fühlte, obwohl sie gleichzeitig noch immer um ihren viel zu früh verstorbenen Tanzpartner und Freund trauerte.

Das Übliche also.

»Scheiße«, grummelte sie und nahm einen großen Schluck von ihrem Wein. »Wieso muss das alles so schwer sein?« Sie biss in den Käse. Verdammt, das Zeug war so gut. Da bekam man ja fast einen Mund-Orgasmus.

Auf ihrem Handy öffnete sie das Formular, das Sarah ihr inzwischen zugemailt hatte. Die Eltern der Schüler im Anfängerkurs hatten alle zugestimmt, dass ihre Kinder auftreten durften, ebenso wie die Teilnehmer des Modern-Dance-Kurses am Mittwochabend. Jetzt musste sie nur noch einen Solotänzer oder ein Duo finden, dann war sie raus aus der Sache.

Tanz für die Kulturstiftung. Ich werde dein Partner sein.

Das war keine Frage gewesen. Er hatte ihr befohlen, es zu tun, und festgesetzt, dass er mit ihr tanzen würde. Sie sollte eigentlich sauer sein, dass Adam so fordernd war, sie herumkommandierte, ihr vorschrieb, was sie zu tun hatte, obwohl sie doch eine erwachsene Frau war und zudem die Besitzerin und Leiterin der Tanzschule. Aber das war sie nicht. Es machte sie heiß.

So. Verdammt. Heiß.

Ich werde dein Partner sein.

Sie hatte erst einen Schluck Wein getrunken, es war also nicht der Alkohol, der plötzlich Hitze in ihr aufwallen ließ. Nein. Sie streifte ihren Cardigan ab und zog die Socken von den Füßen. Sie musste sich abkühlen. Die Erinnerung an Adam, an Mittwochabend, daran, wie perfekt sie in seine Arme gepasst hatte, wie er sie über das Tanzparkett gewirbelt und geführt, wie er ihren Po umfasst hatte und mühelos in sie hineingeglitten war … es hatte sich alles so richtig angefühlt, war so natürlich passiert. Würde es mit Adam immer so einfach sein?

Sie wusste doch kaum etwas über diesen Mann. Sie wusste nicht, wo seine Ex-Frau war, ob die Scheidung im Streit oder freundschaftlich abgelaufen war. War die Ehe in die Brüche gegangen, weil er eine fiese Ratte war und seine Frau betrogen hatte? Wieso hatte er das alleinige Sorgerecht für Mira? Hatte seine Frau ihn betrogen? War sie abgehauen? Sie hatte keine Ahnung.

Aber alles, was sie über ihn wusste, machte ihn nur noch attraktiver. Er war ein großartiger, hingebungsvoller Vater, ein unglaublicher Tänzer, ein toller Koch, ein wundervoller Freund, eine Granate im Bett und hatte eine dominante Persönlichkeit – lauter Eigenschaften, die sie anziehend fand, lauter Eigenschaften, die sie sich von einem Partner wünschte. Sie konnte sich einfach nicht vorstellen, dass er auch noch ein Vollidiot und Fremdgeher sein sollte. Das passte einfach nicht zusammen. Er musste einfach ein von Grund auf netter Typ sein.

Ein netter Typ, der teuflisch gut tanzen konnte.

Ein netter Typ, der verflucht gut im Bett war.

Ein netter Typ, der mit ihr zusammen sein wollte. Mit ihr tanzen wollte. Mit ihr auftreten wollte.

Sie nahm noch einen Schluck Wein. Und noch einen. Dann dachte sie: *Scheiß drauf*, und leerte das restliche Glas in einem Zug. Während der angetrunkene Mut durch ihren Kopf wirbelte und durch ihre Adern schoss, ließ sie ihre Finger über dem Anmeldeformular auf ihrem Handy schweben, genau über der Stelle, an der noch die Namen für den Solo- oder Duett-Auftritt eigetragen werden mussten.

Ich werde dein Partner sein.

Konnte sie mehr als einen Tanzpartner in ihrem Leben haben? Konnte es mehr als einen Mann geben, der sie führte, sie in seinen Armen hielt, sie in die Luft warf und auffing? Sie immer auffing.

Langsam, zögerlich trug sie ihren Namen in das Formular ein. Dann, mit noch mehr Zweifel und Bedacht, scrollte sie ein Stückchen runter, zu der Stelle, an die der Name des Partners gehörte.

Sie schluckte schwer und tippte dann Buchstabe für Buchstabe seinen Namen ein: ADAM EASTWOOD.

Dann stopfte sie sich das letzte Stück Käse in den Mund und klickte auf *Absenden*, bevor sie es sich noch einmal anders überlegen konnte.

Violet stieß zitternd den Atem aus. Ihr Blick fiel auf das leere Glas auf dem Couchtisch.

Sie brauchte mehr Wein.

Sie war auf dem Sofa eingeschlafen – nachdem Wein und Käse längst leer und *Let's Dance* vorbei war – und wurde erst vom Klirren eines Schlüsselbunds an der Haustür geweckt.

Sich die Augen reibend setzte sie sich auf und schob die Decke von ihren Beinen. Ihr war schon wieder viel zu warm, aber diesmal war ein unanständiger Traum daran schuld. Ein unanständiger Tanz-Traum – *dirty dancing* sozusagen.

»Du bist noch wach?«, fragte ihr Bruder erstaunt, als er ins Wohnzimmer kam. Er warf einen Blick auf seine Uhr. »Es ist schon fast Mitternacht. Ich dachte, du wärst längst im Bett.«

Violet gähnte und streckte sich, bevor sie aufstand. »Ich bin auf der Couch eingeschlafen. Wie war's beim Poker?« Was sie tatsächlich fragen wollte, war: *Wie geht es Adam? Hast du ihn gesehen? Hatte sein Haar heute auch diese sexy Welle vorn an der Stirn?*

Mitch musterte sie misstrauisch. Dann verzog er die Lippen zu einem wissenden Grinsen. »Es war gut.«

»Ja?«

»Diesmal hab ich vierzig Dollar gewonnen. Liam war heute definitiv nicht in Topform.«

»Das Haus gewinnt also doch nicht immer?«

»Anscheinend nicht. Adam war auch da.«

Sie musste sich unwillkürlich vorgelehnt haben, oder ihre Augen hatten sie irgendwie verraten, denn Mitch fing plötzlich an zu lachen. »O Mann, euch zwei hat's ja echt erwischt.«

Euch zwei?

Bedeutete das etwa, dass Adam etwas gesagt hatte?

»W-was meinst du damit?«

Mitch verdrehte die Augen und ging hinüber in die Küche. Sie folgte ihm. Er öffnete den Kühlschrank und holte eine Tupperdose mit den Resten der Lasagne von gestern Abend heraus, von der er sich ein Stück abschnitt und auf einem Teller in die Mikrowelle stellte. »Ich habe ihm gesagt, dass ich ihm das Genick brechen werde, wenn er dir das Herz bricht.«

Hitze breitete sich über Violets Brust und Arme aus. Die Schmetterlinge in ihrem Bauch begannen wieder zu flattern, wenn auch etwas wackelig, noch etwas beschwipst vom Wein.

Mitch griff noch einmal in den Kühlschrank, zog eine Bierflasche heraus und öffnete sie. »Bist du dir sicher, dass du schon wieder bereit für so was bist?« Er lehnte sich an die Küchentheke und sah sie direkt an, die Augen leicht zusammengekniffen. »Keine Sorge, ich verurteile dich nicht, wenn du Ja sagst. Niemand kann dir vorschreiben, wie oder wie lange du zu trauern hast.«

Violets Puls raste. Sie brauchte mehr Wein. Es war noch eine Flasche Weißwein im Schrank, den sie eigentlich nur zum Kochen verwendete, aber der musste jetzt reichen. Sie griff nach der Flasche und goss sich ein großzügiges Glas ein, nahm sich nicht einmal die Zeit, die Flasche auf den Tresen zu stellen, bevor sie trank.

»So schlimm, was?« Mitch lachte. »Ich würde sagen, ihm geht es da ziemlich ähnlich.«

»Ist es zu früh?«, fragte sie und lehnte sich gegen die Kochinsel.

Die Mikrowelle piepte, und Mitch holte seine Lasagne heraus, pustete ein paarmal darauf, um sie etwas abzukühlen. »Das kann ich nicht für dich entscheiden. Das musst du selbst wissen.«

»Melissa ist nur ein paar Monate nach Jean-Phillipe gestorben. Wärst du denn schon bereit, dich wieder zu verlieben?«

Mitch spießte einen Bissen Lasagne auf seine Gabel und schob ihn sich in den Mund. »Ah, Mist!« Er spuckte den Bissen sofort wieder auf den Teller. »Heiß.«

Violet wartete.

Sein verbrannter Gaumen ließ Mitchs Augen tränen. Er sah Violet wieder an. »Ich glaube nicht, dass ich dafür schon bereit bin. Aber vielleicht habe ich auch einfach noch niemanden kennengelernt, der mein Interesse auf diese Art geweckt hat. Vielleicht muss einfach die richtige Person in dein Leben kommen, damit du weißt, wann du bereit bist.«

Das klang sinnvoll.

»Manchmal kannst du echt weise sein«, sagte sie mit einem kleinen Lächeln.

»Das passiert meistens, wenn ich was getrunken habe.« Erst nachdem er geschlagene zwanzig Sekunden auf die dampfende Gabel gepustet hatte, traute er sich, noch einen Bissen Lasagne zu nehmen.

»Ich habe mich für das Kunstfestival der Kulturstiftung angemeldet.« Diese Worte laut auszusprechen, es jemandem zu erzählen, auch wenn es nur ihr Bruder war, weckte sofort das Zweifelmonster in ihrem Kopf. War die Anmeldung ein Fehler gewesen? War sie bereit dafür, wieder aufzutreten? War sie bereit dafür, wieder mit einem Partner auf der Bühne zu stehen?

Mitch erstarrte mitten in der Bewegung, ein weiterer Bissen Lasagne verharrte kurz vor seinem Mund. »Hast du? Das ist toll!«

»Und ich habe Adam als meinen Tanzpartner angemeldet.«

Mitchs Augen wurden groß. »Weiß er das schon?«

»Er hat mir gesagt, dass ich es tun soll.«

»Er hat es dir gesagt?«

Sie nickte. »Am Mittwochabend.«

»Moment, Moment, du hast mir gar nicht erzählt, dass ihr euch am Mittwoch gesehen habt. War das ein Date?«

Konnte man das ein Date nennen? Nein. Es war ein erotischer Tanz gewesen, gefolgt von unfassbar heißem Sex in einem Raum voller Spiegel.

Mitch verzog den Mund zu einem wissenden Lächeln. »Ah. Kein *Date* also.«

»Er ist nach der Arbeit im Studio vorbeigekommen, nach meinem letzten Kurs. Er wollte mich dazu überreden, bei ›Kunst im Park‹ aufzutreten, und irgendwie haben wir dann wieder miteinander getanzt.«

»Nur getanzt?«

Sie und Mitch hatten eine enge Beziehung, und sie wusste, dass er immer hinter ihr stehen würde. Außerdem war er nicht die Art großer Bruder, der neandertalermäßig jeden Mann plattmachte, der es wagte, seine kleine Schwester anzufassen. Er war Realist, und das wusste sie zu schätzen.

Lachend blies er auf seinen nächsten Bissen Lasagne. »Du musst gar nichts sagen. Es steht dir alles sehr deutlich ins Gesicht geschrieben.«

Violet legte eine Hand an ihre Wange. Sie glühte regelrecht.

»Wenn er dich glücklich macht, dann würde ich sagen, trau dich einfach. Du hast es verdient, glücklich zu sein, Vi.«

Sie ließ ihren Wein im Glas kreisen, bevor sie wieder zu ihm aufsah. »Du auch.«

Mitch stellte seinen leeren Teller auf den Tresen, trat neben Violet und legte ihr einen Arm um die Schultern. »Ich bin glücklich. Ich habe dich. Ich habe Jayda.«

Es brach Violet das Herz, ihren Bruder so zu sehen. Melissa war seine zweite Hälfte gewesen. Seine Seelenverwandte. Und die Art, wie er sie verloren hatte, bei einem Autounfall auf dem Weg nach Hause, hatte die ganze Familie tief getroffen. »Du weißt, was ich meine«, sagte sie. Die Traurigkeit in seinem Blick war kaum zu ertragen.

Er drückte sie an sich. »Ich bin so glücklich, wie ich es im Moment sein kann. Eines Tages werde ich vielleicht jemandem begegnen, der daran etwas ändert. Jemandem, der mir den Mut gibt, wieder zu lieben. Aber noch suche ich gar nicht nach diesem Jemand. So weit bin ich noch nicht.«

Das konnte sie verstehen. Sie hatte selbst nicht gedacht, dass sie so weit war, bis Adam in ihr Studio und in ihr Leben getreten war. Und sie war noch immer nicht sicher, ob sie tatsächlich bereit war, aber sie wusste, dass sie ihn mochte und ihn unbedingt wiedersehen wollte.

Mitch drückte ihr einen Kuss aufs Haar. »Ein Tag nach dem anderen, richtig?«

Sie wusste, wie sehr ihr Bruder noch immer unter dem Verlust seiner großen Liebe litt, und eine Träne lief über ihre Wange. Sie nickte. »Ein Tag nach dem anderen.«

Er stieß mit seiner Bierflasche gegen ihr Weinglas und drückte sie noch einmal fest an sich, bevor er einen Schluck nahm und ein zufriedenes *Ah* ausstieß. »Das Leben ist manchmal einfach echt scheiße.«

Das war es.

Kapitel 12

Violet hatte sich gerade unter die Decke gekuschelt und die Augen geschlossen, als ihr Handy auf dem Nachttisch vibrierte.

Sofort war sie wieder hellwach. Wer schrieb ihr denn um diese gottlose Zeit? Es war schon kurz nach eins. Sollte sie gleich nachsehen oder bis morgen früh warten?

Sie würde niemals einschlafen können, bevor dieses Rätsel nicht gelöst war. Ihr Gehirn würde nicht aufhören zu arbeiten, bis sie nach ihrem Handy griff und die Identität der Person aufdeckte, die es angemessen fand, ihr mitten in der Nacht eine Nachricht zu schicken.

Mit einem Seufzen drehte sie sich zur Seite und griff nach ihrem Handy. Als sie die Textnachricht öffnete, blendete das Licht des Bildschirms sie unangenehm.

Hey, hier ist Adam. Mitch hat mir deine Nummer gegeben. Ich wollte nur hören, wie es dir geht. Ich fühle mich echt schlecht, weil ich am Donnerstag gar nicht mit dir reden konnte. Bei mir in der Arbeit ist gerade so viel los, ich arbeite an der Bewerbung für ein Forschungsstipendium. Aber das ist natürlich keine Entschuldigung. Ich hätte mich bei dir melden sollen.

Die Schmetterlinge in ihrem Bauch waren eigentlich schon ausgenüchtert und in ihre winzigen Betten verschwunden, aber nun warfen sie die Bettdecken zurück, schalteten das Licht ein und fingen an zu tanzen, als wären sie auf einem verdammten Rave.

Sollte sie ihm zurückschreiben? Oder bis morgen früh warten?

Aber nein, sie würde bestimmt nicht schlafen können, wenn sie ihm nicht gleich antwortete. Wenn sie bis zum Morgen wartete, würde ihr Kopf nur die ganze Nacht damit verbringen, Antworten zu formulieren.

Also schrieb sie ihm.

Hey. Mach dir keine Gedanken. Ich dachte mir schon, dass du vermutlich einfach viel zu tun hast. Du musst dich deswegen nicht schlecht fühlen. Alles gut.

Aber war wirklich alles gut? Es hatte sie verletzt, dass er ihr am Donnerstag nicht mal richtig Hallo gesagt hatte. Er hatte die ganze Zeit an seinem Handy gehangen. Hatte es entweder in der Hand oder am Ohr gehabt. Dabei war es doch, nachdem man Sex gehabt hatte, wirklich nur höflich, zumindest anständig Hallo zu sagen, oder etwa nicht? Damit der andere wenigstens weiß, dass er nicht nur eine weitere Kerbe am Bettpfosten ist, ein warmer Körper ohne Gesicht oder Namen.

Sie tippte noch eine Nachricht, und diesmal zitterten ihre Finger leicht.

Jetzt, da ich darüber nachdenke, nein. Ich nehme das zurück. Du hast mich verletzt und solltest dich tatsächlich schlecht fühlen. Egal, wie beschäftigt du bist, ich habe zumindest ein Hallo verdient. Du hast recht, dafür gibt es keine Rechtfertigung, und ich finde, ich habe eine richtige Entschuldigung verdient.

Ihr Atem ging so heftig, als wäre sie gerade eine Treppe hochgerannt. Sie hatte noch nie zuvor einem Mann so die Meinung gegeigt, erst recht nicht so einem dominanten Mann wie Adam. Sie schluckte. Was hielt er wohl von ihrer Antwort?

Eine Minute verging. Dann noch eine. Ihre Hände begannen zu schwitzen, und das Handy rutschte und flutschte darin hin und her, während sie angespannt dalag und den Bildschirm anstarrte, darauf wartete, dass seine Antwort aufploppte.

Es war die reinste Qual.

Endlich vibrierte ihr Handy, und eine neue Nachricht wurde angezeigt.

Dann komm vorbei, damit ich mich richtig entschuldigen kann.

Ihr Mund wurde feucht.

Jetzt?

Heute Nacht?

Sie hatte einiges getrunken und konnte auf keinen Fall mehr fahren.

Seine nächste Nachricht war auf den Punkt und fordernd.

Jetzt.

Unter dem Tanktop richteten sich ihre Nippel auf, und ihr Innerstes zog sich erwartungsvoll zusammen.

Aber sie konnte jetzt nicht zu ihm fahren. Sie schrieb zurück:

Ich habe Wein getrunken.

Er reagierte sofort.

Ich schicke dir ein Taxi. Steht in 10 Minuten vor der Tür.

Violet starrte auf ihr Telefon. Er schickte ein Taxi, das sie abholen sollte, sie zu ihm bringen sollte, mitten in der Nacht, verdammt noch mal, damit er sich dafür *entschuldigen* konnte, dass er sie ignoriert hatte.

Heilige Scheiße.

Ihr Blick huschte zur der Uhr in der Ecke des Bildschirms. Zwei Minuten waren bereits vergangen.

Verdammt!

Sie musste sich anziehen. Sie musste was mit ihren Haaren machen. Sie musste sich die Beine rasieren.

Zwanzig Minuten später hielt das Taxi vor Adams dunkelrotem Backsteinhaus. Die ganze Straße lag vollkommen still da, und Violet hätte schwören können, dass die quietschenden Bremsen laut genug waren, um Tote zu wecken.

Sie griff nach ihrer Handtasche, um den Fahrer zu bezahlen, doch der winkte ab. »Alles schon bezahlt, Ma'am«, sagte er gut gelaunt. »Einen schönen Abend Ihnen noch.«

Sie stieg aus und ging auf Adams Haus zu, ihr ganzer Körper vibrierte geradezu vor Spannung, Neugier und Nervosität.

Was tat sie hier überhaupt?

Sie fuhr mitten in der Nacht zu einem fast fremden Mann, um mit ihm Sex zu haben.

Nein, schlimmer noch. Ein fast fremder Mann hatte ihr *befohlen*, mitten in der Nacht zu ihm zu kommen, um mit ihm Sex zu haben.

Und sie hatte es getan.

Sie war aus ihrem Bett gestiegen, hatte eine sexy schwarze Skinny-Jeans, ein enges, rotes Tanktop und einen grauen Cardigan angezogen, hatte sich das Haar zu einem halbwegs ordentlichen Pferdeschwanz zusammengebunden und war dann auch schon aus dem Haus geeilt und hatte ihren Hintern auf den kühlen Ledersitz des Taxis verfrachtet.

Es war fast zwei Uhr morgens, und sie war durch die halbe Stadt gefahren, um Sex zu haben.

Was zur Hölle war nur in sie gefahren?

Sie hatte Adams Haustür erreicht und hielt mit schon zum Klopfen erhobener Faust inne. Sie konnte nicht klopfen oder klingeln. Was, wenn sie Mira weckte?

Sie war schon kurz davor, sich wieder umzudrehen und ein Taxi nach Hause zu rufen – sie machte sich doch lächerlich, einfach mitten in der Nacht vor Adams Haus aufzukreuzen! –, als die Tür geöffnet wurde.

Sein Lächeln ließ sie jeden Gedanken an ein Taxi vergessen, ließ sie absolut alles vergessen, außer der Vorstellung, wie köstlich es wohl wäre, das kleine Grübchen an seinem Kinn zu küssen.

»Violet«, sagte er leise, doch der fordernde Unterton in seiner Stimme wäre selbst im Flüsterton noch hörbar gewesen.

Er hielt ihr eine Hand entgegen, und sie griff danach, erlaubte ihm, sie über die Schwelle und ins dunkle Foyer zu ziehen.

»Ich bin froh, dass du gekommen ist«, sagte er, während er sie, ohne ihre Finger loszulassen, durchs Haus führte.

Was sollte sie darauf erwidern? Er hatte ihr mehr oder weniger befohlen zu kommen, und beim Gedanken daran, ihn zu enttäuschen oder abzulehnen, wurde ihr ganz mulmig zumute. Sie wollte ihn niemals enttäuschen.

Sie erreichten den Fuß einer Treppe. Der Aufstieg erschien ihr in der dunklen Stille unendlich lang. Stufe um Stufe um Stufe, die sie schließlich an ihr Ziel bringen würden.

»Würdet du gern mit nach oben kommen?«, fragte er, drehte ihre Hand in seiner und massierte ihre Handfläche mit seinen großen, starken Daumen.

War das zur Abwechslung etwa wirklich mal eine Frage und kein Befehl?

Der eindringliche Blick aus seinen blauen Augen bohrte sich in ihre, und sie musste gegen den Schauer ankämpfen, den das in ihr auslöste. Sie konnte nur noch nicken. Sie hatte kein einziges Wort gesagt, seit Adam ihr die Tür geöffnet hatte, und sie war nicht sicher, was sie überhaupt sagen *konnte*. Was sagte man in so einer Situation?

»Ich hätte auch gern, dass du mit nach oben kommst.« Er verschränkte ihre Finger wieder miteinander und zog sie mit sich die Treppe hinauf. Violet hörte nur noch das Donnern ihres eigenen Herzschlags, es übertönte ihre Gedanken und jegliche Stimmen, die ihr sagen könnten, dass das hier eine schlechte Idee war.

Ihr habt es doch sowieso schon einmal getan. Was macht einmal mehr da jetzt noch aus? Oder ein paarmal mehr? Ein Dutzend Mal mehr?

»Miras Zimmer ist am anderen Ende des Flurs«, sagte er, als sie die letzte Stufe erklommen. »Sie hat einen ziemlich festen Schlaf.« Damit führte er sie durch eine offene Tür, hinter der zwei Nachttischlampen das Zimmer in ein romantisches Zwielicht tauchten. Sein Schlafzimmer war sehr maskulin, mit einer dunkelgrauen Wand hinter dem riesigen Holzbett und dunkelblauer Bettwäsche, die zu seiner Augenfarbe passte.

Er führte sie zum Bett und bedeutete ihr, sich zu setzen, dann ließ er ihre Hand los und sank vor ihr auf die Knie. Violet sah ihn einfach nur an.

Er zog ihr einen Turnschuh vom Fuß, dann den anderen. Für Socken hatte sie keine Zeit mehr gehabt.

Selbst durch den dicken Jeansstoff spürte sie die Wärme seiner großen Hände, als er sie ihre Waden hinaufwandern ließ, über ihre Schenkel bis zu ihrer Hüfte. Er drückte ihre Beine auseinander und schob sich dazwischen.

»Es tut mir leid, dass ich dich nach Mittwochabend nicht angerufen oder mit dir gesprochen habe«, sagte er. »Das war falsch.«

Sie blinzelte auf ihn hinab.

»Aber es hat mich verdammt heiß gemacht, als du mir das vorhin so klipp und klar gesagt hast. Ich mag Frauen, die sich nicht einfach geschlagen geben, die keine Angst davor haben, für sich und andere einzustehen.«

Bei seiner rauen Stimme und dem festen Ton, mit dem er sprach, zog sich ihre Pussy zusammen, und ihre Nippel richteten sich steif auf. Seine Stimme war so tief und rau, als hätte er den ganzen Abend mit Scotch und Zigarren verbracht.

Sie atmete einmal tief durch die Nase ein. Kein Rauch. Nur Adam. Und er roch unglaublich gut. Frisch und sauber, mit nur dem leisesten Hauch von Bier. Aber unleugbar männlich.

Seine Hände lagen wie heiße Kohlen auf ihren Schenkeln, die Finger gruben sich in ihre Hüfte. Sie spürte die Hitze seines Körpers, am intensivsten dort, wo er ihr am nächsten war, wo sie ihn haben wollte. Violet biss sich auf die Unterlippe, befahl ihren Brustwarzen, nicht so lustvoll zu schmerzen, und wünschte, sie könnte die Beine zusammenpressen. Aber das konnte sie nicht.

In Adams Augen war ein neuer Ausdruck getreten. Ein Ausdruck, der sie nervös machte: gefährlich, entschlossen.

Er schob die Finger unter den Saum ihres Tops, bis er ihre Haut berührte. Der Kontakt jagte eine Gänsehaut über ihren Körper, obwohl er ihre Haut beinahe zu verbrennen schien und ein unfassbares Verlangen durch ihr Innerstes jagte. Die Hitze breitete sich in ihr aus, bis ihr gesamter Körper vor Lust vibrierte. Langsam glitten seine Finger zum Schritt ihrer Jeans. Er öffnete erst den Knopf, dann den Reißverschluss, und schob die Jeans über ihre Hüfte. Sie hob den Po etwas an, damit er die Hose über ihre Beine ziehen konnte.

Als Nächstes zog er ihr das Tanktop über den Kopf, wobei seine Finger ihre Haut kaum berührten; trotzdem reichte es, um das Feuer in ihr weiter zu schüren. Ehe sie sich's versah, trug sie nur noch BH und String.

Noch immer zwischen ihren Beinen kniend, griff er mit einer Hand an ihren Hinterkopf und befreite ihr Haar aus dem Pferdeschwanz, so dass es in voluminösen Wellen über ihre Schultern fiel.

»Wenn wir zusammen sind und gerade nicht tanzen, möchte ich, dass du deine Haare offen trägst«, sagte er. Wieder war es keine Frage. Er strich mit den Fingern über ihren Nacken und ihre Schultern, griff noch einmal hinter sie, diesmal, um ihren BH zu öffnen. Nachdem er ihn beiseite geworfen hatte, saß sie einfach da, während sein Blick über ihren Körper wanderte, sie verschlang, sie erregte.

»Du bist unglaublich«, hauchte er atemlos, beugte sich vor und küsste ihre Brust. »Und deine Haut ist so weich.«

Die Küsse, mit denen er ihren Hals und ihre Brüste bedeckte, waren warm und feucht. Er ließ seine Zunge um ihre Nippel kreisen, bis sie sich nach der Hitze seines Mundes verzehrten, nach der Erlösung seiner saugenden Lippen. Sie bog den Rücken durch, presste ihre Brustwarze schamlos tiefer in seinen Mund. Er kam ihrer wortlosen Bitte nach und saugte hart daran, bis sie aufkeuchte und unwillkürlich die Augen schloss.

Er ließ die Zähne über den harten Nippel gleiten und fing an, abwechselnd daran zu ziehen und zu saugen. Seine Finger waren unterdessen mit der anderen Brust beschäftigt, zogen und zwickten, ziepten und zwirbelten. Violet spürte schon jetzt einen Orgasmus auf sich zurollen, dabei hatte Adam noch nicht mal einen kleinen Finger unter ihren Tanga geschoben.

Wie schaffte er es, sie so wild zu machen?

»Bist du schon feucht?«, murmelte er an ihrer Haut, legte die Hand um die eine Brust und umkreiste mit der Zunge die Brustwarze der anderen.

»Ja.« Sie machte sich gar nicht erst die Mühe, die Augen zu öffnen.

»Mhmm.« Seine Lippen umschlossen noch immer ihren Nippel, und die Vibration seines Brummens jagte eine Woge der Lust durch ihren Körper. »Lass mich mal sehen.« Seine Hände wanderten ihren Körper hinab, hinterließen Flammen, wo immer er ihre Haut berührte, bis er seine Finger unter den Spitzenstoff ihres Tangas und zwischen ihre geschwollenen Schamlippen schob. »Oh, wow. Du hast nicht gelogen.«

Warum sollte sie auch?

Mit zwei Fingern fuhr er durch ihre Spalte, hinauf und wieder hinunter, noch einmal hinauf, und dann kreiste er um ihre Klitoris, wieder und wieder und wieder. Sie schob ihm ihr Becken entgegen, ließ die Hüfte kreisen, während er sie der süßen Erlösung näher und näher brachte.

Adam ließ ihren Nippel mit einem hörbaren *Plopp* aus seinem Mund gleiten; in der kühlen Luft wurde er noch härter, und ihre ganze Brust kribbelte. Sein Mund fand den ihren, und er drückte ihre Lippen auseinander, nahm sich, was ohnehin längst ihm gehörte. Sie stöhnte, als er den Kuss vertiefte. Er schob zwei Finger in ihre feuchte Hitze, während sein Daumen über ihren Kitzler rieb. Bewegte seine Finger in ihr mit langen, tiefen Stößen, ließ sie bis zum Anschlag hineingleiten, bog die Fingerspitzen nach oben, gegen ihre Innenwand, bevor er sie wieder fast ganz zurückzog. Sie war ihm hoffnungslos ausgeliefert, stöhnte in seine Küsse, während sie ihre Hüfte vom Bett hob und gegen seine Hand presste.

»Du wirst gleich so heftig für mich kommen, Violet«, flüsterte er, wanderte mit dem Mund über ihre Wange, ihren Hals hinunter. Er knabberte an der sensiblen Stelle knapp unter ihrem Ohr.

»Dann werde ich herausfinden, wie du schmeckst, und du wirst noch einmal kommen.«

Sie war kurz davor zu betteln. Jetzt quälte er sie. Absichtlich. Ließ sie Wasser treten und lud immer mehr Gewicht auf ihre Schultern. Ließ sie über das Hochseil laufen und schnitt das Seil langsam durch, eine Faser nach der anderen.

»Dann endlich werde ich dich vögeln, in deiner süßen, engen Pussy versinken und dir sagen, dass es mir leidtut. Dass ich dich nie wieder ignorieren werde.«

Er schnalzte mit dem Daumen gegen ihre Klitoris, presste die beiden anderen Finger hart gegen ihren G-Punkt, und sie explodierte wie eine Kanone.

Adam fiel mit einer solchen Vehemenz über ihren Mund her, dass sie überrascht die Augen aufriss. Er erforschte die Tiefe ihres Mundes, saugte an ihrer Zunge, dehnte ihren Lustmoment aus. Sie erbebte, als der Orgasmus seinen Höhepunkt erreichte, durch ihren Körper fegte und nichts als einen Haufen Wackelpudding zurückließ.

»Genau so, Vi. Genau so, Baby«, schnurrte er, beugte den Kopf wieder vor und sog einen Nippel in seinen Mund. »Du bist so wunderschön, wenn du kommst. Ich kann es kaum erwarten, bis du dich in meinen Mund ergießt.«

Als sie Adam Eastwood das erste Mal begegnet war, wäre sie nicht in einer Million Jahre auf die Idee gekommen, dass er so gut im Dirty Talk war. Nach außen hin unschuldig, aber so versaut im Inneren.

Als der Orgasmus schließlich ihren Körper verließ wie ein Dämon, der sie besessen hatte, sank sie kraftlos gegen Adam, schloss die Augen und ließ sich von ihm zurück aufs Bett legen.

Sie hatte erwartet, dass er ihr eine kurze Pause gönnen würde, damit sie wieder zu Atem kommen, sich etwas von dem Rausch erholen und wieder klar denken konnte, aber nein. Kaum hatte ihr Rücken das Bett berührt, zog er ihr den Tanga aus, drückte ihre Beine auseinander und vergrub das Gesicht zwischen ihren Schenkeln.

War es der dritte Orgasmus oder schon der vierte? Vielleicht sogar der fünfte? Violet konnte sich nicht erinnern, und es war ihr auch herzlich egal. Alles, was sie interessierte, war der Mann, der bäuchlings zwischen ihren Beinen lag und ihr mehr Genuss bereitete, als sie in sehr langer Zeit empfunden hatte. Und er schien überhaupt nicht mehr damit aufhören zu wollen.

Zwei lange Finger stießen in sie, während eine geschickte, flinke und unbarmherzige Zunge ihre Klitoris bearbeitete, bis Violet nicht mehr geradeaus schauen konnte. Also versuchte sie es gar nicht erst. Sie schloss die Augen, drückte ihm ihr Becken entgegen und gab sich ihm vollkommen hin. Wieder und wieder und wieder ließ Adam seine wirklich talentierte Zunge kreisen, leckte ihre Nässe auf und brachte sie immer wieder zum Höhepunkt. Erst als er mit seinem herrlich rauen Bart über ihren Kitzler rieb, Sekunden nachdem sie zum x-ten Mal gekommen war, riss sie die Augen auf und stützte sich abrupt auf ihre Ellbogen.

»Woah!« Sie zitterte am ganzen Körper, und es prickelte überall.

Er ließ von ihrer Klitoris ab und küsste die Innenseite ihrer Schenkel. »Zu viel?«

»Ein wenig. Ich meine, es gefällt mir natürlich, aber wenn du so weitermachst, werde ich gleich ohnmächtig.«

»Mhm«, brummte er. »Ich wollte eigentlich noch nicht aufhören, aber wenn du eine Pause brauchst, können wir natürlich auch zum nächsten Punkt übergehen.«

Zum nächsten Punkt? Meinte er damit ihren Abschied? Schickte er sie nach Hause?

Er stemmte sich hoch, und sie sah, dass sein Bart und seine Lippen nass glänzten.

Er wischte sich mit seinem T-Shirt das Gesicht ab, bevor er es ganz über den Kopf zog.

Heilige Scheiße.

Violet starrte ihn an, vor allem seinen Bauch.

Er grinste anzüglich, als er ihren Blick bemerkte.

»Ich dachte, du wärst eher der Strebertyp«, sagte sie und musste schwer schlucken.

Auf allen vieren kroch er über sie. »Das bin ich auch. Ich bin Doktor der Biologie. Ich liebe Comics und habe früher Dungeons and Dragons gespielt, aber ich habe auch einen Bruder, der eine Reihe Fitnessstudios besitzt, in die ich umsonst reinkomme. Wäre doch blöd, das nicht auszunutzen, oder?« Er war nun über ihr, die Arme – und was das für Arme waren! Muskulös und sehnig – rechts und links von ihrem Kopf abgestützt, und ließ die Muskeln spielen.

»Da hast du natürlich recht.« Sie streckte eine Hand aus und legte die Finger auf seinen durchtrainierten Bauch, fühlte die Spannung der Muskeln, während er sich über ihr in der Luft hielt. »Die fühlen sich fast schon unecht an.«

»Zak ist Personal Trainer. Ich war sein Versuchskaninchen, als er ein neues Fitnessprogramm für ein paar Kampfsportler aus der Gegend entwickelt hat.«

Sie fuhr sich mit der Zunge über die Lippen. »Machst du auch Kampfsport?«

Er schüttelte den Kopf. »Nee, ich bin Liebhaber, kein Kämpfer.«

»Das habe ich gemerkt.«

»Verzeihst du mir?«, fragte er. Der besitzergreifende, spitzbübische Ausdruck in seinen Augen schwand, und an seine Stelle trat Hoffnung. »Es tut mir wirklich leid, wie ich mich am Donnerstag verhalten habe. Du bist wie ein Tattoo in meinem Gehirn, Vi. Ich kann nicht aufhören, an dich zu denken. Kann mich nicht von dir fernhalten. Ich werde dir nie wieder die kalte Schulter zeigen. Werde dich nie wieder ignorieren.«

Sie war wie ein Tattoo in seinem Gehirn.

Für sie fühlte es sich ganz genauso an.

»Mhm?« Er verzog die Lippen zu einem schiefen Lächeln, wodurch das Grübchen an seinem Kinn noch mehr zur Geltung kam. »Verzeihst du mir?«

War das wirklich eine Frage? Natürlich verzieh sie ihm. Der Mann hatte ihr gerade mehr Orgasmen beschert, als sie zählen konnte. Wofür entschuldigte er sich gleich noch mal? Ihr Gehirn war nur noch Matsch. Sie konnte sich kaum noch daran erinnern, welcher Tag heute war oder wo sie wohnte.

Sie biss sich auf die Unterlippe und sah durch ihre Wimpern hindurch zu ihm auf. »Ich weiß nicht. Das hat mich wirklich getroffen. Vielleicht solltest du dich noch etwas mehr entschuldigen.« Sie konnte das Lächeln nicht zurückhalten, das sich auf ihr Gesicht stahl, erst recht nicht, als er seinerseits so verdammt sexy, so verdammt verschmitzt grinste, dass sie einfach nur dahinschmolz.

»Vielleicht hast du recht«, sagte er und richtete sich auf den Knien auf, ließ seine Hände ihre Seiten entlangwandern, glitt über ihre Schenkel und schloss die Finger schließlich um ihre Fußknöchel. »Aber vielleicht versuchen wir mal etwas anderes, was meinst du?« Er verstärkte seinen Griff, und bevor sie auch nur blinzeln konnte, hatte er sie auf den Bauch gedreht und zog ihr Becken nach oben, so dass sie auf allen vieren vor ihm kniete.

Seine Finger hinterließen feurige Spuren, als er damit über ihre Schamlippen und durch ihre Spalte fuhr. »Sag mir, Violet …« Er presste einen Finger sanft gegen ihren Anus. »Bist du schon mal hier genommen worden?«

Sie drückte ihre Wange in die Matratze und versuchte ihren Atem unter Kontrolle zu bekommen. »Nein.«

Hatte er gerade gestöhnt?

Er drückte etwas fester, drang nicht in sie ein, war aber kurz davor. »Oh, Baby. Ich würde dich so gern hier nehmen. Eines Tages, wenn du mich lässt.«

Sie schluckte. Im Moment würde sie diesen Mann absolut alles mit sich machen lassen, erst recht, nachdem er sie so oft hatte kommen lassen.

Er nahm seine Hand von ihrem Po, und sie hörte das Geräusch eines Reißverschlusses. Sie stütze sich auf die Ellbogen und biss wieder auf ihre Unterlippe. Ihr ganzer Körper bebte vor Erwartung.

Etwas Weiches und Warmes fuhr durch ihre Spalte, hoch und runter, drückte nur leicht gegen ihren Eingang, zog sich dann zurück und setzte seine Bewegung fort. Adam ließ die Spitze seines Penis immer wieder durch ihre Spalte gleiten, drang minimal in sie ein, zog sich dann wieder zurück, reizte sie, quälte sie. Sie wackelte mit dem Po in der Luft und drückte sich ihm entgegen, wollte ihn endlich ganz in sich aufnehmen, wollte spüren, wie er in ihr versank, sie ausfüllte.

»Geduld, Violet«, schnurrte er, lehnte sich vor und biss ihr neckisch in die Schulter.

»Nein. Hart. Schnell. Bitte.« Ihre Worte waren abgehackt und atemlos, der Puls rauschte in ihren Ohren, und aus ihrer Pussy tropfte es auf ihren Oberschenkel. Dieser Mann war ein wahrer Meister in der Kunst der Verführung, aber auch der Folter. Sie könnte vermutlich kommen, ohne dass er sie überhaupt berührte, so angespannt wartete sie auf ihn.

»Ich liebe es, wie sehr du es willst«, sagte er. »Wie sehr du meinen Schwanz in dir spüren willst.«

»So sehr«, stieß sie hervor. »Bitte. Lass mich nicht darum betteln.«

Sie spürte, wie sein Schwanz wieder gegen ihren Eingang drückte, und presste sich gegen ihn, musste endlich von ihm genommen, von ihm ausgefüllt werden.

Sein leises Lachen kitzelte ihre nackte Haut und ließ sie kribbeln. »Verdammt, Vi.« Dann stieß er heftig nach vorn, drang tief ein, nahm sie voll und ganz.

Ein unfreiwilliges Stöhnen entrang sich ihrer Kehle, und sie stieß langsam, zufrieden die Luft aus. »Endlich.«

Er lachte wieder. »Ich liebe es, dass du so ehrlich bist.«

Er grub die Finger in ihre Hüfte und begann sich in langen, tiefen Stößen zu bewegen. Bis zum Anschlag hinein, dann zurück, bis er fast gänzlich aus ihr herausglitt, jedoch immer mit der Spitze in ihr blieb, ihren Eingang reizte, die Eichel in ihrer sensiblen Öffnung kreisen ließ, nur um dann wieder in einem heftigen Stoß einzudringen, so überraschend, dass sie aufschrie wie eine rollige Katze.

Sie griff zwischen ihre Beine und fand mit den Fingern ihre harte und geschwollene Klitoris. Sie tastete weiter, bis sie zu der Stelle kam, an der sie verbunden waren, wo sein dicker Schwanz in ihr versank.

»Gefällt dir das?«, fragte er keuchend. »Gefällt es dir, meinen Schwanz zu spüren, wie er in dich eindringt?«

»Ja.«

Er nahm eine Hand von ihrer Hüfte und drückte mit dem Daumen gegen ihren After. »Eines Tages werde ich dich hier nehmen, Schönheit. Du wirst es lieben.«

Vermutlich würde sie das. Wenn Adam beim Analsex genauso talentiert war wie bei allem anderen, würde sie ihn wohl schon bald anflehen, sie so zu nehmen.

Er legte beide Hände auf ihre Pobacken und griff zu, hielt sich daran fest, während er weiter in sie stieß. »Ich bin gleich so weit, Vi.«

»Ich auch.«

Klopf, klopf.

War das in ihrem Kopf?

Klopf, klopf. »Daddy?«

NEIN!

Adam erstarrte hinter ihr und sie unter ihm.

»Daddy?« Miras Stimme klang, als wäre sie den Tränen nahe. Sie klopfte wieder, diesmal lauter, entschlossener. »Daddy!«

»Scheiße!« Adam zog sich aus ihr zurück.

Violet drehte sich auf den Rücken und sah, wie Adam seine Jeans anzog. Seine blauen Augen waren voller Panik, als er zur Tür eilte. Violet sah sich hastig im Zimmer um, auf der Suche nach einem Versteck. Es gab kein angrenzendes Bad, und der Schrank war nicht begehbar. Er hatte nicht einmal Vorhänge, hinter denen sie sich verstecken könnte. Also tat sie das Einzige, was ihr auf die Schnelle einfiel. Sie rollte sich vom Bett.

Ihr Bauch berührte in dem Moment den Boden, als Klamotten – ihre Klamotten – auf sie niederregneten. Dann hörte sie, wie die Tür geöffnet wurde.

»Darf ich bei dir im Bett schlafen, Daddy?«, fragte Mira, die am Rand des Bettes auf Adams Schoß saß. Sie hatte je ein Kuscheltier unter jedem Arm, ihre Wasserflasche in der einen und eine Taschenlampe in der anderen Hand.

»Nein, Süße. Du weißt doch, was wir ausgemacht haben. Du schläfst in deinem Bett und ich in meinem, außer wenn du krank bist.«

Mira hustete gekünstelt. »Aber ich bin krank. Ich brauche Medizin.«

Adam verdrehte mit Blick auf seine durchtriebene Vierjährige die Augen. »Du bist nicht krank. Hast du schlecht geträumt?«

Sie schüttelte den Kopf.

»Was ist denn dann los?«

Sie schob die Unterlippe vor und vergrub dann ihr Gesicht an seinem Hals. »Ich fühle mich einfach nicht glücklich.«

Adam seufzte. Sie hatte wirklich ein Talent, ihm in solchen Situationen in die Quere zu kommen.

Arme Violet. Sie lag nackt auf seinem Schlafzimmerfußboden und versteckte sich hinter seinem Bett. Da hatte er sie extra hierhergebracht, um sich zu entschuldigen, um diese Sache zwischen ihnen richtig ins Rollen zu bringen, und jetzt musste sie sich verstecken. Nicht der ideale Beginn einer neuen Beziehung, so viel stand fest.

»Was kann ich denn tun, damit du wieder ins Bett gehst?«, fragte er und hoffte, dass Miras Liste von Forderungen ausnahmsweise mal nicht kilometerlang war. »In dein *eigenes* Bett.«

»Ich will, dass du Warmi warm machst.« Sie zog eines der Kuscheltiere unter ihrem Arm hervor und drücke es Adam in die Hand. Es war ein Körnerkissen in der Form eines Fuchses.

Er nahm Warmi. »Okay, ist das alles?«

Sie schüttelte den Kopf und blinzelte mit ihren großen, wunderschönen blauen Augen zu ihm auf. Es fiel ihm immer schwer, Nein zu sagen, wenn sie ihn so ansah. »Ich will, dass du mich ins Bett bringst und mir noch was vorsingst. Das *Gute Nacht, Sterne*-Lied, und dann sollst du bei mir liegen bleiben, bis ich eingeschlafen bin.«

Oh, um Himmels willen.

Er atmete langsam aus. »Geh zurück in dein Zimmer, kletter schon mal in dein Bett, und ich bringe dir Warmi, sobald er fertig ist.«

Mit einem Lächeln rutschte sie von seinem Schoß und hüpfte aus der Tür.

Ob es nun seine Tochter oder eine heißblütige Frau war, er konnte einem hübschen Gesicht einfach nicht widerstehen.

Er sah hinter sein Bett, wo Violet sich noch immer versteckte. »Du kannst jetzt rauskommen.«

Wie ein wunderschönes, grünäugiges Erdmännchen mit geröteten Wangen und wirrem Haar von all den Orgasmen kam sie hinter dem Bett hervor. Voll bekleidet.

Verdammt.

»Ich sollte wirklich gehen«, sagte sie leise und fischte ihren zweiten Schuh unter seinem Bett hervor. »Ich habe mir gerade ein Taxi gerufen.«

Er griff nach ihrer Hand. »Nein. Bleib. Ich verspreche dir, sie ist in spätestens zehn Minuten wieder eingeschlafen. Allerhöchstens zwanzig.«

Violets Lächeln ließ seinen Schwanz in der Hose protestierend zucken. »Es ist wirklich besser, wenn ich gehe. Wir können es ja wann anders noch mal versuchen.«

Er folgte ihr zur Zimmertür, wo sie beide hinauslinsten und zu Miras Tür hinübersahen. Die Luft war rein.

So schnell sie konnten, liefen sie die Treppe hinunter.

»Es hat wirklich sehr viel Spaß gemacht«, flüsterte sie. »Ich bin froh, dass du mir *befohlen* hast, zu dir zu kommen. Du bist ganz schön herrisch, aber …«

Verdammt, sie war süß. Und sie hatte keine Ahnung, wie herrisch er wirklich sein konnte. Er schlang einen Arm um ihre Taille. »Aber es gefällt dir, oder etwa nicht?« Sie sah zu Boden, biss sich auf die Lippe. Er zog mit dem Daumen daran, bis ihre Zähne die Unterlippe freigaben, und strich darüber. »Oder etwa nicht?«

Sie nickte und sah wieder zu ihm auf. »Es gefällt mir.«

Er presste sie an sich, ließ sie spüren, wie sehr er sie noch immer wollte, wie sehr er wieder in ihr sein wollte. Er drückte seine Lippen auf ihre, küsste sie tief und energisch, zwang ihre Lippen auseinander und drang mit der Zunge besitzergreifend in ihren Mund. Verdammt, sie schmeckte so gut.

»Daddy! Wo bleibt mein Warmi?«

Sie fuhren auseinander, als hätten sie plötzlich Feuer gefangen. Beide wirbelten zur Treppe herum, beteten, dass Mira noch immer im Bett oder zumindest oben war, und nicht auf dem Weg zu ihnen.

»Ich sollte wirklich gehen«, flüsterte sie mit einem leisen Lachen. »Bis zum nächsten Mal.«

Er öffnete ihr die Tür und lehnte sich an den Rahmen. »Bis zum nächsten Mal.«

Sie trat hinaus in die kühle, aber nicht kalte Mainacht und drehte sich noch einmal zu ihm um. »Ach, und übrigens, ich erwarte dich nächste Woche zur Tanzprobe. Du bist zwar gut, aber auch ziemlich eingerostet, und wenn wir bei ›Kunst im Park‹ auftreten wollen, müssen wir dich wieder in Topform bringen.« Ihr Grinsen war frech und zugleich schüchtern.

O Gott, er wollte ihre Haare packen, sie noch einmal küssen, ihren Körper gegen die Hauswand drängen und sie gleich hier und jetzt nehmen. Doch Miras Stimme, die wieder nach ihm rief, hielt ihn davon ab. Stattdessen verschlang er sie nur mit den Augen. »Und ich erwarte, dass du genauso wenig anhast wie letzten Mittwoch.«

»Mal sehen.« Sie schwang ihre Hüften hin und her und lächelte ihn frech an, ihre Augen glänzten im Scheinwerferlicht des sich nähernden Taxis. »Wenn du mitmachst.«

Sein Schwanz pulsierte inzwischen beinahe schmerzhaft. »Oh, Baby. Deal!«

Kapitel 13

»Du schwebst ja regelrecht!«, sagte Kathleen lachend, als sie ihr Mittagessen aus der Mikrowelle im Büro des Studios holte. »Ich habe dich schon seit Ewigkeiten nicht mehr so lächeln sehen. Was ist denn da über dich gekommen?«

Adam.

Adam war über sie gekommen.

Und auf sie.

Und hinter sie.

Und zwischen ihre Beine.

Vor allem aber unter ihre Haut.

Violet grinste Kathleen an. Sie war eine langjährige und enge Freundin ihrer Mutter und nun auch Violets Freundin und Empfangsdame. »Das Leben macht endlich wieder Spaß.«

Kathleen schob sich eine Strähne des leuchtend roten Haars hinters Ohr und pustete auf ihr Mittagessen – irgendeine Art Hühnchen in Soße. »Na, du hast es aber auch verdient.« Sie setzte sich auf den Stuhl vor Violets Schreibtisch, noch immer auf ihr Essen pustend. »Also … erzähl. Was lässt dich plötzlich so auf Wolken schweben?«

Violet nahm sich eine Traube aus der Tupperdose voller Obst auf ihrem Schreibtisch und steckte sie in den Mund. »Ich glaube, ich habe einen neuen Freund.«

Kathleens braune Augen wurden groß. »Wirklich? Wer ist es?«

»Weißt du, wer Miras Vater ist?«

Kathleen hob beide Augenbrauen. »Du meinst dieses appetitliche Stück Mann mit den kupferbraunen Haaren?«

»Kathleen!«

Die ältere Frau wedelte ungeduldig mit der Hand. »Leonard und ich sind glücklich verheiratet, aber das bedeutet ja nicht, dass ich offensichtliche Schönheit nicht trotzdem würdigen kann. Und dieser Mann …« – sie fächelte sich Luft zu – »… ist einfach göttlich.«

Violets Lippen zuckten. »Das ist er wirklich, oder?«

»Schnapp ihn dir!« Kathleen lachte fröhlich, und Violet stimmte mit ein.

»Glaubst du, dass ich das Richtige tue?«

Kathleens braune Augen nahmen einen mütterlichen Ausdruck an. »Süße, nur weil du glücklich bist, betrügst du ihn doch nicht. Er würde wollen, dass du glücklich bist.«

Violet nahm sich noch eine Traube und kaute gedankenverloren, den Blick aufs Fenster gerichtet.

»Hast du in letzter Zeit mal deine Mutter besucht?«, fragte Kathleen.

Violet wandte sich ihr wieder zu. »Nein, das letzte Mal ist schon länger her. Es ist nicht leicht mit ihr.«

Kathleen nickte verständnisvoll. »Ich war gestern bei ihr. Sie ist ziemlich mitgenommen.«

»Ich weiß. Und ich fühle mich auch wirklich mies, dass ich sie nicht besuche, weil ich doch weiß, wie sehr sie unter Dads Tod leidet, aber wir leiden *alle*. Mitch hat Melissa verloren, Jayda ihre Mutter, ich habe Jean-Phillipe verloren, und wir alle haben Dad verloren. Aber im Gegensatz zu Mom geben wir anderen uns trotzdem Mühe, unser Leben weiterzuführen. Wir stehen trotzdem jeden Morgen auf und leben, so gut wir eben können. Und sie will einfach aufgeben.«

Kathleen war eine der engsten Freundinnen ihrer Mutter. Die beiden hatten sich kennengelernt, als Mitch und Kathleens Sohn Mason zusammen zur Highschool gegangen waren. Beide Jungen waren große Wrestlingfans und im Schulteam, und so waren sich die Mütter regelmäßig bei den Wettkämpfen begegnet und schnell Freundinnen geworden. Als Violet die Eröffnung ihres Studios geplant hatte, war Kathleen gerade auf der Suche nach einem Teilzeitjob gewesen, und als Violet dann erwähnte, dass sie eine Empfangsdame brauchte, war die Sache schnell klar gewesen. Diese Frau war wie eine zweite Mutter für sie.

»Du solltest sie besuchen. Ich glaube, das würde sie freuen. Mach einen Ausflug mit ihr. Geht Mittagessen oder macht einen Einkaufsbummel. Sie kommt nicht viel aus dem Haus, und das macht ihre Depression nur noch schlimmer.« Kathleen nahm einen Schluck von ihrem Kaffee. »Was denkt Mitch denn darüber?«

»Ihm geht es da ähnlich wie mir. Wir verstehen, wie sie sich fühlt, das tun wir wirklich, und wir sind beide zurück nach Seattle gezogen, um in ihrer Nähe sein zu können. Um unsere Familie wieder enger zusammenzubringen. Aber wenn wir sie besuchen, ist sie immer in dieser düsteren, depressiven Stimmung und redet nur davon, wie gern sie sich umbringen würde und dass sie es nur wegen uns nicht übers Herz bringt.« Sie schüttelte den Kopf, und ihre großen Augen baten Kathleen um Verständnis. »Mitch und ich bemühen uns, mit unserer eigenen Trauer umzugehen, nicht nur der Trauer um Melissa und Jean-Phillipe …« Ihre Worte klangen gepresst, und sie musste gegen die Tränen ankämpfen. »… sondern auch der Trauer um unseren Vater. Wir haben ihn auch verloren. Wir haben im Moment einfach nicht die Kraft, uns auch noch mit unserer Mutter auseinanderzusetzen.«

Kathleen nickte traurig, und ihre Mundwinkel sanken nach unten.

»Du findest, dass ich eine miserable Tochter bin, oder? Dass ich mich einfach zusammenreißen und zu ihr gehen sollte. Für sie da sein sollte.« Sie zog ein Kleenex aus der Packung auf ihrem Tisch und wischte sich damit über die Augen, dann sah sie wieder aus dem Fenster, auf dessen Sims ein Rotkehlchen saß und sie mit schief gelegtem Kopf ansah. So viel zum Thema gute Laune, so viel dazu, dass sie heute *schwebte*.

»Du bist keine miserable Tochter, Süße. Du bist voller Schmerz, das seid ihr alle. Deine Familie hat im letzten Jahr so viel verloren, und natürlich trauert ihr alle und geht damit um, so gut ihr könnt.« Kathleen stand auf und stellte sich neben Violet. Sie legte ihr eine Hand auf die Schulter. »Du bist eine wundervolle Tochter. Und ich wette, wenn du zu Greta fährst, kein Nein akzeptierst und einfach mit ihr essen oder shoppen gehst, vielleicht ein neues Sommer-Outfit aussuchst, dann würde die alte Greta auch wieder zum Vorschein kommen. Du würdest vielleicht wieder die Mutter durchscheinen sehen, an die du dich erinnerst. Und wer weiß, vielleicht würde es dir ja auch guttun.«

Violets Unterlippe zitterte, als sie mit Augen voller Tränen zu Kathleen aufsah. »Ich vermisse sie wirklich.«

»Und du brauchst sie.«

»Das stimmt.«

»Dann geh zu ihr. Besuch deine Mutter. Trauert zusammen, seid zusammen, findet zusammen einen Weg nach vorn.« Sie legte die Arme um Violet, ihre üppige Oberweite wie ein weiches Kissen an Violets Kopf. Violet erwiderte die Umarmung, schniefte und vergrub das Gesicht an Kathleens Schulter. Schluchzer schüttelten sie. Schon lange hatte sie nicht mehr so hemmungslos geweint.

Schließlich trat Kathleen zurück. Auch aus ihren Augen lösten sich Tränen, die sie mit ihren glamourösen, künstlichen Glitzerfingernägeln schnell fortwischte, bevor sie ein warmes Lächeln aufsetzte. »Ich vermisse ihn auch, Süße. Bert war wirklich einzigartig. Und ich weiß, dass Leonard sein Angelpartner ganz schrecklich fehlt. Er kippt immer einen Schluck Bier für ihn ins Wasser, wenn er eine Leine auswirft. Er sagt, Bert und der Anglergott schauen jetzt auf ihn herab und helfen ihm, den ganz großen Fang zu machen.«

Violette musste gleichzeitig lachen und weinen und tupfte mit ihrem Kleenex noch mehr Tränen auf. »Er war wirklich ein grandioser Angler.«

Kathleen legte wieder eine Hand auf ihre Schulter und drückte sie sanft. »Geh deine Mom besuchen.«

Violet schluckte und stand dann auf. Sie musste einen Blick in den Spiegel werfen. Ihre Schüler würden bald eintreffen, und da konnte sie nicht völlig verheult aussehen. »Ich fahre heute Abend nach der Arbeit bei ihr vorbei. Vielleicht hat sie ja Lust, essen zu gehen.«

Kathleen lächelte. »Gute Idee.«

Violet war gerade auf dem Weg zu den Waschräumen, um sich etwas kaltes Wasser ins Gesicht zu werfen, als ihr Handy klingelte.

»Hallo?«

Stille.

»Hallo?«

Mehr Stille.

Sie nahm das Telefon vom Ohr und sah nach, welche Nummer das Display anzeigte. Sie kannte sie nicht, und die Ortsvorwahl lautete 872. Wo zum Teufel war das denn?

»Hallo? Ist da jemand?«

Immer noch Stille.

Hörte sie da ein Atmen am anderen Ende der Leitung? Oder gaukelte ihr Gehirn ihr das nur vor?

Mit einem Schulterzucken legte sie schließlich auf. Wenn sie es nicht vergaß, würde sie später nach der Nummer googeln, um herauszufinden, ob es irgendeine Telemarketing-Firma oder sonst irgendeine Abzocke war.

»Ich gehe kurz rüber zur Emerald City Bäckerei und hole mir eine Zimtschnecke«, rief Kathleen durch die Tür des Waschraums. »Willst du auch was?«

Violet drehte den Wasserhahn auf. »Mini-Red-Velvet-Cheesecakes, bitte.«

»Wie viele?«

Sie warf sich eine Handvoll kaltes Wasser ins Gesicht. »Zwei.« Sie betrachtete ihr tropfnasses Gesicht im Spiegel. »Nein, drei.«

»Alles klar.« Dann hörte sie, wie sich das Klimpern von Kathleens Armreifen langsam entfernte.

Violet trocknete ihr Gesicht ab, zog die Nase kraus und riss die Tür auf, um Kathleen nachzurufen: »Nein, doch lieber vier!«

»Hallo? Mom?« Violet klopfte an die Tür ihres Elternhauses, drehte aber im selben Moment schon den Türknauf und trat ein. »Mom? Bist du da?«

»Violet?«, drang eine Stimme aus den Tiefen des Hauses. »Bist du das?«

Violet schloss die Tür hinter sich und ging in die Richtung, aus der die Stimme ihrer Mutter gekommen war. Obwohl es erst fünf Uhr nachmittags war und ein wunderschöner Frühlingstag, waren alle Jalousien heruntergelassen und sämtliche Lichter ausgeschaltet. Violets Augen brauchten einen Moment, um sich an die Dunkelheit zu gewöhnen.

»Wo bist du?«, rief sie.

»Hier drinnen«, rief ihre Mutter aus Richtung des Arbeitszimmers zurück.

Violet hätte ihre Mutter zwar nicht direkt einen Messi genannt, aber seit ihr Vater gestorben war, hatte sie das Putzen und Aufräumen definitiv schleifen lassen. Mehrere Stapel Kisten und haufenweise Zeug, das Violet noch nie zuvor gesehen hatte, reihten sich im Flur aneinander und stapelten sich auf dem Küchentisch. Auf den Bilderrahmen und der alten Vitrine ihrer Großmutter lag eine dicke Staubschicht, und als Violet am Bad vorbeiging, nahm sie einen modrigen Geruch wahr, wie von einer alten Decke, mit der man den Hund abgetrocknet hatte.

»Da bist du ja«, sagte sie, als sie ihre Mutter schließlich im dunkelgrünen Samtsessel ihres Vaters fand, mit einem Buch in der Hand, aber auch hier brannte kein Licht. Als Violet näher trat, erkannte sie, dass ihre Mutter in ein Fotoalbum starrte. Ihr Hochzeitsalbum, um genau zu sein. Violet ging neben ihrer Mutter in die Hocke und drückte ihr einen Kuss auf die Wange. »Meinst du, das ist eine gute Idee?« Sie warf einen Blick auf das Foto, das ihre Mutter unverwandt anstarrte. Es zeigte Violets Eltern bei ihrem Hochzeitstanz im großen Saal des Country Clubs. Violets Mutter war ebenfalls eine begabte Tänzerin gewesen. Nicht auf so professionellem Niveau wie Violet, aber sie hatte ihre gesamte Jugend hindurch getanzt.

Auf dem Foto strahlten ihre Eltern von einem Ohr bis zum anderen, und ihr Vater sah mit einem Blick auf ihre Mutter hinab, als wäre sie die einzige Frau im Raum. Die einzige Frau, mit der er für den Rest seines Lebens tanzen wollte.

Violet schluckte schwer. Ihr Vater hatte ihre Mutter immer so angesehen. Mit dieser tiefen Liebe und Hingabe im Blick, die die Zeit überdauern und über den Tod hinausgehen sollte. Genauso hatte Jean-Phillipe auch sie angesehen, wenn sie tanzten.

»Mom, ich glaube, das ist wirklich keine so gute Idee. Lass uns lieber ausgehen und etwas zu Abend essen. Ich lade dich ein. Und danach kannst du mir helfen, ein paar neue Sommeroutfits auszusuchen. Meine Garderobe ist viel zu langweilig, und du hast doch so einen guten Sinn für Mode.« Sie versuchte, das Fotoalbum an sich zu ziehen, aber ihre Mutter hielt es eisern fest. Sie begann am ganzen Körper zu zittern, so sehr strengte sie sich an, die Seite aufgeschlagen und auf ihrem Schoß zu behalten. »Mom … komm schon.«

»Es geht mir gut«, flüsterte ihre Mutter, während eine Träne ihre Wange hinablief. »Es geht mir gut.«

Violet zog noch einmal an dem Album. »Nein, Mom, es geht dir nicht gut. Das hier ist nicht gesund. Ich weiß, dass er dir fehlt, er fehlt uns allen. Aber so kannst du nicht weitermachen.«

Ihre Mutter hob langsam den Kopf, um Violet anzusehen. Ihre grünen Augen – dieselbe Farbe wie die ihrer Tochter, nun jedoch stumpf, beinahe leblos – standen voller Tränen. »Heute ist der Jahrestag unserer Verlobung«, schniefte sie. Mehr Tränen liefen über ihre Wangen. »Heute vor achtunddreißig Jahren hat dein Vater mich gebeten, seine Frau zu werden. Achtunddreißig Jahre. Wir haben es nicht mal bis zu unserem vierzigsten Hochzeitstag geschafft.«

»Aber ihr habt es immerhin bis zum siebenunddreißigsten geschafft, und das ist auch schon einiges. So weit kommen nicht viele, vor allem bei den vielen Scheidungen heutzutage.«

»Ich hätte mich niemals von deinem Vater scheiden lassen. Ich liebe ihn.« Ihre Mutter straffte die Schultern und hob das Kinn, Entrüstung im Blick.

Violet musste sich beherrschen, um nicht die Augen zu verdrehen. »Das habe ich doch nicht gemeint. Ich wollte damit nur sagen, dass ihr beide etwas geschafft habt, was nicht viele schaffen. Jeder Statistik zum Trotz. Eure Liebe hat Stürme überstanden, Kinder und harte Zeiten. Ihr habt es immer geschafft.«

Ihre Mutter schloss die Augen und atmete langsam durch die Nase aus. »Wieso bist du hier, Violet? Ich bin ziemlich müde und wollte heute früh ins Bett gehen.«

Violet sah sich im Arbeitszimmer um. Auch hier herrschte Chaos. Sie und Mitch mussten ihre Mutter dringend mal für ein Wochenende aus dem Haus locken, um hier drin Ordnung zu schaffen – und dann professionelle Putzkräfte den ganzen Dreck entfernen lassen. Ein bisschen billiges Supermarkt-Putzmittel würde hier nicht mehr viel helfen.

»Ich bin hier, um mit dir Abendessen zu gehen. Seit der Eröffnung meines Studios haben wir nicht mehr viel Zeit miteinander verbracht. Ich hatte viel zu tun, und ich habe dich vermisst. Außerdem ist am Sonntag Muttertag, und ich würde dir gern etwas Schönes kaufen.«

»Das ist wirklich lecker«, sagte Violet, nahm einen Schluck von ihrem Wein und sah aus dem Fenster hinaus. Sie waren am Pier 66, genossen köstliche, frisch gefangene Meeresfrüchte und ließen sich von der tief stehenden Sonne wärmen, die nun langsam hinter Bainbridge Island versank. »Wie sind deine Jakobsmuscheln?« Sie wandte sich wieder ihrer Mutter zu.

Herausgeputzt in einem sehr stylischen cremefarbenen Hosenanzug und mit genug Glitzerschmuck, dass man sie noch aus dem

Weltall sehen konnte, stocherte ihre Mutter in ihrem Essen herum, aß jedoch kaum etwas. »Sie sind gut. Etwas zu durch.«

Violet verdrehte die Augen. Sie bezweifelte stark, dass die Muscheln tatsächlich zu lange gekocht waren. Dieses Restaurant war teuer, und sie hatte hier noch kein einziges Mal eine schlechte Mahlzeit bekommen.

»Mein Heilbutt ist exzellent. Möchtest du einen Bissen probieren?«

Ihre Mutter schüttelte den Kopf, sie starrte aus dem Fenster, scheinbar gedankenverloren. »Wieso winkt dieser Mann uns zu?«

Violet drehte sich um und entdeckte Adam, ausgerechnet Adam, der vor dem Fenster neben ihrem Tisch stand. Er war verschwitzt, strahlte und winkte ihnen zu.

Oh-oh.

»Was ist das für ein Mann?«, fragte ihre Mutter misstrauisch.

Violets Lächeln war nicht mal halb so breit wie Adams. Sie winkte zurück. Er gab ihr per Zeichensprache zu verstehen, dass er gerade beim Joggen war, winkte noch einmal zum Abschied, zwinkerte ihr zu und lief dann weiter.

»Wer war das?«, fragte ihre Mutter wieder. »Und wieso hat er dir zugezwinkert?«

Violet nahm noch einen Schluck Wein. Der Kellner kam vorbei, und sie rief ihn mit einer Geste an den Tisch.

»Noch einen Wein für mich, bitte«, sagte sie und leerte ihr Glas in einem Zug. Tja, es sah ganz so aus, als müsste ihre Mutter sie nach Hause fahren.

Der Kellner nickte und verschwand mit ihrem leeren Weinglas.

»Violet?«, hakte ihre Mutter nach.

»Er ist der Vater einer meiner Tanzschülerinnen.«

»Wieso hat er dir *zugezwinkert?*«

Sie stieß langsam die Luft aus. Wo zum Teufel blieb der Kellner mit ihrem Wein?

»Wieso. Hat. Er. Dir. Zugezwinkert?«

»Weil wir quasi miteinander ausgehen«, sagte sie schnell und stürzte sich dann mit einer Konzentration auf ihren Heilbutt, als wäre er nicht bloß der leckerste Fisch, den sie je gegessen hatte, sondern auch die faszinierendste Sache der Welt.

Ihre Mutter schnappte nach Luft, genau wie Violet es erwartet hatte. »Du hast einen neuen Freund?«

Violet zuckte zusammen. Sie wollte jetzt nicht darüber reden. Sie hatten so eine schöne Zeit gehabt. Und auch wenn sie sich bisher kaum unterhalten hatten, war es gut, ihre Mutter mal wieder außerhalb des Hauses und in etwas anderem als einem Pyjama zu sehen.

»So in der Art«, sagte sie schließlich. »Wir haben noch nicht definiert, was das zwischen uns ist. Er ist außerdem auch mein Tanzpartner für das Kunstfestival der Kulturstiftung im Juli.«

»Du tanzt wieder? Mit einem neuen Partner?« Der Unglaube und das Entsetzen in der Stimme ihrer Mutter reichten aus, um Violet vor Scham im Boden versinken zu lassen.

Es würde mich umbringen, dich mit einem anderen Mann tanzen zu sehen.

Wie so oft ließ die Erinnerung an seine Worte die Welt plötzlich unscharf erscheinen, in den Hintergrund treten. Betrog sie ihn mit dem, was sie tat?

Die Worte ihrer Mutter brachten sie schlagartig wieder zurück ins Hier und Jetzt. »Hat dir Jean-Phillipe denn überhaupt nichts bedeutet? Ist er einfach … ersetzbar?«

Endlich hob Violet den Kopf. Sie hatte die Zähne so fest zusammengebissen, dass es wehtat, ihre Kehle war rau, und ihre Augen brannten von der Anstrengung, die Tränen zurückzuhalten. »Natürlich ist er nicht *ersetzbar*. Wie kannst du es überhaupt wagen, so etwas zu sagen?«

Ihre Mutter straffte die Schultern. »Na ja, du hast ihn ersetzt. Also muss er doch ersetzbar gewesen sein.«

»Er ist *nicht* ersetzbar. Ich könnte das Loch, das er in meinem Herzen, in meiner Seele hinterlassen hat, niemals füllen. Jean-Phillipe war mein Partner, in absolut jedem Sinn des Wortes. Ich habe ihn geliebt. Aber er ist tot. Er ist seit über einem Jahr tot. Meinst du nicht, dass ich es verdient habe, wieder glücklich zu sein?« Wut und Trauer erfüllten Violet und schienen ein Eigenleben zu entwickeln. Eine vereinzelte heiße Träne rann über ihre Wange. Sie hob ihre Stoffserviette, um sie wegzuwischen. Sie wollte schreien. Sie wollte mit Sachen um sich werfen. Sie wollte sich in irgendeiner Ecke zusammenrollen und weinen.

Ihre Mutter schob ihren Teller von sich. Sie hatte kaum etwas gegessen. »Ich finde, Jean-Phillipe hat mehr Respekt verdient, als wie ein Hund einfach ersetzt zu werden. Wenn ein Hund stirbt, geht man einfach ins Tierheim und holt sich den nächsten. Man muss nicht mal ein neues Halsband besorgen.« Sie schüttelte voller Abscheu den Kopf, stand auf, wischte sich ebenfalls eine Träne aus dem Auge und stürmte dann aus dem Restaurant. Ließ eine verstörte Violet zurück, die sich fragte, was zum Teufel da eben passiert war.

Kapitel 14

Vor sich hin pfeifend und mit federndem Schritt ging Adam auf das Tanzstudio zu, nachdem er seinen SUV abgeschlossen hatte. Es war kurz vor acht am Mittwochabend, und er konnte es kaum erwarten, Violet wiederzusehen. Konnte es kaum erwarten, wieder mit ihr zu tanzen. Wieder mit ihr …

Sein Schwanz zuckte kurz, als Adam sich vorstellte, sie noch einmal im Studio vor all den Spiegeln zu nehmen. Würde sie wieder einen Striptease für ihn hinlegen?

Noch immer die Titelmelodie einer Serie vor sich hin summend, von der Mira besessen war, öffnete er die Tür der Tanzschule und seufzte auf, als die kühle Brise der Klimaanlage ihn streifte. Es war ein heißer Tag, und er genoss die Gänsehaut, die über seine Arme jagte.

Die Musik, die aus dem Tanzsaal drang, sagte ihm, dass der letzte Kurs noch nicht vorbei war, also setzte er sich auf eine Bank im Flur und zog sein Handy aus der Tasche, um seine Mails zu checken. Völlig versunken in eine E-Mail von einem Labor in Kanada, von dem er ein paar Proben angefordert hatte, bekam er gar nicht mit, wie die Tür des Umkleideraums aufging.

»Adam?«

Er hob ruckartig den Kopf. »Paige? Ich dachte, du arbeitest mittwochabends.«

»Ich habe mit der Kollegin am Donnerstag getauscht. Was tust du hier?«

»Ähm …« Sein Blick huschte zur Tür des Studios. Die Musik war verstummt, und er konnte die Stimmen der Tänzerinnen näher kommen hören. »Ich, ähm …«

Die Tür ging auf, und heraus kamen mehrere Frauen verschiedenen Alters, gefolgt von Violet.

Paiges Blick hüpfte zwischen Adam und Violet hin und her, dann schimmerte plötzlich Begreifen in ihren hellbraunen Augen mit den goldenen Sprenkeln auf, und sie nickte. »Ah.«

Adam seufzte. »Ich hätte es dir noch erzählt.«

Paige lächelte und legte ihm eine Hand auf die Schulter. »Ist schon okay. Wir sind geschieden. Du musst mir nicht alles erzählen.«

»Geschieden?«

Oh, verdammt.

Adam wandte sich Violet zu. »Paige ist meine Ex-Frau. Miras Mutter.«

Violet kniff ihre grünen Augen zusammen und nagelte Paige mit ihrem Blick fest. »Wieso hast du mir nicht gesagt, dass deine Tochter auch hier tanzt?«

Paige zog eine Schulter hoch, löste ihren Dutt und ließ die dunklen Locken über ihre Schultern fallen. »Ich weiß es nicht. Ich … ich wollte nicht, dass sich alles um Mira dreht. Ich wollte, dass es bei diesem Tanzkurs um mich geht. Das ist etwas, was ich ganz allein für mich tue.«

Adams Augen leuchteten auf. »Dein kreativer Emotionsausgleich?«

Paige nickte, und ein kleines Lächeln huschte über ihr Gesicht. »Genau.«

»Und bringt es was?«

Noch ein Lächeln, diesmal so groß, dass es ihre Augen erreichte und das Gold darin zum Funkeln brachte. »Ja. Es macht mir wirklich Spaß. Ich glaube, es hilft mir.«

Adam sah zu Violet. »Na, du hast ja auch eine tolle Lehrerin.«

»Ich hoffe, das Ganze wird jetzt nicht unangenehm«, sagte Violet, ohne auf sein Kompliment einzugehen. Sie wirkte merkwürdig. Zurückgezogen und abweisend. Was war los?

Paige schüttelte den Kopf. »Nein. Ich meine, ich wusste zwar nicht, dass du mit Adam ausgehst, aber ich würde trotzdem gern den Kurs weitermachen, wenn das für dich okay ist. Ich bin nicht eifersüchtig oder sauer, falls du das denkst.«

Adam machte einen Schritt auf Violet zu, doch sie wich zurück. Was zum Teufel?

»Unsere Scheidung ist sehr freundschaftlich abgelaufen«, sagte er. Er wollte so gern die Hand nach ihr ausstrecken, eine physische Verbindung schaffen, um diese plötzliche Wand zwischen ihnen einzureißen. »Wir sind jetzt Freunde und kümmern uns gemeinsam um Mira.«

Paige nickte. »Genau so ist es. Du hast dir da einen wirklich tollen Mann geschnappt, und ich bin froh, dass Adam jemand Neues gefunden hat.«

Die Skepsis stand Violet deutlich ins Gesicht geschrieben. Adam konnte förmlich sehen, wie sie einen weiteren Ziegelstein auf die ohnehin schon unfassbar hohe Mauer legte, die sie um sich errichtet hatte.

Paige drückte Adams Schulter. »Ich muss los. Ist Mira bei meiner Mutter?«

»Jap. Sie hat mir vorhin geschrieben, dass sie zusammen Cupcakes backen.«

»Hast du was dagegen, wenn ich vorbeifahre und kurz Hallo sage, bevor sie ins Bett geht?«

Er lächelte und legte eine Hand auf ihre. Paige sah entspannter aus, als er sie seit langer Zeit gesehen hatte. »Das fände Mira bestimmt toll.«

Mit einem Nicken und Winken in Richtung Violet verschwand seine Ex-Frau durch die Tür nach draußen. Er wusste, dass es zu schön war, um wahr zu sein, aber er hätte schwören können, dass ihre Schritte beinahe beschwingt waren.

Die übrigen Tanzschülerinnen waren inzwischen ebenfalls gegangen, er und Violet waren allein. Er drehte sich wieder zu ihr um, musste jedoch feststellen, dass sie den halben Flur hinuntergegangen war, von ihm weg, und die Wand anstarrte. Dann streckte sie eine Hand aus und strich über etwas, das dort hing.

Er ging langsam auf sie zu. »Ist alles okay?«

Violet sog überrascht die Luft ein und riss die Hand zurück, als hätte das Foto, das sie eben berührt hatte, plötzlich Feuer gefangen. Sie wirbelte zu Adam herum. »Du musst jetzt gehen.«

Was? Wo kam das denn plötzlich her?

Er machte ein paar weitere Schritte auf sie zu, aber sie hob beide Arme, um ihm zu signalisieren, nicht näher zu kommen.

»Nein. Du musst jetzt gehen«, wiederholte sie.

»Aber was ist mit unserer Tanzprobe?«

Sie schüttelte den Kopf und wandte den Blick ab, doch er konnte sehen, dass sie mit den Tränen kämpfte. Ihre Lippen waren fest zusammengepresst und die Muskeln an ihrem langen, schlanken Hals sichtbar angespannt. »Das war eine bescheuerte Idee. Ich kann nicht mit dir tanzen.« Sie schluckte. »Ich kann nicht mit dir zusammen sein.«

»Wegen Paige? Ich schwöre, wir haben uns einvernehmlich getrennt. Wir sind Freunde. Ihr macht das wirklich nichts aus.«

Was war denn bloß passiert zwischen Samstagnacht, als sie bei ihm gewesen war, und heute? Er hatte sie gestern mit einer Frau gesehen, von der er annahm, dass sie Violets Mutter war, sich aber entscheiden, sie nicht zu unterbrechen, sondern nur zu winken und dann weiterzulaufen. War sie sauer, weil er nicht in seinem durchgeschwitzten Lauf-Outfit ins Restaurant gekommen war, um ihr Hallo zu sagen?

»Geht es um gestern Abend?«, fragte er, verzweifelt darum bemüht, herauszufinden, was sie zu dieser Hundertachtziggradwende veranlasst hatte und was er tun musste, um das wieder geradezubiegen.

»Was war gestern Abend?« Sie bemühte sich offensichtlich, locker zu klingen, aber ihre Worte hatten einen bitteren Beigeschmack.

»Bist du sauer, weil ich nicht reingekommen bin und Hallo gesagt habe? Hättest du gewollt, dass ich ins Restaurant komme und mich der Frau vorstelle, die vermutlich deine Mutter war? Ich war durchgeschwitzt und wollte euch nicht stören.«

Sie schüttelte den Kopf, und in ihren Augen las er, dass sie nicht nur müde und traurig, sondern auch frustriert war. Wegen ihm? »Nein. Darum geht es nicht.«

Er streckte wieder die Hand nach ihr aus. Diesmal hob sie nicht abwehrend die Hände und schob ihn auch nicht weg, doch als er eine Hand auf ihren Oberarm legte, versteifte sich ihr ganzer Körper. »Vi, sag mir bitte, was los ist. Wieso kannst du nicht mit mir tanzen? Wieso können wir nicht zusammen sein?«

Ihr Blick wanderte zu dem Foto, das vor ihnen an der Wand hing. Adam folgte ihrem Blick. Das Bild zeigte einen Mann, vermutlich Anfang dreißig, mit dunklem, fast schwarzem Haar, leuchtenden bernsteinfarbenen Augen und einem selbstsicheren Lächeln. Er trug einen ärmellosen dunkelblauen Body und

Strumpfhosen und war mitten in einem perfekten Jeté-Sprung abgelichtet worden.

Ihr Freund.

Ihr Tanzpartner.

»Ist er das?«, fragte er sanft.

Sie nickte.

»Wie hieß er?«

»Jean-Phillipe.«

Er umfasste ihr Kinn und drehte ihr Gesicht, so dass sie ihn ansah. »Ist er der Grund, wieso du nicht mehr bei ›Kunst im Park‹ auftreten willst?«

Sie blinzelte, und Tränen traten in ihre Augen. Ihre Unterlippe bebte, während sie versuchte, ihre Gefühle in den Griff zu bekommen. Am liebsten hätte Adam sie wie ein Kind auf den Arm genommen und ihren Schmerz aufgesaugt.

»Ich glaube, ich bin einfach noch nicht bereit.«

»Was hat sich denn seit Samstag geändert? Liegt es an Paige? Liegt es an mir? Dränge ich dich zu sehr? Du kannst mir einfach sagen, wenn ich dir mehr Zeit geben soll. Ich tu es sofort.«

Sie schüttelte den Kopf. »Es liegt nicht an Paige. Und auch nicht an dir. Du bist … du bist wundervoll. Es liegt an mir. Ich bin einfach noch nicht bereit.«

»Nicht bereit, mit jemand anderem zu tanzen? Nicht bereit, aufzutreten? Nicht bereit, mit jemandem zusammen zu sein?« Er legte eine Hand an ihre Wange. In ihren Augen stand so viel Schmerz. Es brachte ihn fast um. »Du musst mir helfen, Vi. Ich versuche doch nur, das alles zu verstehen.«

Sie schüttelte seine Hand ab und wandte sich um, ging hinüber ins Studio. Er folgte ihr.

»Das alles«, sagte sie schließlich. »Ich dachte, ich wäre bereit, aber ich bin es nicht. Ich bin seit über zwei Jahren nicht mehr vor Publikum aufgetreten.«

Er konnte sie nicht gehen lassen. Konnte nicht zulassen, dass sie ihn aus ihrem Leben verbannte. Er ging die letzten Schritte bis zu ihr und streckte wieder die Hand nach ihr aus. »Dann werde ich dich nicht drängen. Ich werde dir Zeit lassen. Wir müssen im Moment nicht mehr sein als Tanzpartner.«

»Nein.«

»Doch. Du willst es vielleicht nicht wahrhaben, aber ich habe gesehen, was mit dir passiert ist, als wir letzte Woche getanzt haben. Das Lächeln in deinem Gesicht, das Leuchten in deinen Augen. Es war, als wäre ein verlorener Teil deiner Selbst in dem Moment zu dir zurückgekehrt, als du jemandem erlaubt hast, dich übers Tanzparkett zu führen. Als du realisiert hast, dass ich dich fange, wenn du fällst.« Er trat noch einen Schritt näher an sie heran. »Denn ich werde dich immer auffangen.«

Sie schüttelte nur wieder den Kopf. Eine Träne rann an ihrer Nase entlang. »Ich kann nicht. Es tut mir leid. Du musst jetzt gehen.«

Dann, bevor Adam die Träne von ihrer Wange wischen und sie in seine Arme schließen konnte, trat sie zurück und wandte ihm den Rücken zu, ging in die Ecke mit der Stereoanlage und ließ Adam wie vom Donner gerührt stehen. Er hatte keine Ahnung, was er nun tun sollte.

Am nächsten Tag, als Adam Mira zur ihrer Tanzstunde brachte, war Violet nirgendwo zu sehen. Normalerweise begrüßte sie ihre Schüler, fragte, wie ihr Tag oder ihre Woche gewesen war, und unterhielt sich mit den Eltern, doch als Adam und Mira an diesem Tag ankamen, fehlte von Violet jede Spur.

»Wo ist Vi?«, fragte Mitch, der hinter Adam in den Warteraum trat. Jayda setzte sich neben Mira, und die beiden quatschten munter drauflos, während sie ihre Ballettschuhe anzogen.

Adam zuckte mit den Schultern. »Keine Ahnung.«

»Habt ihr euch gestern Abend gesehen?« Mitch warf einen Blick ins Büro, wo Kathleen eifrig auf ihrer Tastatur tippte.

»Ja, aber nur kurz«, erwiderte Adam. »Hat sie dir nicht erzählt, dass sie zwischen uns alles beendet hat?«

Mitch wirbelte herum und starrte Adam an. »Was hat sie beendet?«

Adams Augen wurden groß. »Alles. Das Tanzen, uns. Sie hat gesagt, sie sei noch nicht bereit.«

Mitch sah verwirrt aus und kniff die Augen zusammen. »Seltsam. Sie ist am Dienstagabend mit unserer Mutter essen gegangen, und als sie zurückkam, war sie total deprimiert, wollte mir aber nicht sagen, was passiert ist. Ist einfach in ihr Schlafzimmer gegangen und hat seitdem kaum mit mir gesprochen.«

»Glaubst du, eure Mutter hat ihr gesagt, dass sie nicht mit mir tanzen soll? Nicht mit mir zusammen sein soll?« Adam rieb sich den Nacken. Am liebsten hätte er sich sofort auf die Suche nach Violet begeben, hätte jeden Schrank geöffnet und jeden Vorhang beiseitegezogen, bis er sie fand.

»Schon möglich«, sagte Mitch. »Mom macht gerade selbst einiges durch. Sie kommt nicht sehr gut mit dem Tod unseres Vaters klar.«

»Mist«, flüsterte Adam mit Blick auf seine Tochter mit den Luchsohren. »Stimmt. Tut mir echt leid, dass ihr so viel durchmachen musstet.«

Mitch winkte ab. »Ich schaue mal, ob ich sie irgendwo finde.«

»Da bist d …«

Violet schüttelte den Kopf und legte einen Finger an die Lippen. »Schhh.«

Mitch trat in ihr Büro und schloss mit irritiertem Blick die Tür. »Was ist denn los? Wieso versteckst du dich vor deinen Schülern?«

»Ich verstecke mich doch nicht vor meinen *Schülern*«, sagte sie und stand auf. Sie hatte auf dem Boden hinter ihrem Schreibtisch gesessen, eine Schachtel von der Emerald City Bäckerei auf dem Schoß und Käsekuchenkrümel auf ihrem Ballettrock.

»Du versteckst dich vor *ihm*?«

Sie verdrehte die Augen und wischte sich die Krümel vom Rock. »Ich bin einfach noch nicht so weit.«

Mitch nahm wahllos einen Briefumschlag vom Tisch und warf einen kurzen Blick darauf, bevor er ihn Violet reichte. »Hat das zufällig etwas mit deinem Essen mit Mom am Dienstag zu tun?«

Natürlich hatte es etwas damit zu tun. Sie nahm den Umschlag und öffnete ihn.

»Was hat sie zur dir gesagt, Vi? Letztes Wochenende warst du so glücklich. Vor allem am Sonntag. Glaubst du etwa, ich habe nicht gehört, wie du dich kurz vor Sonnenaufgang wieder in Haus geschlichen hast?« Er verzog die Lippen zu einem schiefen Lächeln. »Was hat sich denn verändert?«

Violet seufzte und lehnte sich an ihren Schreibtisch. »Wir haben Adam gesehen. Er war gerade joggen und hat uns durchs Fenster des Restaurants zugewinkt. Mom hat gefragt, wer er ist. Ich habe es ihr gesagt, und dann hat sie gemeint, ich würde Jean-Phillipe ersetzen, als wäre er ein Hund. Wenn ein Hund stirbt, geht man einfach ins Tierheim und holt sich einen neuen. Man braucht nicht mal ein neues Halsband.«

Mitch fuhr sich mit einer Hand durch die Haare. »Ach du Scheiße. Das hat sie doch nicht wirklich gesagt?«

»Doch. Und ich lag dann eben die ganze Nacht wach und habe darüber nachgedacht, und vielleicht hat sie ja recht? Vielleicht ist es wirklich noch zu früh?«

»Sie trauert, Vi. Sie trauert, und das überträgt sie auf dich. Das muss dir doch klar sein.«

»Selbst wenn das so ist, hat sie nicht trotzdem recht? Ich meine, versuche ich nicht wirklich gerade, Jean-Phillipe zu ersetzen?«

Mitch trat neben sie und legte ihr in einer beschützenden Großer-Bruder-Geste einen Arm um die Schultern. Er drückte ihr einen Kuss aufs Haar. »Du ersetzt ihn doch nicht. Du machst nur mit deinem Leben weiter. Das ist ein großer Unterschied. Der zweite große Unterschied ist, dass du gerade mal dreißig bist und Mom fast siebzig. Sie kann sich überhaupt nicht vorstellen, ihr Leben allein weiterzuführen, die wenigsten Leute in diesem Alter können das. Aber du hast dein ganzes Leben noch vor dir. Du kannst noch einmal die große Liebe finden.«

Violet lehnte den Kopf an die Schulter ihres Bruders. »Kannst du mit Adam einen Kaffee trinken gehen oder so? Ich würde ihn jetzt lieber nicht sehen.«

Er drückte sie an sich. »Ja, das mache ich. Aber du kannst dich nicht ewig vor ihm verstecken.« Er trat zurück und zog seinen Armen von ihrer Schulter. »Gib mir ein paar Minuten, bevor du rauskommst. Ich schick dir eine Nachricht, wenn Elvis das Gebäude verlassen hat.«

Ihr ganzer Körper und ihr Gehirn waren erschöpft. Es war schon anstrengend, einen Mundwinkel zu einem kleinen Lächeln zu heben. »Danke.«

Nachdem Mitch gegangen war, entfaltete sie den Brief, den sie zuvor aus dem Umschlag gezogen hatte. Das Studio war erst seit wenigen Wochen geöffnet, Post war also noch eine Seltenheit. Es stand kein Absender auf dem Umschlag, und die Adresse des Studios war händisch darauf geschrieben worden. Wer schickte ihr denn einen Brief?

Als sie den Inhalt sah, fuhr sie sich mit der Hand über die Stirn. Ihr Mund stand offen. Was zum Teufel?

Es war ein Foto von ihr und Jean-Phillipe auf der Bühne in New York, vermutlich eine Aufnahme für eine Website oder einen Artikel, ein oder zwei Jahre vor seiner Diagnose aufgenommen. Violets Gesicht war mit einem großen roten X durchgestrichen, und über Jean-Phillipes Kopf stand: *Ruhe in Frieden – Du bist zu früh von uns gegangen.*

Was. Zum. Teufel?

Kapitel 15

»Wie geht's deiner Schwester?«, fragte Adam, als er Mitch am Samstagabend in Liams Auffahrt einholte. Er hatte Violet mehrfach angerufen und ihr einige Nachrichten geschickt, nachdem sie ihn am Donnerstag so offensichtlich gemieden und sogar Mitch als Ablenkungsmanöver vorgeschickt hatte. Doch jeder seiner Kontaktversuche war unbeantwortet geblieben. Er hatte schon in Erwägung gezogen, einfach vor ihrer Tür aufzutauchen und so lange dort zu warten, bis sie endlich mit ihm redete, aber er wollte ja nicht zum Stalker mutieren. Sie brauchte ganz offensichtlich etwas Abstand. Er konnte nur hoffen, dass sie ihn irgendwann wieder an sich heranlassen würde.

Mitch öffnete Liams Haustür. »Es geht ihr so weit gut. Sie hat nur einen merkwürdigen Brief bekommen, der sie ein bisschen aus der Bahn geworfen hat.«

Adam blieb stehen. »Einen merkwürdigen Brief?«

Mitch zuckte mit den Schultern. »Sie hat ihn vorsichtshalber zur Polizei gebracht.«

»Was stand denn drin?«

»Es war nur ein Foto von ihr und Jean-Phillipe, aber ihr Gesicht war mit einem großen roten X durchgestrichen.«

Heilige Scheiße.

»Ist sie okay?«

»Ja. Hoffentlich findet die Polizei raus, was es damit auf sich hat.«

Arme Violet, bei ihr schien ein Unglück wirklich nie allein zu kommen. »Hast du schon mit eurer Mutter gesprochen?« Mitch hatte ihm am Donnerstag bei einer Tasse Kaffee erzählt, wie ihre Mutter auf Violets Neuigkeiten, was Adam betraf, reagiert hatte.

Nun fühlte er sich schuldig. Hätte er ihnen im Restaurant nicht zugewinkt und damit das Gespräch auf ihre Beziehung gebracht, hätten Violet und ihre Mutter vielleicht nicht darüber gesprochen, und sie wären jetzt nicht in dieser blöden Situation. Violet würde noch mit ihm sprechen. Mit ihm tanzen. Mit ihm schlafen.

Verdammt! Das alles nur wegen eines bescheuerten Winkens.

Mitch nickte. »Ich war heute Nachmittag bei ihr, hab extra Jayda mitgenommen, damit sie besser drauf ist, wenn ich ihr meine Meinung sage, aber sie war in wirklich schlechter Verfassung.«

»Inwiefern?«

Sie stellten ihr Bier in den Kühlschrank und gingen hinüber ins Wohnzimmer. Außer ihnen war noch niemand da, nicht mal Liam selbst, also machten sie sich daran, den Pokertisch aufzubauen.

»Sie war total depressiv. Es sah so aus, als hätte sie sich seit Tagen nicht umgezogen, ihre Haare waren völlig durcheinander, sie hatte Essensreste auf ihren Klamotten und im Gesicht. Ihr Atem hat richtig übel gestunken. Sie hat gestunken.«

Es musste Adam anzusehen sein, wie schockiert er war, denn Mitch verzog das Gesicht, nahm die Schachtel mit den Pokerchips und trug sie zum Kartentisch. »Der Tod meines Vaters hat sie schwer getroffen. Ihre Trauer hat sich dann schnell zu einer Depression entwickelt, und Vi und ich wissen einfach nicht, wie wir ihr helfen sollen. Wir haben ihr vorgeschlagen, eine Therapie zu machen, eine Haushälterin oder eine Betreuerin einzustellen oder sich ein Haustier anzuschaffen. Aber sie lehnt einfach alles ab.«

Adam stellte die Stühle um den Kartentisch herum auf. »Meine Ex-Frau hat etwas Ähnliches durchgemacht, als wir unseren Sohn verloren haben. Es war eine stille Geburt.«

Mitch sah ihn an. »Scheiße, Mann. Das tut mir echt leid.«

»Danke. Ja, sie, ähm … sie hat mich damals nicht mehr an sich herangelassen. Hat niemanden mehr an sich rangelassen, nicht mal Mira. Aber ihre Eltern haben dieses tolle Therapie-Refugium in Colorado gefunden. Die Einrichtung ist auf Trauer, Depression, Selbstmord und Essstörungen spezialisiert. Meine Ex-Frau hat acht Wochen dort verbracht, und sie sagt, dass ihr der Aufenthalt sehr geholfen hat.«

»War sie bereit, an eurer Ehe zu arbeiten, als sie zurückgekommen ist?«

»Na ja, nein. Sie ist mit den Scheidungspapieren zurückgekommen.«

»Die Therapie hat also nicht funktioniert?«

Adam nahm einen Schluck von seinem Bier. »Die Therapie hat ihr geholfen. Sie hat nur leider *uns* nicht geholfen. Vielleicht wäre das alles auch nicht so schlimm gewesen, wenn wir vor Anthony nicht schon drei weitere Babys verloren hätten. Ihn dann auch noch zu verlieren hat sie völlig fertiggemacht.«

»Scheiße. Das kann ich mir vorstellen.«

»Ich kann dir den Namen und alle Informationen zu dem Refugium in Colorado raussuchen, wenn du möchtest. Es könnte eurer Mutter helfen. Ich kann dir auch den Namen von Paiges Therapeutin in Seattle geben.«

In dem Moment hörten sie eine Stimme im Flur und drehten sich um. Kurz darauf trat Liam ins Wohnzimmer, das Handy am Ohr.

»Was zum Geier soll ich denn mit denen machen? Nur weil ich ihr Anwalt bin, heißt das doch nicht, dass ich für diese Dinger jetzt ein neues Zuhause finden muss … Ein Vogel? Wer will denn einen Vogel? Einen Hund würde ich ja noch hinkriegen, vielleicht sogar eine Katze. Aber wer zum Teufel will einen Vogel?«

Mitch und Adam warfen sich über den mit grünem Filz bezogenen Kartentisch einen Blick zu. Wovon um alles in der Welt redete Liam da?

Liam brummte ins Telefon, die Stirn in Falten gelegt. »Gib mir achtundvierzig Stunden, okay? Es ist Wochenende, verdammt noch mal, und außerdem mein Pokerabend. Bis Montag habe ich was für sie gefunden, alles klar? Scheiße.« Er fuhr sich mit der freien Hand durch die Haare und rieb sich dann übers Gesicht. »Kauf ein paar Körner und Trockenfutter und fahr dreimal täglich da rüber, füttere sie und lass den Hund raus. Du wirst aus dem Nachlass bezahlt. Ich kümmere mich bis Montag darum!« Damit legte er auf.

»Was war das denn?«, fragte Adam und ging hinüber in die offene Küche, um Chips und Brezeln in Schüsseln zu füllen.

»Eine Klientin von mir ist gerade gestorben. Eine ältere Dame. Ich verwalte ihren Nachlass, und ihr Nachbar und einziger Freund versucht, mir ihren Vogel und Hund anzuhängen.« Er ließ seine Halswirbel knacken. »Wieso habe ich mich überhaupt darauf eingelassen, ihr Nachlassverwalter zu sein? Ich bin Scheidungsanwalt, verdammt noch mal. Ich mache keine Nachlässe.«

»Weil du ein netter Kerl mit einem weichen Herzen bist?«,

schlug Adam lachend vor. Liam war wirklich ein großartiger Kerl, wenn man erst mal durch seine zynische Anti-Liebe-Schale gedrungen war.

»Und sie war eine bescheuerte Freundin von einem Freund der Familie«, grummelte Liam.

Adam kam mit den gefüllten Schüsseln zurück an den Tisch und stellte sie darauf ab. »Und jetzt sollst du für ihren Hund und ihren Vogel ein neues Zuhause finden?«

Liam nickte. »Genau. Will einer von euch vielleicht einen Papagei, der über zweihundert Wörter sagen kann?«

Beide Männer schüttelten den Kopf.

»Wie wäre es mit einem neun Jahre alten Pyrenäen-Mischling?«

Adam kratzte sich am Kinn. »Ein was?«

»Ein Pyrenäen-Mischling.«

»Womit ist er denn gemischt?«

Liam sah ihn übellaunig an. »Was weiß denn ich? Mit einem Labrador oder so. Ich bin doch kein Tierarzt.« Adam reichte ihm ein Bier. Liam bedankte sich mit einem knappen Nicken, nahm einen Schluck und stieß dann einen tiefen Seufzer aus, während sich sein Gesicht langsam entspannte. »Es ist tatsächlich eine wirklich schöne alte Hündin. Entspannt und freundlich. Ich habe sie nie mehr machen sehen, als ihrem Frauchen zu Füßen zu liegen. Ich würde sie ja selbst nehmen, wenn ich nicht so verdammt viel arbeiten würde. Und dann ist da natürlich noch die Sache mit den Hundehaaren.« Er zupfte einen Fussel von seiner Schulter und ging dann – statt ihn wie jeder normale Mensch einfach auf den Boden zu schnippen – in die Küche, um ihn in den Müll zu werfen.

Ja, Liam war ein Ordnungsfreak. Nur ein ganz kleines bisschen.

»Wie sieht der Hund denn aus?«, fragte Adam. Er wusste selbst nicht genau, wieso ihn das interessierte, aber er wollte mehr erfahren.

Liam scrollte ein paar Sekunden lang durch sein Handy, bevor er es Adam reichte. »Süß, oder?«

Er hatte recht. Die Hündin war sehr süß. Helles, langes Fell, liebe Augen und ein sanftmütiges Gesicht.

»Kann sie gut mit Kindern?«

Liam zog eine Schulter hoch. »Keine Ahnung. Vermutlich schon. Die Enkel meiner Klientin leben in Australien, die hat sie also kaum gesehen.«

»Kommen ihre Kinder denn her, um sich um den Nachlass zu kümmern?«, fragte Mitch.

»Nö. Sie waren an Weihnachten hier und sind der Meinung, dass sie sich damit ausreichend verabschiedet haben.«

»Willst du mich verarschen?« Mitch sah plötzlich aus, als würde er gleich in die Luft gehen. »Ihre Mutter ist jetzt gerade gestorben, und sie haben sich im *Dezember* verabschiedet? Hatte sie denn sonst *irgendjemanden*?«

Liam schüttelte den Kopf. »Niemanden außer ihrem Vogel und ihrem Hund. Aber die hat sie verhätschelt, als wären es ihre Kinder. Deswegen würde ich die beiden auch wirklich ungern ins Tierheim bringen.«

»Ach, verdammt!« Mitch fuhr sich aufgebracht mit der Hand durchs Haar.

Adam musterte seinen neuen Freund argwöhnisch.

»Gib mir den Vogel. Ich finde ein gutes Zuhause für ihn.«

Liams dunkelbraune Augen leuchteten auf, er hielt mitten in der Bewegung, einen Schluck Bier zu nehmen, inne. »Im Ernst?«

»Ja. Ich gebe ihn meiner Mom. Sie braucht etwas, um das sie

sich kümmern kann. Ich glaube, ein Hund wäre zu viel, aber ein Vogel könnte genau das Richtige sein.«

Liam stieß erleichtert die Luft aus und schlug Mitch auf die Schulter. »Alter, du rettest mir echt das Leben. Danke.«

»Dank mir lieber nicht zu früh. Wir wissen schließlich noch nicht, ob der Plan auch funktioniert.«

Die geräuschvolle Ankunft weiterer Männer zog die Aufmerksamkeit der drei für einen Moment in Richtung Tür.

»Was ich vielleicht noch erwähnen sollte«, sagte Liam dann mit einem schelmischen Grinsen, als er auf dem Weg zur Bar an Mitch vorbeiging, »der Ehemann meiner Klientin, der schon vor ein paar Jahren gestorben ist, war ein Riesenbaseballfan. Hat geflucht wie ein Seemann. Da hat der Vogel einiges aufgeschnappt und plappert das jetzt nach. Also viel Glück damit!«

Mitchs Gesicht wurde kreideweiß. »Du hast mich reingelegt.«

Adam brach in schallendes Gelächter aus.

Liam grinste breit. »Aber so was von.«

»Ist es zu spät, um einen Rückzieher zu machen? Ich bin mir nicht sicher, ob meine Mutter mit einem Vogel ohne Sprachfilter klarkommt.«

Liam entkorkte eine Flasche und schenkte sich ein Glas Scotch ein. »Zurückgeben gilt nicht.«

Adam hatte beschlossen, nur zwei Bier zu trinken und sich dann genügend Zeit zum Ausnüchtern zu geben, um mit seinem eigenen Auto statt wie die meisten anderen mit dem Taxi oder einem Uber fahren zu können. Mitch war schon vor ihm gegangen, hatte irgendwas von Vogelfutter vor sich hingemurmelt und sich laut gefragt, auf was für einen Alptraum er sich da bloß eingelassen hatte. Liam hatte nur gelacht.

Als Adam nun in die Auffahrt bog, sah er Mitchs Auto schon dort stehen. Es war kurz vor Mitternacht. Er hoffte sehr, dass Violet noch wach war.

Erschöpft, weil sie seit Dienstag kaum noch geschlafen hatte, scrollte Violet durch die aufgenommenen Sendungen. Ihr Augen brannten vor Müdigkeit. Aber ganz egal, wie gern sie auch schlafen würde, wie sehr sie sich bemühte, ihren Kopf auszuschalten, mit dem Grübeln aufzuhören, sie schaffte es einfach nicht. Dank des Fiaskos mit ihrer Mutter und des verstörenden Briefs war sie ein so stramm geschnürtes Nervenbündel, dass sie kurz vor der Explosion stand. In der letzten Woche hatte sie außerdem viel zu viele Mini-Cheesecakes gegessen und sich eindeutig zu viel Wein gegönnt. Der konstante Zuckerrausch war alles andere als hilfreich. Sie fühlte sich fast wie auf Drogen, zittrig und schreckhaft. Die wilden Schmetterlinge in ihrem Bauch wirkten im Vergleich dazu regelrecht zahm. Als Mitch ihr gestern die Hand auf die Schulter gelegt hatte, wäre sie vor Schreck fast durch die Decke gegangen.

Sie konnte die Gedanken einfach nicht ausblenden.

Hatte ihre Mutter recht?

Wer hatte den Brief geschickt?

War sie in Gefahr?

War jemand hinter ihr her?

War es einer von Jean-Phillipes zahlreichen Fans – und es waren wirklich viele –, die seinen Tod immer noch nicht akzeptieren wollten und, warum auch immer, ihr die Schuld daran gaben?

Sie hatte so viele Fragen und keine Möglichkeit, Antworten darauf zu finden.

Mitch war vor einer Weile nach Hause gekommen und hatte irgendwas von einem Vogel vor sich hingegrummelt, den er Liam abnehmen musste. Er hatte noch ein Bier getrunken, die restlichen Spaghetti von gestern Abend gegessen und war dann mit gerunzelter Stirn ins Bett gegangen, nachdem er ihr noch einen nach Bier riechenden Gutenachtkuss auf die Stirn gedrückt hatte.

Da sich auf der Fernseherfestplatte absolut nichts fand, was ihr Interesse weckte, wollte sie den Fernseher schon ausschalten, um das mit dem Schlafen noch einmal zu probieren, als ihr Handy vibrierte.

Es war Adam.

Aber es war keine Nachricht.

Er rief an.

Sie konnte ihm nicht ewig aus dem Weg gehen. Sie gab seiner Tochter schließlich Tanzunterricht. Irgendwann musste sie ihm wieder begegnen. Musste sich ihm stellen.

Sie wischte mit dem Finger über den Bildschirm. »Hallo?«

»Ich stehe draußen in deiner Auffahrt. Bitte komm raus und sprich mit mir. Wenn du dir angehört hast, was ich zu sagen habe, kannst du mich immer noch zum Mond schicken. Aber bitte rede wenigstens mit mir.«

»Adam.« Sie schloss die Augen und lehnte den Kopf gegen die Sofalehne. »Es ist spät.«

»Habe ich dich aufgeweckt?«

»Nein.«

»Dann ist es noch nicht so spät. Außerdem hattest du letzten Samstag auch kein Problem damit, so spät noch zu mir zu kommen. Und als du gegangen bist, war es sogar noch viel später. Wenn ich mich richtig erinnere, wurde es sogar gerade hell.«

Bei der Erinnerung an das letzte Wochenende breitete sich Wärme in ihrem Magen aus. Er hatte ihren Körper zum Beben gebracht. Hatte ihr ganzes Sein zu neuem Leben erweckt.

»Ich werde meine Hände bei mir behalten. Ich will nur reden.«

Sie war schon längst aufgestanden und auf dem Weg zur Tür, während er noch weiter zu verhandeln versuchte. Sie schlüpfte in ihre Flip-Flops, öffnete die Haustür und achtete darauf, sie sehr leise wieder hinter sich zu schließen.

Sie klopfte an das Fenster seines Autos und musste ein Lachen unterdrücken, als er erschrocken zusammenfuhr.

Er ließ das Fenster herunter. »Willst du, dass ich einen Herzinfarkt bekomme? Steig ein.«

Das Fenster fuhr wieder hoch, und sie hörte das *Klick* der Türentriegelung. In der nächsten Sekunde saß sie schon in seinem SUV.

Verdammt, er roch so gut.

»Sprich mit mir«, sagte er, und sie sah, wie seine Hand zuckte, schon nach ihrer greifen wollte, bevor er sie wieder zurückzog. »Was ist zwischen Samstagnacht und Mittwochabend passiert? Mitch hat mir schon ein bisschen was erzählt, aber ich würde es gern von dir hören.«

Sein Blick flehte sie an, es ihm zu erklären und ihre Mutter nicht gewinnen zu lassen. Mitch hatte ihr erzählt, dass er Adam ins Bild gesetzt hatte. Erst war sie sauer auf ihn gewesen, aber dann hatte die Dankbarkeit überwogen, dass sie es nicht selbst tun musste. Nur dass sie es nun doch musste – großartig!

Sie sah aus dem Fenster in ihren Vorgarten. Als sie eingezogen waren, hatte sie jede Menge Blumenzwiebeln gepflanzt, die den ganzen Frühling und Sommer über sprießen würden. In der Erde zu graben war regelrecht therapeutisch gewesen: Sie hatte Samen gepflanzt, in der Hoffnung, dass daraus etwas wachsen würde – wie eine Art Wiedergeburt. Sie hoffte auf das Erblühen einer neuen Ära, in einem neuen Heim, in dem sie hoffentlich jede Woche einen Blumenstrauß auf den Küchentisch würde stellen können.

»Mir wurde nur vor Augen geführt, dass ich meine Trauer sehr schnell überwinde, zu schnell«, sagte sie schließlich, ohne ihn anzusehen. Es war leichter, die Tulpen vor dem Fenster anzusprechen. »Dass ich vielleicht einen Schritt zurückgehen, mich auf mein Geschäft konzentrieren und mein Privatleben für später aufheben sollte.«

»Als Mitch mir davon erzählt hat, klang das etwas anders. Er hat gesagt, deine Mutter hätte Jean-Phillipe mit einem Hund verglichen. Und mich auch, genau genommen.«

Nun sah sie ihn doch an. »Sie war noch nie die feinfühligste Person.«

»Offensichtlich. Stimmst du ihr denn zu?«

Sie sank in ihrem Sitz zusammen. Sie konnte Madame Rousseaus Schelte angesichts dieser miserablen Haltung beinahe hören. *Eine Schande für die Kunst des Tanzes. Kopf hoch, Schultern zurück, Brust raus.*

Nicht, dass sie da viel rauszudrücken hatte.

Aber Madame Rousseau war nicht mit ihr in diesem Wagen, also konnte sie sitzen, wie auch immer sie wollte.

»Stimmst du ihr zu?«, wiederholte Adam.

»Nein, tue ich nicht. Zumindest nicht in dem Punkt, dass du und Jean-Phillipe Hunde seid … Hunde *wart*. Aber vielleicht hat sie recht damit, dass ich zu schnell über ihn hinwegkomme, zu schnell weitermache. Vielleicht versuche ich etwas zu erzwingen, für das ich noch nicht bereit bin.«

Er griff nach ihrer Hand. Gott, seine warmen, langen Finger fühlten sich so gut an, als er sie um ihre legte. »Glaubst du das wirklich? Dass wir die Anziehung, die wir beide spüren, erzwingen? Die Verbindung, die wir haben? Denn für mich fühlt es sich wie die natürlichste Sache der Welt an. Wie perfekt du in meine Arme passt, wenn wir tanzen. Wie perfekt ich in dich hineinpasse …«

Ein Schauer lief ihr über den Rücken, und ihre Brustwarzen richteten sich auf. Hitze sammelte sich zwischen ihren Schenkeln, und sie presste die Beine zusammen. Er hatte sie wirklich perfekt ausgefüllt. Sie musste sich beherrschen, um nicht die Augen zu schließen und die Erinnerung noch einmal zu durchleben.

»Dir geht es genauso, Vi. Das sehe ich doch deutlich daran, wie du gerade reagierst. Du fühlst diesen Sog, die Anziehung zwischen uns. Das ist nicht gezwungen. Wenn überhaupt, wurden wir von unbekannten Mächten zusammengebracht, können deswegen nicht voneinander lassen. Wie Magnete.« Er legte die andere Hand an ihr Gesicht und drehte sanft ihren Kopf, damit sie ihn wieder ansah. »Wenn du wirklich glaubst, dass wir das, was zwischen uns ist, was wir fühlen, erzwingen, dann lasse ich dich in Ruhe. Aber wenn auch nur ein kleiner Teil von dir das hier will, erkunden will, was wir haben, mit mir tanzen will, herausfinden, ob wir mehr sind als nur zwei Leute, die gern miteinander tanzen und wilden Sex in einem Raum voller Spiegel haben …«

Sie lachte. Er schob die Hand, die an ihrer Wange lag, ihren Nacken hinauf, bis in ihre Haare. Sie wollte so gern die Augen schließen und sich seiner Berührung hingeben.

»Dann gib uns bitte eine Chance.«

Sie schob ihr Gefühlswirrwarr beiseite und gab endlich nach, schloss die Augen und lehnte sich in Adams große, warme Hand.

Ihr Kopf sagte ihr, dass es zu früh war, doch ihr Herz sagte, dass es offen war und wieder lieben wollte.

»Ist das ein Ja?«, fragte er und lehnte sich über die Mittelkonsole, um ihr näher zu sein. »Gibst du uns eine Chance? Werden wir zusammen tanzen?« Hoffnung schwang in seiner Stimme mit und füllte ihr Herz.

Sie öffnete die Augen, um ihn anzusehen, und nickte. »Werden wir.«

Er senkte den Kopf und küsste sie. In dieser feuchten Hitze wäre sie nur zu gern ertrunken. Seine Küsse waren hart und hungrig, und sie antwortete ihm mit ebenso großem Verlangen.

Ein schwaches Wimmern drang aus ihrer Kehle, als er sich von ihr löste und den Kuss abrupt beendete. Doch er blieb nah bei ihr, die Stirn gegen ihre gelehnt, so dass ihrer beider Atem sich mischte. Sie legte eine Hand auf seine Brust und spürte seinen schnellen Herzschlag, im Einklang mit ihrem. Das Verlangen, noch gesteigert durch seine Nähe, wärmte sie von innen heraus und vertrieb auch den letzten Rest Zögern und Unsicherheit.

»Ich will dich nicht drängen, Vi. Wirklich nicht. Aber ich kann mich einfach nicht von dir fernhalten. Und ich glaube, du willst dich auch nicht von mir fernhalten. Würde er nicht wollen, dass du glücklich bist? Wieder Freude am Leben hast? Wieder *Liebe* in deinem Leben hast?«

Heiße Tränen brannten in ihren Augen. Sie wollte wieder lieben. Wollte sich wieder ganz fühlen. Jean-Phillipe hatte ihr nie das Gefühl gegeben, dass er ein Leben als einsame alte Frau für sie wollte, mit niemandem, der sie liebte, außer einem Haus voller Katzen. Und wenn ihre Rollen vertauscht wären, würde sie doch auch wollen, dass er mit seinem Leben weitermachte, jemanden fand, der ihn wieder ganz machte, der ihn liebte und ihm die Freude am Leben wiedergab.

Mit der Hand, die noch immer auf seiner Brust lag, schob sie Adam von sich und zurück in seinen Sitz. Verwirrung und Sorge standen in seinen Augen. Aber sie lächelte verschmitzt und folgte ihm, kletterte über die Mittelkonsole und setzte sich rittlings auf seinen Schoß.

Er griff unter den Sitz und schob ihn so weit zurück, wie es ging, um ihr mehr Raum zu geben. In diesem Moment war sie sehr dankbar, dass er einen großen SUV fuhr und keinen engen Sportwagen oder so etwas Kleines wie ihren Fiat. Es war trotzdem eng, aber für das, was sie vorhatte, würde es reichen.

Er legte die Hände auf ihre Hüfte und schloss halb die Augen. »Deswegen bin ich nicht hergekommen«, sagte er, und sein Adamsapfel hüpfte heftig in seiner Kehle. »Ich bin gekommen, um zu reden. Wir müssen nichts tun. Ich will dich wirklich nicht drängen.« Die Erektion in seinen Shorts sprach eine andere Sprache.

Sie schob beide Hände zwischen ihre Körper und öffnete seine Hose. Sie selbst trug eine kurze Pyjamahose, die sich leicht zur Seite schieben ließ. »Ich habe mich seit Dienstag echt beschissen gefühlt«, sagte sie und presste die Lippen an seinen Hals. »Hilf mir, mich wieder gut zu fühlen.«

Mit einem Knurren griff er nach ihrem Pferdeschwanz, zog das Haargummi heraus und ließ ihr Haar über ihre Schultern fallen. Dann übernahm er die Führung, genauso wie er es immer tat, und zog seinen Schwanz aus der Hose, bevor er ihre Shorts und ihr Höschen aus dem Weg schob und umstandslos in sie eindrang. Aufs Neue bewies er ihr, wie perfekt sie zusammenpassten.

Kapitel 16

»Wer ist denn das?«, fragte Violet, als Mira am Sonntagnachmittag mit einem wunderschönen hellbraunen Hund und Adam die Auffahrt hochgelaufen kam.

»Das ist Tulip!«, erwiderte Mira strahlend.

Violet, die schon immer ein großer Hundefan gewesen war, ging in die Hocke, schob beide Hände hinter die weichen, flauschigen Ohren der Hündin und kraulte sie liebevoll. »Hallo, du Hübsche«, gurrte sie. »Wer ist ein feines Mädchen?«

Tulip wedelte mit ihrem seidigen Schwanz, was ihren ganzen Körper hin und her schwingen ließ. Sie öffnete das Maul zu einem breiten Hundegrinsen und ließ die lange rosa Zunge seitlich heraushängen.

»Sie ist wunderschön«, sagte Violet. Als sie zu Adam aufsah, musste sie mit einer Hand die Augen vor der Sonne abschirmen. »Wem gehört sie?«

Adam verzog das Gesicht zu einem merkwürdigen Grinsen und hob unschuldig eine Schulter. »Dir, wenn du möchtest.«

Violet erhob sich und sah Adam mit gerunzelter Stirn an. »Was?«

»Lass es mich erklären. Eine Klientin von Liam ist gestorben. Sie hatte diesen Hund hier, Tulip, und einen Papagei, Rhodo.«

»Moment mal, ist das der Vogel, den Mitch unserer Mutter schenken will?«

Adam nickte. »Genau. Der fluchende Vogel, der spätestens morgen bei eurer Mutter ankommen sollte.«

Ihre Augen wurden groß. »Fluchender Vogel?«

Adam schüttelte grinsend den Kopf. »Ja, aber darum geht es jetzt nicht. Und Tulip …« – er beugte sich vor und kraulte die Hündin so lange hinter dem Ohr, bis diese sich auf ihren Po plumpsen ließ und verliebt hechelnd zu ihm aufsah – »… Tulip flucht absolut nie. Aber sie sucht ein neues Zuhause. Sie hat die Liebe ihres Lebens verloren und braucht jemanden, der sich um sie kümmert.«

Violet sah Adam mit zusammengekniffenen Augen an. Darum ging es also. Tulip trauerte, genau wie Violet.

»Sie wird dir wirklich kaum Arbeit machen. Sie ist neun Jahre alt, ein Pyrenäen-Labrador-Mischling, sterilisiert, hat alle Impfungen und ist absolut stubenrein.«

Violet stieß ein gezwungenes Lachen aus. »Ich will ja wohl hoffen, dass sie stubenrein ist, wenn sie schon neun ist.«

Adam verdrehte die Augen. »Ich dachte, du könntest sie mit zur Arbeit nehmen, und sie kann dann einfach unter Kathleens Schreibtisch oder so schlafen, während du arbeitest. Laut Liam ist sie der entspannteste Hund überhaupt. Will immer alles richtig machen und mag jeden.«

Violet ging wieder in die Hocke, um Tulip zu streicheln. »Und wieso nimmst du sie nicht selbst?«

»Könnte ich, und werde ich auch, wenn du sie nicht willst. Mira hat sich schon längst in sie verliebt. Aber irgendwie dachte ich, du brauchst sie mehr als wir. Vielleicht lenkt sie dich ein wenig von deinen Sorgen ab.«

Und wenn zwischen uns alles gut läuft, ist Tulip irgendwann sowieso Miras Hund.

Whoa! Violet blinzelte. Wo war dieser Gedanke denn jetzt hergekommen?

»Du musst sie natürlich nicht jetzt gleich nehmen, wenn du nicht willst. Aber sie musste irgendwo untergebracht werden, und ich habe Liam angeboten, sie zu mir zu nehmen, bis er ein gutes Zuhause für sie gefunden hat. Wir wollen sie alle nicht ins Tierheim bringen. Erst verliert sie ihre ›Mama‹, und dann muss sie auch noch ins Tierheim … Das wäre wirklich keine schöne Art, ihre letzten Jahre zu verbringen.«

Ihre letzten Jahre?

Adam musste ihre Gedanken gelesen haben. »Die Lebenserwartung für diese großen Schönheiten liegt bei zehn bis zwölf Jahren.« Er wuschelte durch das Fell auf Tulips Kopf. »Tulip ist also schon eine Seniorin.«

Als Violet seine strahlende, hoffnungsvolle Miene betrachtete, überkam sie plötzlich eine Welle von Emotionen. Dieser Mann war unglaublich. Geduldig und großherzig, mitfühlend und rücksichtsvoll. Sie könnte sich so leicht in ihn verlieben. Ihm so leicht ihr Herz schenken oder zumindest das, was davon übrig war.

Eine warme, raue, nasse Zunge schlabberte über ihren Handrücken. Tulip hatte sich zutraulich an ihre Beine gelehnt und schleckte ihre Hand ab. Sie hatte Violet schon voll und ganz für sich beansprucht.

Jetzt gab es kein Zurück mehr. Nicht, dass sie das gewollt hätte. Nein, Tulip gehörte zu ihr.

»Sieht so aus, als hättest du eine neue beste Freundin«, sagte Adam mit einem Lachen. Sein warmer Blick ließ die Schmetterlinge in ihrem Bauch aufflattern. »Violet und Tulip. Zwei hübsche Blumen. Ihr scheint wie füreinander gemacht zu sein.«

»Rhodo ist bestimmt die Abkürzung für Rhododendron – also auch eine Blume oder zumindest eine Pflanze. Aber einen fluchenden Vogel will ich trotzdem nicht im Haus haben«, sagte

Violet und stand auf, gerade als die Haustür geöffnet wurde. Mitch und Jayda kamen heraus.

»Oh! Ein Hund!« Jayda fiel auf die Knie und ließ Tulip an ihrer Hand schnuppern, bevor sie anfing, sie zu kraulen.

Mitch ging neben Jayda in die Hocke und strich ebenfalls über Tulips weiches Fell. »Hast du dich entschieden, sie selbst zu nehmen?«, fragte er Adam.

Adams Lippen zuckten, und er wandte den Blick ab. »Das werde ich … wenn Violet sie nicht will.«

Mitch riss den Kopf so abrupt zu ihr herum, dass Violet meinte, es knacken zu hören. »Du nimmst den Hund?«

Violet zuckte mit den Schultern. »Sie hat doch sonst niemanden nach dem Tod ihres Frauchens. Und wir trauern beide. Außerdem ist sie alt und hat es verdient, ihren Lebensabend mit jemandem zu verbringen, der sie liebt und sich um sie kümmert. Ich kann sie mit zur Arbeit nehmen. Vielleicht motiviert sie mich sogar, öfter spazieren zu gehen.« Sie lehnte ihre Stirn gegen Tulips. »Ich glaube, das würde uns beiden guttun.«

»Wir kriegen einen Hund?«, fragte Jayda so hoffnungsvoll, dass Violets Herz einen kleinen Sprung machte.

Sie sah ihren Bruder flehentlich an. »Können wir sie behalten? Ich verspreche, dass ich mich um alles kümmern werde. Ich werde sie füttern, mit ihr Gassi gehen, hinter ihr sauber machen. Sie wird mein Hund sein. Ganz allein meiner.« Sie bemühte sich, ihrer Stimme diesen süßlichen Jammerton zu geben, wie ein Kind, das seine Eltern bat, den Welpen behalten zu dürfen, den es gefunden hat.

Mitch sah mit amüsierter Miene zu Adam auf. »Du bist ein hinterhältiger Mistkerl, weißt du das?«

Breit grinsend reichte Adam Violet die Leine. »Ich würde es

nicht hinterhältig nennen. Ich habe die beiden doch nur verkuppelt.«

Mitch verdrehte die Augen, aber sein Lächeln war sorglos und fröhlich. »Tja, dann werde ich mich jetzt wohl auch mal ans Verkuppeln machen. Ich muss einen fluchenden Papagei abholen und meine Mutter überreden, ihn zu adoptieren. Sonst haben wir bald nicht nur ein, sondern gleich zwei neue Haustiere.«

Adam lachte. »Verrate ihr am besten gar nicht, dass der Vogel sprechen kann. Lass sie sich erst mal kennenlernen, dann wird sie es noch früh genug selbst rausfinden.«

»Ich glaube, mir bleibt gar nichts anderes übrig«, brummte Mitch.

»Du behältst sie also?«, fragte Adam und richtete seinen hoffnungsvollen Blick wieder auf Violet.

Sie nickte und drückte einen Kuss auf Tulips weiche Stirn. »Ich bin schon ganz verliebt.«

In seinen Augen blitzte etwas auf, das sie im Moment noch nicht allzu genau ergründen wollte, bevor er seinen talentierten Mund zu einem riesigen Grinsen verzog. »Großartig.« Er griff nach Miras Hand. »Komm, Süße, lass uns Tulips Futter und ihr Körbchen aus dem Auto holen.«

Mira nickte, und die beiden gingen den Weg zurück zu Adams SUV.

Mitch legte eine Hand auf Violets Schulter. »Bist du dir sicher? Wenn sie schon so alt ist, wird sie nicht mehr allzu lange bei dir sein. Willst du wirklich noch jemanden verlieren, den du liebst?«

Sie legte ihre Hand auf seine, bevor sie sich wieder Tulip zuwandte. »Es wird schwer für mich sein, wenn sie geht. Aber wenn ich weiß, dass es passieren wird, ist es leichter. Dieses alte Mädchen hat es verdient, bis zu ihrem letzten Tag geliebt zu werden, und das kann ich für sie tun.«

Mitch richtete sich gerade wieder auf, als Adam und Mira mit einer ganzen Tonne voll Zeug zu ihnen zurückkamen. »Okay. Wenn es das ist, was du willst, was du brauchst, dann unterstütze ich dich dabei.«

Auch Violet erhob sich, ihr Herz so voller Gefühle, dass es fast explodierte. »Danke.«

Adam leerte seine Bierflasche und stieß ein zufriedenes *Ah* aus. »Tja, Tulip fühlt sich offenbar schon ganz zu Hause.« Er deutete mit dem Kinn auf die schnarchende Hündin, die ihr Kissen aus der Küchenecke auf die Terrasse geschleift und zu Violets Füßen abgelegt hatte, die auf dem Outdoorsofa saß. »Und ihre neue ›Mama‹ hat sie wohl auch gefunden.«

Violet beugte sich vor und strich über Tulips Kopf. Die Hündin zuckte nicht mal. »Ich glaube, wir werden gut miteinander auskommen.«

Violets Handy vibrierte, und sie griff danach. Als sie die Nummer sah, zog sie ihre süße Nase kraus.

»Wer ist es?«, fragte Mitch.

Violet zuckte mit den Schultern. »Keine Ahnung. Aber die Ortsvorwahl ist dieselbe wie das letzte Mal, als niemand am anderen Ende war.«

Mitch und Adam wechselten einen besorgten Blick.

Mitch richtete sich auf seinem Stuhl gerader auf. »Geh ran, aber stell es auf Lautsprecher.«

Violet nickte und tat wie geheißen.

Alle drei saßen schweigend da.

»Hallo?«, fragte Violet schließlich mit einem leichten Zittern in der Stimme. Adam rutschte zu ihr hinüber und legte ihr einen Arm um die Taille. Er spürte, wie sie tief einatmete und dann die Luft anhielt.

Sie warteten alle auf eine Antwort.

Nichts.

»Hallo?« Diesmal sprach Mitch. »Wer ist da?«

Nichts.

Mitch sah Adam an und formte mit den Lippen lautlos die Frage: »Hörst du ein Atmen?«

Adam nickte. Er konnte jemanden am anderen Ende der Leitung atmen hören. Irgendjemand war da. Da hatte nicht einfach jemand aus Versehen in der Hosentasche Violets Nummer gewählt. Das war kein Zufall. Irgendjemand rief Violet gezielt an. Jemand wollte ihr Angst machen.

»Wir werden diese Nummer der Polizei geben«, drohte Mitch und starrte mit bösem Blick das Handy an, als wäre das Gerät schuld an allem. »Wenn Sie nicht aufhören, meine Schwester zu belästigen, werden wir Sie finden.«

Ein leises *Klick* war zu hören, das Display leuchtete auf, und der Anruf war beendet.

Die drei starrten sich an.

»Was zum Teufel war das?«, fragte Mitch langsam, griff sich Violets Handy und zog mit der anderen Hand sein eigenes aus der Tasche, wohl um die Nummer zu googeln, vermutete Adam.

»Du hast gesagt, von dieser Nummer wurdest du schon einmal angerufen?«, fragte Adam. »Hat die Person das letzte Mal irgendwas gesagt?«

Violet schüttelte den Kopf. »Nein. Es war genauso wie jetzt auch. Nur Stille.« Sie kaute auf ihrem Daumennagel. »Aber diesmal bin ich mir sicher, dass ich jemanden atmen gehört habe.«

Mitch schüttelte den Kopf. »Die Nummer ist nirgendwo registriert. Man findet überhaupt nichts dazu. Muss ein Wegwerfhandy sein.« Er legte Violets Handy zurück auf den Tisch und sah seine Schwester ernst und besorgt an. »Das gefällt mir nicht, Vi, das gefällt mir überhaupt nicht.«

Sie hob abwehrend die Hände, ihr Blick war nervös, ihr Körper angespannt. »Mir auch nicht, aber was können wir denn tun?«

Das Geräusch von etwas Schwerem, das im Obergeschoss auf den Boden fiel, ließ die drei kurz innehalten. Jayda und Mira hatten sich zum Spielen nach oben in Jaydas Zimmer verzogen, und bisher waren nur freudige Quietscher und Lachen zu hören gewesen.

Sie warteten.

Noch ein Rumpeln.

Sie warteten weiter.

Und wie nicht anders zu erwarten, hörten sie einen Moment später Weinen und dann laute Schritte im Flur und auf der Treppe. Sekunden später platzte eine aufgelöste Viereinhalbjährige in ihren entspannten Sonntagnachmittag.

»Daaaaaadddyyy!«, jammerte Mira und warf sich in vollem Tempo gegen Adams Beine.

Er war bereits aufgestanden und ein paar Schritte Richtung Treppe gegangen. Jetzt ging er in die Hocke, so dass er auf Augenhöhe seiner Tochter war. »Was ist los?« Mit beiden Händen strich er ihr die wirren kastanienbraunen Locken aus der feuchten Stirn und den tränennassen Augen.

»Sie ist hingefallen«, sagte Jayda, die in dem Moment um die Ecke kam. »Ich habe ihr gesagt, dass wir nicht auf der Leiter von meinem Stockbett spielen dürfen, aber sie hat es trotzdem getan. Dann hat sie versucht, von der Leiter auf meinen Stuhl zu springen, und dabei ist sie hingefallen und hat sich den Kopf am Schrank angehauen.« Das kleine Mädchen schüttelte den Kopf, und Adam hätte schwören können, dass er ein leises *Ts, ts* hörte. Ihr Gesichtsausdruck glich weniger dem einer besorgten Freundin, sondern mehr dem einer genervten Lehrerin, die den Unruhestifter der Klasse schon zu oft ermahnen musste, sich nicht einhändig ans Klettergerüst zu hängen.

Adam unterdrückte ein Lachen, hob Mira in seine Arme und setzte sich mit ihr auf die Couch. Jayda kletterte unterdessen auf den Schoß ihres Vaters.

Adam strich noch eine letzte Strähne hinter Miras Ohr und drückte ihr einen Kuss auf die verschwitzte Stirn. »Hat Jayda dich davor gewarnt, auf der Leiter zu spielen?«

Mira nickte. Dicke Tränen kullerten über ihre rosigen Wangen.

»Und du hast es trotzdem getan?«

Sie nickte wieder, schniefte und wischte sich mit dem Saum ihres Kleides über die Augen.

»Und dann hast du dir den Kopf angehauen?«

Mira verzog den Mund zu einer Riesenschnute, und noch mehr Tränen quollen aus ihren Augen, als sie wieder nickte.

Adam seufzte. »Lass mich mal sehen.« Er untersuchte die rote Stelle an ihrem Kopf. »Tja, das wird wohl einen blauen Fleck geben.«

»Krieg ich jetzt ein Einhorn?«, fragte sie mit zitterndem Kinn und tastete nach der Stelle, an der sie sich angeschlagen hatte.

Adam lächelte. Ganz egal, wie oft er sie korrigierte und sagte, dass man eine Beule auch Horn, aber nicht Einhorn nannte, weigerte sie sich, etwas anderes zu sagen. »Du könntest ein Einhorn bekommen. Oder wir schneiden deinen Kopf einfach gleich ganz ab. Was meinst du?«

Jayda sprang vom Schoß ihres Vaters und verschwand in der Küche, ihr blonder Pferdeschwanz schwang wild hin und her. Einen Augenblick später kam sie mit einem Geschirrtuch zurück, in das offenbar etwas eingewickelt war. »Hier. Das ist ein Kühlbeutel. Schneid nicht gleich deinen Kopf ab. Mach einfach ein bisschen Eis drauf, und die Beule ist ganz schnell wieder weg. Mein Daddy sagt das immer, wenn ich hinfalle. Man muss da echt nicht den Kopf abschneiden, weißt du?«

Mitch warf lachend den Kopf in den Nacken, genau wie Violet.

Adam war froh, sie so herzhaft lachen zu sehen.

Adams Lippen zuckten, weil er selbst gegen ein Grinsen ankämpfen musste, und schließlich gab er auf. »Gut zu wissen. Danke, Jayda. Du bist eine wirklich gute Freundin.« Er nahm den Eisbeutel und legte ihn an Miras Stirn. »Ist es so gut?«

Mira nickte.

»Wenn du dich wieder besser fühlst, sollten wir auch bald los. Deine Mom will sich mit uns im Park treffen.« Er rieb über den Rücken seiner Tochter, und sie schmiegte sich an seine Brust.

»Ich kann ihr von meinem Einhorn erzählen. Das tut ihr bestimmt ganz doll leid«, sagte Mira.

»Das tut es bestimmt«, stimmte er zu.

»Grüß Paige von mir«, sagte Violet und nahm einen Schluck von ihrem Cider.

»Gern.« Sein Lächeln erstarb, und er senkte die Stimme. »Und du pass bitte auf dich auf. Sag mir Bescheid, wenn die Polizei etwas über diesen Brief herausfindet.«

Violet seufzte erschöpft. In ihren Augen stand eine besorgniserregende Erschöpfung. Bekam sie genug Schlaf? Oder hielten die merkwürdigen Anrufe und dieser seltsame Brief sie nachts wach?

»Das werde ich«, sagte sie, streckte sich, dehnte die Zehenspitzen und drückte die Brust Richtung Decke. Adam konnte sich nicht davon abhalten, ihre steifen Nippel anzustarren. Sie ertappte ihn dabei und grinste ihn verschmitzt an. »Und du musst deine Tanzschuhe ausgraben. Am Mittwochabend nach meinem letzten Kurs ist Tanzprobe angesagt, da musst du bereit sein.«

Adam strahlte sie an. »Baby, ich bin so was von bereit.«

Kapitel 17

An einem Mittwochabend einige Wochen später kamen Adam und Violet zum Ende ihrer Tanzprobe. In den vergangenen Minuten hatten sie nach und nach ihre Kleidungstücke abgelegt, und als Adam Violet nach ihrem letzten Sprung auffing, trug sie nicht mehr als ihren schwarzen Tanga.

Genauso mochte er es.

Danach fielen sie wie die Tiere übereinander her. Er nahm sie im Stehen, gegen einen der Spiegel gelehnt, dann auf dem Boden und schließlich auf dem Sofa in ihrem Büro.

Verschwitzt vom Tanzen, vom Sex und weil sich der Juni als unerwartet heißer Monat entpuppte, lagen sie nackt auf der Couch und genossen den Lufthauch des Ventilators, der in einer Ecke des Büros stand.

Adam spürte, wie Violet neben ihm ein Schauer durchlief. Er fuhr mit der Hand über ihre Arme, bevor er eine Decke auf der Sofalehne entdeckte und sie über ihre nackten Körper zog.

»Erzähl mir von Jean-Phillipe«, sagte er leise und zog sie enger an seine Brust. Sie lagen in der Löffelchenstellung, und auch wenn er sie heute wenigstens noch einmal befriedigen wollte, bevor sie sich verabschiedeten, brauchte er noch ein paar Minuten, um sich für den Endspurt zu erholen.

Sie kuschelte sich an ihn, und er spürte, wie sie tief ein- und ausatmete. »Was kann ich sagen? Wir haben uns in der ersten Woche an der Marie-Claude Rousseau Tanzkompanie kennengelernt, wurden Tanzpartner und haben uns innerhalb eines Monats ineinander verliebt.«

»Seelenverwandte.«

»Könnte man so sagen. Er hat mich einfach von Anfang an verstanden, weißt du? Hat mich immer ermutigt, die beste Version meiner selbst zu sein, war dabei aber nie bestimmend oder herablassend. Im Gegensatz zu meiner Mutter, die der Inbegriff der klischeehaften *Dance Mom* ist. Er war der Meinung, dass das Leben Spaß machen sollte, und hat dauernd Witze gemacht, um mich zum Lachen zu bringen.«

»Er klingt wie ein wirklich großartiger Mann.«

»Das war er. Er war einfach unglaublich.« Sie ließ ihre Finger sanft über seinen Handrücken und seinen Arm hinauf tanzen. Er hatte eine Hand um ihre Brust gelegt, aber das schien sie nicht zu stören. »Und was für ein Tänzer. Er hat keine einzige negative Kritik bekommen. Nicht eine. Ich habe ein paar bekommen, was mich ziemlich getroffen hat. Aber er hat mich jedes Mal aufgebaut, mir gesagt, dass die Kritiker bestimmt betrunken waren, oder verrückt. Und wie konnten die Kritiker denn bitte übersehen, dass er auch im zweiten Akt gestolpert war? Ganz offensichtlich waren sie also blind.«

Adam lachte leise. »Ich glaube, da würde ich ihm zustimmen. Ich habe dich zwar erst ein paarmal tanzen sehen, aber in meinen Augen bist du absolut fehlerlos.«

»Danke.« Adam hörte das Lächeln in ihrer Stimme. »Jean-Philipe war außerdem ein Frauenschwarm. Sämtliche Frauen der Kompanie, Tänzerinnen, Fans, Kritikerinnen, alle haben sich ihm an den Hals geworfen. Er hat kistenweise Fanbriefe und Geschenke bekommen. Nach jeder Show hat schon eine ganze Horde schmachtender Frauen mit Blumensträußen auf ihn gewartet. Ich glaube, ich habe während meiner gesamten Karriere nur drei Blumensträuße bekommen, zwei von meinem Vater und einen von Mitch.«

»Wussten diese Frauen denn, dass er mit dir zusammen war?«

»O ja. Wir sind sehr offen mit unserer Beziehung umgegangen. Aber das war ihnen egal. Einmal habe ich mich nicht gut gefühlt und bin direkt nach dem Auftritt nach Hause gegangen, hab mich nicht mal mehr umgezogen. Wie sich herausgestellt hat, hat eine der jüngeren Tänzerinnen – eine, an die ich mich wirklich überhaupt nicht mehr erinnere, ich würde sie nicht mal auf einem Foto erkennen – darin ihre Chance gesehen und hat in Jean-Philipes und meiner Umkleide auf ihn gewartet – nackt.«

»Oje, und was hat er dann getan?«

»Was jeder Gentleman tun würde. Er hat Marie-Claude gerufen und Giselle seinen Mantel gegeben. Dann wurde Giselle entlassen, aber Marie-Claude war so nett, sie einer Tanzkompanie in Chicago zu empfehlen. Schließlich wollte sie nicht riskieren, dass ihr bester Tänzer wegen sexueller Belästigung verklagt wird. Nicht, dass Jean-Phillipe jemals irgendwas getan hätte. Aber manche Leute können alles verdrehen, wenn sie sich benachteiligt fühlen.«

»Und wo ist diese Giselle jetzt?«

Sie schüttelte den Kopf, und ihr strohblondes Haar kitzelte seine Nase. »Keine Ahnung. Soweit ich weiß, hat Jean-Phillipe nie danach gefragt.«

»Und wie ist er gestorben?«

»Ein Tumor. An seiner Wirbelsäule.« Ihr ganzer Körper versteifte sich in seinen Armen. »Er hatte schon eine Weile über Schmerzen im Rücken und in den Beinen geklagt. Wir haben alles versucht: Chiropraktiker, Physiotherapie, Akupunktur. Nichts hat geholfen. Er wollte nicht alle seine Auftritte seiner Zweitbesetzung überlassen und hat sich viel zu lange durch die Shows gekämpft, bis er dann auf der Bühne zusammengebrochen ist. Ich hatte keine Ahnung, wie stark seine Schmerzen tatsächlich waren, bis er endlich ein MRT bekommen hat und der Tumor gefunden wurde.«

»Scheiße.«

»Er hat Chemotherapie und Bestrahlung bekommen, um den Tumor zu verkleinern, aber am Ende führte kein Weg an einer OP vorbei. Es gab Komplikationen, und er ist auf dem Operationstisch gestorben. Der Krebs hatte sich auch schon längst ausgebreitet. Er war eine tickende Zeitbombe.«

Adam drückte sie enger an sich, spürte, wie Trauer und Schmerz durch ihren Körper wogten. Er wünschte, er könnte sie lang genug so halten, um ihr all den Schmerz zu nehmen. »Es tut mir so leid. Ich kann mir gar nicht vorstellen, wie das für dich gewesen sein muss.«

»Er wusste, dass er den Großteil der Beweglichkeit seiner Beine verlieren würde, wenn er die Operation überlebt, auf jeden Fall hätte er nicht mehr auftreten können. Der Schaden, den der Tumor an seiner Wirbelsäule angerichtet hatte, war einfach zu groß. Deswegen haben wir angefangen, diese Tanzschule zu planen.«

Er küsste ihren Nacken, bevor er sie mit der Nasenspitze hinter ihrem Ohr kitzelte. »Und du hast seinen Traum wahr werden lassen.«

Er merkte, dass Violet mit den Tränen kämpfte. Ihre Worte klangen erstickt, und sie schniefte leise. »Ich versuche es zumindest«, sagte sie schließlich, und ihr Körper bebte, als sie tief Luft holte. Dann atmete sie langsam aus, ihr Atem strich warm über seine Hand, die noch immer auf ihrer Brust lag, und er spürte, wie sie sich in seinen Armen langsam wieder entspannte.

»Du machst das alles hier ganz großartig, Vi.« Er wollte ihr Gesicht sehen, und außerdem schlief sein Arm unter ihr langsam ein, also drehte er sich auf den Rücken und zog sie mit sich, bis sie sich auf die andere Seite rollte, ein Bein über seine legte und ihr Kinn auf seiner Brust abstützte. »Deine Schule wird ein Riesenerfolg, da bin ich mir absolut sicher.«

Tränen schimmerten in ihren Augen. »Das hoffe ich. Ich will, dass er stolz auf mich sein kann.«

Er küsste ihre Fingerknöchel. »Er ist schon lange stolz auf dich.«

Violet atmete zitternd aus. »Was ist mit dir? Was ist deine Geschichte? Deine und Paiges. Man hört nicht sehr oft von freundschaftlichen Scheidungen. Was ist zwischen euch passiert?«

Nun war es an Adam, bebend die Luft auszustoßen. Er schluckte ein paarmal, bevor er eine Hand hinter seinen Kopf schob. Er starrte hoch zur Decke, als er begann zu sprechen. »Als Paige mit Mira schwanger war, hat sie das sehr mitgenommen. Es war eine wirklich komplizierte Schwangerschaft. Paige litt über sieben Monate lang unter Morgenübelkeit und entwickelte eine Schwangerschaftsdiabetes sowie eine Schilddrüsenunterfunktion. Gegen Ende hat sich das alles zu einer leichten Blutvergiftung hochgeschaukelt, und die Geburt musste in der achtunddreißigsten Woche eingeleitet werden.«

»O Gott.«

»Die Geburt selbst war ebenfalls schwer. Wir waren mehrmals im Krankenhaus und wurden immer wieder nach Hause geschickt, nachdem man ihr alle möglichen Medikamente gegeben hat, um die Wehen einzuleiten, aber keines hat gewirkt. Letztendlich haben sie einen Notkaiserschnitt gemacht, als Miras

Herzfrequenz abgefallen ist. Zum Glück war dann aber alles in Ordnung mit ihr. Sie war perfekt.«

»Das ist sie immer noch.«

»Perfekt, aber ganz schön frech«, sagte er leise lachend.

»Das sind die Guten immer.«

Er sah mit einem Lächeln zu ihr hinunter. »Stimmt. Na ja, jedenfalls musste Paige sich dann sehr lange von der ganzen Prozedur erholen, aber sie war glücklich. Sie hatte ein perfektes kleines Mädchen, und das half ihr, über die postnatale Depression und die Folgen der Operation hinwegzukommen. Nach sechs Monaten schien sie wieder ganz sie selbst zu sein. Sie ist Köchin von Beruf, also konnten wir unsere Arbeitszeiten so legen, dass sie tagsüber mit Mira zu Hause war, während ich an der Uni unterrichtet habe. Abends habe ich dann übernommen, während Paige im Restaurant war. Wir haben uns kaum gesehen, aber an und für sich lief alles gut.«

»Man muss tun, was man kann. Gute Kinderbetreuung ist teuer und nicht einfach zu bekommen.«

Er nickte. Das wusste er nur allzu gut. »Und Paige hätte ihr Baby nicht einfach irgendjemandem anvertraut. Sie war die kämpferischste Mutter, die ich jemals erlebt habe.«

»Sind das nicht alle guten Mütter?«

»Als Mira elf Monate alt war, ist Paige wieder schwanger geworden. Aber sie hat das Baby in der neunten Woche verloren. Ein paar Monate später haben wir es wieder versucht. Dieses Baby hat sie nach zwölf Wochen verloren. Wir haben es noch ein drittes Mal versucht und es bis zur vierzehnten Woche geschafft, bevor sie wieder eine Fehlgeburt hatte.«

Violet hatte entsetzt ihre Finger vor den Mund gelegt. »O mein Gott. Das muss grauenvoll für euch gewesen sein.«

Er sah wieder zur Decke auf, die Erinnerungen schlugen gnadenlos ihre Krallen in seine Kehle und machten das Schlucken schwer. »Ich hatte das Gefühl, dass sie mit jedem Baby auch ein Stück von sich selbst verloren hat. Jedes Mal, wenn das Blut kam, war Paige weniger sie selbst, hat sich zurückgezogen und die Welt ausgeschlossen, sogar mich. Sie ist noch ein viertes Mal schwanger geworden, als Mira fast zwei Jahre alt war, und diesmal hat sie das Baby bis zum Ende ausgetragen.«

Violet grub die Fingernägel in seine Bauchmuskeln. Sie ahnte offenbar, dass die Geschichte an diesem Punkt nicht besser wurde. Sonst wäre er nun ein zweifacher Vater. Aber das war er ganz offensichtlich nicht.

»Die ganze Schwangerschaft hindurch war Paige das reinste Nervenbündel. Es brauchte nur einen Schluckauf, ein wenig Morgenübelkeit oder Sodbrennen, und sie dachte sofort, dass sie das Baby wieder verlieren würde. Aber alles lief gut. Keine Schwangerschaftsdiabetes, keine Schilddrüsenunterfunktion, keine Blutvergiftung. Sie litt nicht mal unter Morgenübelkeit. Aber sie hat sich trotzdem Sorgen gemacht. So sehr, dass sie ihre Schwangerschaft nicht genießen konnte. Sie hat niemanden ihren Bauch anfassen oder sie auch nur auf die Schwangerschaft ansprechen lassen. Sie wollte es nicht verschreien. Selbst ich durfte kaum eine Hand auf ihren Bauch legen, und sie ist absolut durchgedreht, wenn Mira mal zu heftig gespielt und aus Versehen ihren Bauch berührt oder gar angerempelt hat.«

Er holte tief Luft. Dieser Teil der Geschichte schnürte ihm immer die Kehle zu. Das Bild seines Sohnes, seines toten Sohnes, voll ausgebildet, absolut perfekt und vollkommen gesund, hatte sich für immer in sein Gedächtnis gebrannt. Es war auf die Innenseite seiner Augenlider tätowiert, so dass Anthony das Letzte war, was er vor dem Einschlafen sah, und das Erste nach dem Aufwachen. Er würde bis zu seinem Ende um seinen Sohn trauern. Er würde um all seine Kinder trauern, die nie das Licht der Welt erblickt hatten, und sein eines lebendes Kind jeden einzelnen Tag an sein Herz drücken, bis ihr Sonnenschein die dunklen Wolken vertrieb.

Er biss die Zähne zusammen und brachte seinen Atem wieder unter Kontrolle, bevor er fortfuhr. »An Anthonys errechnetem Geburtsdatum ist Paige zum Arzt gegangen, weil sie sicher war, dass etwas nicht stimmte. Das Baby bewegte sich weniger, und irgendetwas fühlte sich einfach falsch an. Der Arzt hat sie untersucht, und tatsächlich war Anthonys Herzfrequenz rapide abgesunken. Er bekam nicht genug Sauerstoff. Sie wurde sofort ins Krankenhaus gebracht, und man hat wieder einen Notkaiserschnitt vorgenommen, aber es war zu spät. Die Nabelschnur hatte sich eng um seinen Hals geschlungen, und die Ärzte konnten ihn nicht wiederbeleben.«

»Nein.« Er spürte einen heißen Tropfen auf seine Brust fallen. Als er den Blick senkte, sah er, dass Violet weinte. »Arme Paige. Und du auch.« Ihre Unterlippe zitterte, und sie presste schnell die Lippen zusammen, um es zu unterdrücken.

»Danach konnte mir Paige nicht mal mehr in die Augen sehen. Hat Mira nicht mehr zu sich gelassen. Sie hat geschrien und geweint, geweint und geschrien, bis die Ärzte sie schließlich sedieren mussten. Sie hat versucht, sich in der Krankenhausdusche das Leben zu nehmen, also haben sie sie ans Bett gefesselt und unter Beobachtung gestellt.«

»Oh, Adam, das tut mir so leid.« Sie streichelte tröstend seine Brust und drückte einen Kuss auf seine Bauchmuskeln. »Das muss unglaublich schwer für dich gewesen sein. Du musst dich so hilflos gefühlt haben.«

Das hatte er.

Er hatte sich in seinem ganzen Leben noch nie so ohnmächtig gefühlt.

Die Frau, die zu beschützen, zu lieben und zu ehren er geschworen hatte, in guten wie in schlechten Zeiten, ließ ihn nicht an sich heran, als sie in ihren schlechtesten Zeiten waren. Sie wehrte seine Hilfe ab und ließ nicht zu, dass er ihren Schmerz linderte.

Sie ließ nicht mal seine Umarmung zu, während sie um ihren Sohn weinte.

Als sie schließlich aus dem Krankenhaus entlassen wurde, hatten Paiges Eltern und Adam entschieden, dass es das Beste für Paige wäre, einige Wochen in einem Erholungsresort in Colorado zu verbringen. Dort waren rund um die Uhr Therapeuten verfügbar, es wurden Yoga, Wanderungen, Achtsamkeits-Workshops und vieles mehr angeboten. Paiges Eltern hatten die Kosten dafür übernommen. Paige war ihr einziges Kind, und sie waren mehr als besorgt über den Zustand ihrer Tochter.

»Sie hat acht Wochen in einer Einrichtung für Trauerbewältigung in Colorado verbracht. Acht *lange* Wochen. Und in der neunten Woche ist sie mit den Scheidungspapieren zu mir zurückgekommen.«

Es hatte ihm den Boden unter den Füßen weggezogen.

Da hatte er gehofft, seine Frau zurückzubekommen, oder zumindest einen großen Teil von ihr, und hatte sie stattdessen vollkommen verloren. Für immer.

»Sie ist zurück zu ihren Eltern gezogen und hat mir das alleinige Sorgerecht für Mira übertragen, wollte selbst nur das Besuchsrecht. Sie hat immer wieder gesagt, dass sie keine gute Mutter sei, dass ich ihr Mira nicht anvertrauen solle, wenn sie nicht mal ein Baby in ihrem Bauch am Leben halten könne.«

»Aber all diese Fehlgeburten und Anthony – das war doch nicht ihre Schuld. Sie liebt ihre Tochter und würde niemals zulassen, dass ihr etwas zustößt.« Noch immer liefen Tränen über Violets Wangen. Adam wischte sie mit einer Ecke der Decke fort, und sein Herz wurde weit angesichts ihres tiefen und aufrichtigen Mitgefühls.

»Das habe ich ihr auch alles gesagt, aber sie wollte es nicht hören. Außerdem war ihre Therapeutin nicht sicher, ob Paige nicht noch einmal versuchen könnte, sich etwas anzutun, wenn sie zu sehr unter Druck gerät. Deswegen sieht Mira Paige jetzt nur, wenn ich oder Paiges Eltern dabei sind.«

Zu Beginn hatte er noch gegen die Scheidung angekämpft, hatte Paartherapie vorgeschlagen, gesagt, dass er alles tun würde, um ihre Meinung zu ändern, sie davon abzuhalten, diesen Fehler zu machen, ihre Familie – *Miras* Familie – zu zerstören. Aber sie war unerbittlich gewesen. Sie sagte, dass es nicht daran läge, dass sie ihn nicht mehr liebte, sondern daran, dass sie sich selbst und das Leben nicht mehr liebte. Und wenn man sich nicht selbst lieben kann, wie solle man dann jemand anderes lieben? Sie sagte, dass es ihm und Mira gegenüber nicht fair sei, dass er eine Frau verdiene, die anwesend und verfügbar war, die ihm geben konnte, was er brauchte, emotional, körperlich oder sonst wie. Sie sagte, sie sei sich nicht sicher, ob sie jemals wieder diese Frau sein könne, und dass es nicht fair sei, ihn in der Hoffnung darauf warten zu lassen.

»Es tut mir so leid, Adam«, sagte Violet zwischen zwei Schluchzern. »Es tut mir für euch alle so leid. Für Paige, für Mira. Für dich. Ein Kind zu verlieren ist schon schlimm genug, aber vier … Ich kann mir nicht mal ansatzweise vorstellen, wie das ist.«

Er neigte den Kopf und küsste sie auf die warme, salzig feuchte

Wange. »Inzwischen geht es uns gut, Paige und mir. Sie will, dass ich glücklich bin.«

»Aber du willst auch, dass sie glücklich ist, oder?«

»Natürlich. Mehr als alles andere. Und ich glaube, das Tanzen hilft ihr tatsächlich. Sie macht einen besseren Eindruck. Scheint wieder ein wenig Freude am Leben zu empfinden.«

Violet schloss für einen Moment die Augen, bevor sie wieder zu ihm aufsah. In ihren tiefgründigen grünen Augen stand Kummer. »Das ist gut. Sie ist eine sehr leidenschaftliche Tänzerin. Ihre Solos haben schon ein paar in der Gruppe zu Tränen gerührt.«

Er rollte sich auf sie und drückte sanft ihre Beine auseinander, so dass er zwischen ihren Schenkeln zum Liegen kam. »Für Solos interessiere ich mich nicht. Ich will mit einer Partnerin tanzen, und gerade jetzt …«, er küsste ihre Wangen, ihre Nase und schließlich ihre Lippen, »… bist du die einzige Partnerin, die ich will.« Langsam, genüsslich glitt er in sie, und ihre Körper begannen sich zusammen zu bewegen, als würden sie das schon seit Jahren, Jahrzehnten tun. So sehr auf einer Wellenlänge und verbunden, wie es sonst nur langjährige Partner sein konnten.

Mit Violet zu schlafen war wie nach Hause kommen.

Sie hatten beide ihr Herz ausgeschüttet, ihre schmerzhafte Vergangenheit und ihre Trauer offenbart. Sie waren beide verletzlich, und sein Kopf schmerzte von all den Erinnerungen. Aber sein Herz war so voll, weil er mit jemandem zusammen war, der ihn verstand. Er war mit einer Frau zusammen, die seine Trauer nicht nur erkannte, sondern sie teilte und ihm erlaubte, sie in ihrem eigenen Schmerz zu trösten.

Er war mit seiner wahren Partnerin zusammen.

Kapitel 18

Violet schluckte den nervösen Kloß hinunter, der sich in ihrer Kehle gebildet hatte, als Adam, Mira und sie auf Marks und Toris Haus zugingen.

Mark hatte Adam und Mira zum Grillen eingeladen, und anscheinend hatte Tori darauf bestanden, dass Violet ebenfalls mitkam.

»Alles okay?«, fragte Adam und klopfte an die Tür.

Sie nickte, strich sich eine Haarsträhne hinters Ohr und fuhr sich mit der Zunge über die Lippen. Sie trug ihr Haar offen, und in ihrem Nacken staute sich nun die Hitze.

Mira griff nach Violets Hand. »Es wird bestimmt super. Jayda kommt auch.«

Stimmt. Zumindest gab es ein paar bekannte Gesichter. Ihr Bruder und Jayda würden auch bald ankommen, nachdem sie bei ihrer Mutter und dem neuen Vogel nach dem Rechten gesehen hatten. Bisher schien alles gut zu laufen, und ihre Mutter hatte sich noch nicht über irgendwelche Schimpfwörter beschwert. Vielleicht benahm Rhodo sich absichtlich besonders gut, um sich ein neues Zuhause zu sichern? Wer wusste schon, was so ein Papagei alles verstand.

Die Tür wurde von einer äußerst attraktiven Frau mit dunklem, welligem Haar und strahlend blauen Augen geöffnet. Sie lächelte die Neuankömmlinge herzlich an. »Du musst Violet sein!« Sie trat zur Seite, damit die drei ins Haus treten konnten. »Ich bin

Tori, ich freue mich so, dich kennenzulernen. Endlich noch eine Frau in der Gruppe. Hurra!« Sie zog Violet in ihre Arme, die überrascht Miras Hand losließ, um die Umarmung zu erwidern. Über Toris Schulter hinweg warf sie Adam einen fragenden Blick zu, doch der zuckte nur mit den Schultern und grinste.

»Danke für die Einladung. Ihr habt wirklich ein wunderschönes Haus.«

Tori ließ sie los, noch immer ein breites Lächeln im Gesicht. »Na ja, noch ist es nicht mein Zuhause. Aber du hast recht, Marks und Gabes Haus ist wirklich toll.«

»Wohnst du denn nicht hier?«

Sie schüttelte den Kopf. »Noch nicht. Wir gehen die ganze Sache langsam an.«

»Aber sie schläft so gut wie jede Nacht hier, also ist es eigentlich fast so, als würde sie hier wohnen«, erklang eine tiefe, sexy Stimme hinter ihnen.

Violet drehte sich um und sah einen sehr attraktiven Mann auf sich zukommen. Sein dunkles Haar war herrlich wuschelig, und der Blick aus seinen grasgrünen Augen war klug und stark. Er streckte ihr seine Hand entgegen. »Hi, ich bin Mark. Schön, dich kennenzulernen.«

Violet schluckte. »Ebenfalls.«

Tori hakte sich bei Violet unter. »Komm, ich stell dir alle vor. Es sind noch zwei andere Frauen hier, Amber und Daisy, die es gar nicht erwarten können, dich kennenzulernen.«

Violet blies die Backen auf und stieß dann die Luft aus. »Gut, dass das überhaupt keinen Druck aufbaut.«

Tori lachte, als sie Violet tiefer ins Haus führte und die Stimmen von Mark und Adam langsam hinter ihnen verklangen.

Als sie auf die große Terrasse hinaustraten, die den perfekt gepflegten Garten überblickte, verstummten abrupt sämtliche Gespräche, und alle wandten sich ihnen zu.

Himmel, waren das viele Männer. Viele attraktive Männer. Und aller Augen waren in diesem Moment auf sie gerichtet.

Sie lächelte schüchtern und wollte gerade eine Hand zu einem peinlich berührten Winken heben, als ein sehr muskulöser, sehr attraktiver, *sehr* großer Mann mit dunkelrotem Haar und tätowierten Armen vor sie trat. Er grinste breit, und seine blauen Augen – dasselbe Blau wie in Adams Augen – funkelten in der Sonne.

»Hi, ich bin Zak.«

Zak? Zak! Adams Bruder!

Er lachte, als ihr Gesicht offensichtlich Erkennen verriet. »Du hast also schon von mir gehört.«

»Nur Gutes, versprochen.«

Sie streckte ihm die Hand entgegen, doch er zog sie einfach in seine Arme. »Ach, den ganzen Hände-Schütteln-Quatsch brauchen wir doch nicht. Du bist mit DamDam zusammen, also umarmen wir uns.«

DamDam?

»Es ist schön, dich endlich kennenzulernen«, fuhr er fort und ließ sie wieder los. »Dam hat mir schon viel von dir erzählt.«

Eine plötzliche Wärme in ihrem Rücken und eine Hand, die sich auf ihre Hüfte legte, beruhigten ihre Nerven, und sie lehnte sich dankbar gegen Adam. »Nur das Allerbeste natürlich«, sagte er und drückte Violet einen Kuss auf die Schläfe.

Sie sah zu ihm auf. »DamDam?«

Adam verdrehte die Augen, und ein kleines Lächeln zupfte an seinen Lippen. »Ein Spitzname aus Kindertagen. Zachary weigert sich leider, erwachsen zu werden.«

In dem Moment kamen zwei Kinder, vermutlich acht und zehn Jahre alt, auf Zak zugerannt. Der Junge sprach zuerst. »Dad, können wir noch eine Limo haben?« Er war das absolute Ebenbild seines Vaters, nur im Miniformat. Dunkelrotes Haar, blaue Augen und Sommersprossen auf Armen, Wangen und Stirn.

Zak schüttelte den Kopf. »Nein. Ihr hattet heute schon eine, und das war schon eine *große* Ausnahme. Ab jetzt gibt es nur noch Wasser oder allerhöchstens Mineralwasser mit Geschmack. Geht mal Onkel Mark suchen und fragt ihn, ob er irgendwas hat, in dem nicht eine verdammte Tonne Zucker drin ist.«

Das kleine Mädchen, offensichtlich etwas jünger als der Junge und ebenfalls rothaarig, jedoch mit bernsteinfarbenen Augen und einem herzförmigen Gesicht, grinste. »Dürfen wir genau so fragen und auch *verdammte Tonne* sagen?«

Zak bemühte sich, ein Lächeln zu unterdrücken. »Was glaubst du denn?«

Sie verdrehte die Augen und scharrte mit den Füßen. »Wo ist Onkel Mark denn?«

»Er ist in der Küche und bereitet die Steaks vor«, mischte sich Tori ein. »Wenn er euch nicht helfen kann, komme ich gleich nach und organisiere was zu trinken für euch.«

Die beiden Kinder nickten und verschwanden Richtung Küche.

»Das war ja erstaunlich einfach«, sagte Violet beeindruckt davon, dass die Kinder überhaupt keinen Aufstand gemacht hatten, weil sie keine Limo bekamen. Die meisten Kinder hätten da ein ziemliches Theater gemacht.

»Aiden und Tia wissen, dass es keinen Zweck hat zu widersprechen«, antwortete Zak selbstsicher.

»Zak besitzt mehrere Fitnessstudios. Gesunde Ernährung wird bei ihm groß geschrieben«, fügte Adam hinzu.

Violet nickte verständnisvoll.

Tori zog Adams Arm von Violets Taille. »Alles klar, dann lass uns jetzt mal die Runde machen, damit ich dir alle vorstellen kann. Mira ist schon längst mit Gabe und Jordie verschwunden, höchste Zeit also, dass wir für dich auch ein paar neue Freunde finden.«

Und einfach so wurde Violet in die Gruppe aufgenommen. In die Familie. Und es fühlte sich gut an.

Sie fügte sich absolut reibungslos in seinen Freundeskreis, seine Familie ein. Mit Wills und Rileys Frauen, Amber und Daisy, verstand sie sich auf Anhieb, und sie tauschten schon Handynummern und Social-Media-Kontakte aus, noch bevor die Sonne unterging.

Adam stieß einen langen, erleichterten Seufzer aus und nahm einen Schluck von seinem Bier, während er mit der müden Mira auf dem Schoß in einem Korbstuhl auf der Terrasse saß. »Super Party, Mann.« Er nickte Mark zu, der neben einem ebenfalls sehr schläfrigen Gabe vor sich hinzudösen schien. »Du weißt eben, wie man's macht.«

Mark hob sein Bier in Adams Richtung und fuhr mit der anderen Hand durch Gabes blonden Haarschopf. »Danke. Violet scheint sich ja auch entspannt zu haben.«

Gott sei Dank.

Er warf einen Blick ins Haus, wo Violet, Tori und Amber um die Kochinsel standen, Wein tranken und lachten. Aber eigentlich hatte er nie dran gezweifelt, dass sie sich wunderbar einfügen würde. Sie war ein so liebenswerter, sympathischer Mensch, und er hatte es nicht erwarten können, sie all den Menschen vorzustellen, die ihm so viel bedeuteten.

Mitch und Jayda kamen auf die Terrasse geschlendert, Letztere rieb sich die Augen.

»Ich glaube, wir packen es langsam«, sagte Mitch und gähnte. »Die kleine Madame hier muss ins Bett. Morgen ist schließlich Schule.«

Jayda gähnte ebenfalls. »Ja, aber es ist doch Juni, Dad. Im Juni machen wir nur Sachen, die Spaß machen, Ausflüge an den Strand und so was.«

»Und willst du etwa zu müde sein, um so einen Ausflug genießen zu können?«, fragte Mitch und zog die Brauen zusammen.

Sie gähnte wieder und schüttelte den Kopf, bevor sie sich an seine Hüfte lehnte. »Nein.« Sie war den ganzen Nachmittag und Abend mit den anderen Kindern durch den Garten getobt und hatte etwas Farbe bekommen.

Die Sonne hatte sie alle ausgelaugt, vor allem die Kinder.

Mira war auch kurz vorm Einschlafen, Adam sollte sie wirklich nach Hause bringen. Er strich seinem kleinen Mädchen über den Kopf, prompt rollte sie sich auf seinem Schoß zusammen und begann einen Moment später leise zu schnarchen.

Ups.

Die meisten der anderen Väter waren bereits gegangen. Müde Kinder bedeuteten nörglige Kinder, und nörglige Kinder bedeuteten, dass die Party vorbei war. Nur Adam, Mitch, Liam und Zak waren noch da, aber selbst Zaks Kinder, die schon etwas älter waren, lagen nur noch auf dem Rasen herum wie sonnengeküsste Zombies.

Will und seine Frau Amber hatten keine Kinder und konnten deswegen so lange ausgehen, wie sie wollten. Eine Tatsache, die

Will den anderen bei jeder Gelegenheit gern unter die Nase rieb.

Violet tauchte im Türrahmen auf, beinahe hätte Adam lustvoll aufgeseufzt. Verdammt, sie war einfach wunderschön. Und mit dem sanften Licht aus dem Haus in ihrem Rücken sah sie einem Engel so ähnlich, wie es nur ging. Sie kam mit ihren langen Beinen auf ihn zu, und diesmal konnte er das Stöhnen nicht unterdrücken. Er hatte sich unwillkürlich daran erinnert, wie sich diese langen Beine um seine Taille schlangen, als er sie hart gegen den Spiegel in ihrem Studio genommen hatte. Das sollten sie unbedingt wiederholen.

»Bereit zum Aufbruch?«, fragte sie und strich Mira eine Haarsträhne aus dem Gesicht. »Die Kleine schläft ja schon.«

Adam nickte und drückte Mira noch einen Kuss auf die Stirn. »Ja, ich weiß. Sie ist fertig mit der Welt.«

Violet biss sich auf die Lippe und sah ihn neckisch an. »Ich nicht. Möchtest du noch ein wenig Gesellschaft, nachdem du sie ins Bett gebracht hast?« Sie hob verführerisch die Augenbrauen.

Wärme breitete sich in ihm aus. Violet initiierte Sex fast nie von sich aus. Nicht, dass sie es nicht wollte – denn das tat sie ganz eindeutig –, aber Adam vermutete, dass ihre Zurückhaltung den immer noch nicht ganz überwundenen Zweifeln geschuldet war, ob sie wirklich schon bereit für eine neue Beziehung war. Vielleicht hatte sie das Gefühl, Jean-Phillipe noch mehr zu betrügen, wenn der Sex von ihr ausging. Die Tatsache, dass sie es nun von sich aus ansprach, war also ein gutes Zeichen. Ein Schritt in die richtige Richtung.

Sie spielte mit den Haaren in seinem Nacken, und er musste sich beherrschen, nicht wie ein Löwe zu schnurren, so gut fühlte es sich an.

»Ich muss morgen früh unterrichten, aber zu einem kleinen Betthupferl kann man mich bestimmt überreden«, flüsterte sie.

Adam griff um sie herum und kniff sie in den Po. »Wie viel Überzeugungsarbeit brauchst es denn dafür?«

»Ich kann euch hören«, sagte Mitch mit einem übertrieben angewiderten Gesichtsausdruck. »Das ist meine kleine Schwester, die du da besudeln willst.«

»Es geht nur um die Tanzprobe für unseren Auftritt«, sagte Violet unschuldig. Sie sah wieder zu Adam, schüttelte den Kopf und formte mit den Lippen lautlos die Worte: »Tut es nicht.«

»Ja, genau. Nackt tanzen«, warf Liam ein, der gerade mit einem Glas Whisky auf die Terrasse kam. Er trank so gut wie nie Bier, behauptete, dass er dafür zu kultiviert war.

»Klamotten sind da nur im Weg«, fügte Adam lachend hinzu. »Ich bin gern windschnittig, wenn ich tanze. Aerodynamisch.«

Zak lachte. »Aber wackelt dein Schwanz dann nicht rum und ist voll im Weg?«

»Okay, okay«, ging Mitch dazwischen und legte Jayda seine Hände über die Ohren. »Hier sind auch kleine Ohren anwesend.«

»Was hast du gesagt, Daddy?«, rief Jayda.

Mira regte sich auf Adams Schoß und öffnete schlaftrunken die Augen.

Alle begannen zu lachen.

»Also gut«, sagte Adam und stand mit Mira im Arm auf. »Ich glaube, wir sollten los.«

Kapitel 19

Am Montagnachmittag stand Violet mit einem angenehmen Kribbeln zwischen den Beinen und einer kleinen Box von der Emerald City Bäckerei in der einen und einem Chai Latte in der anderen Hand vor ihrem Tanzstudio und starrte die Tür an. Sie war während ihrer Mittagspause mit dem Plan losgezogen, sich einen gesunden Salat oder einen Gourmet-Wrap von dem Food Truck an den Ballard Locks zu holen, doch ihre Füße hatten sie scheinbar eigenständig zur Bäckerei getragen. Schon wieder. Sie hatte die letzte Nacht nach der Grillparty bei Adam verbracht und sich dann in aller Herrgottsfrühe aus dem Haus schleichen müssen, bevor Mira aufgewacht war. Die Zuckerration zum Aufputschen war also dringend nötig, und sie hatte auch ihren Latte Macchiato mit einem extra Espresso bestellt. Heute würde ein *langer* Tag werden.

Sie klemmte sich die Bäckereischachtel unter den Arm und griff nach der Tür, doch kaum hatte sie die Hand auf die Klinke gelegt, geriet der Käsekuchen ins Rutschen und sie musste die Tür hastig loslassen, um das Gebäck aufzufangen.

»Verdammt!«

»Kann ich vielleicht helfen?«, hörte sie eine tiefe, sexy Stimme hinter sich.

Sie hob den Blick … musste ihn immer höher heben, denn der Mann, der da hinter ihr stand, war ungewöhnlich groß, außerdem sehr muskulös, hatte Tattoos, die sich über beide Arme zogen, und ein absolut unwiderstehliches Lächeln.

Violet schluckte und nickte dann. Angst kribbelte in ihrem Nacken. Die mysteriösen Anrufe und der unheimliche Brief kamen ihr in den Sinn. War dieser Typ gefährlich?

Allerdings hielt er ihr wie ein echter Gentleman die Tür auf.

»Danke«, brachte sie hervor und hoffte, dass er einfach weiter seines Weges gehen würde, doch leider folgte er ihr ins Studio.

Wer war dieser Typ? Er würde sie doch wohl nicht angreifen, wenn Kathleen direkt danebenstand, oder?

»Kein Problem.« Er nahm seine Sonnenbrille ab und sah mit eindrucksvoll hellblauen Augen auf sie herab. »Hey, Vi!«

Um ein Haar hätte Violet ihren Cheesecake fallen gelassen. »Mason!«

Er zog sie in eine bärenhafte Umarmung, so dass ihre Füße einige Zentimeter über dem Boden baumelten. »Ist viel zu lange her. Wie geht's dir?«

»Ist das etwa mein Mason?«, rief Kathleen aus dem Büro. Sekunden später tauchte sie freudestrahlend neben ihrem Sohn auf.

Violet schüttelte den Kopf, als sie wieder festen Boden unter den Füßen hatte und Erleichterung sie überkam. »Es ist eindeutig viel zu lange her. Mir geht's gut. Wie steht's bei dir?«

Mason nickte und legte seiner Mutter einen Arm um die Schultern, was angesichts seiner schieren Größe etwas merkwürdig aussah. »Mir geht's super. Ich bin vor ein paar Monaten wieder in die Stadt gezogen, hab eine Bar gekauft, und demnächst werde ich Vater.«

Zum Glück hatte Violet in diesem Moment kein Essen im Mund, denn sie hätte es Mason bei diesen Worten garantiert ins Gesicht gespuckt. »Vater? Ich wusste nicht mal, dass du eine Freundin hast.«

Er strahlte sie mit seinem supersexy Grinsen an. Sein dunkler Bart war über seiner Oberlippe und ums Kinn perfekt getrimmt, sein Haar war oben etwas länger, wild und wellig, dafür an den Seiten kurz. Sie hatte früher immer ein wenig für den besten Freund ihres großen Bruders geschwärmt, und wie Wein war Mason mit dem Alter nur noch besser geworden.

»Keine Freundin, keine Ehefrau«, mischte sich Kathleen ein und gab ihrem Sohn einen Klaps auf die muskulöse Brust. »Mason macht das allein.«

Violet schüttelte den Kopf und nahm einen Schluck von ihrem Chai Latte. Sie brauchte dringend Koffein. »Wie meinst du das?«

»Ich habe eine Leihmutter und eine Eizellenspenderin gefunden und werde jetzt allein Vater.«

Violet waren wohl fast die Augen aus dem Kopf gefallen, denn Kathleen und ihr Sohn brachen in schallendes Gelächter aus.

»Ja, so reagieren viele«, sagte Mason. Seine unglaublichen Oberarmmuskeln zogen sich zusammen, als er den Arm von der Schulter seiner Mutter nahm und beide Hände in den Hosentaschen vergrub. »Nachdem ich meinen Job hingeschmissen habe, bin ich eine ganze Weile rumgereist und hab dabei einiges über mich selbst gelernt. Dabei habe ich festgestellt, dass eine Familie das ist, was ich am meisten will. Ich werde nicht jünger und habe die richtige Frau nun mal noch nicht gefunden, also mache ich es eben allein.«

»Aber du bist gar nicht allein«, sagte Kathleen. »Dein Vater und ich freuen uns schon so auf das Baby. Wir helfen dir natürlich, die Kleine großzuziehen. Sie wird Omas kleines Mädchen.«

»Ein Mädchen?« Violet hätte schwören können, dass ihre Eierstöcke aufgeregt hüpften.

Mason strahlte. »Ja. Die Leihmutter ist ungefähr in der dreiunddreißigsten Woche. Der Geburtstermin ist Mitte August.«

»Wie aufregend! Ich freue mich sehr für dich, Mason. Du wirst bestimmt ein ganz toller Vater.«

»Was? Mase wird Vater?« Die Türglocke wurde beinahe von Mitchs Stimme übertönt. »Ich war gerade in der Gegend und wollte die Abzüge der Fotos vorbeibringen, die ich letztens gemacht habe.« Mitch kam zu ihnen, und die beiden Männer umarmten sich zur Begrüßung. »Schön, dich zu sehen, Mann. Ist viel zu lange her.«

Mason lachte und löste sich aus der Umarmung. »Absolut. Ich bin erst seit ein paar Monaten wieder in der Stadt. Wollte dich auch schon längst anrufen, aber es war immer so viel los. Ich hab gerade erst eine Bar gekauft.«

Mitch nickte anerkennend. »Cool. Dann muss ich wohl mal vorbeikommen und sie mir anschauen.«

»Klaro. Es ist die Prime Sports Bar in der Nähe vom Pier 55. Ein paar Blocks weiter oben.«

»Ich komm auf jeden Fall bald vorbei. Aber was habe ich da eben gehört? Du wirst Vater?«

Mason strahlte immer noch. Wie um alles in der Welt konnte dieser umwerfende Mann immer noch Single sein? Diese Augen. Dieses Lächeln. Diese Arme.

Er lachte und wippte auf den Fersen vor und zurück. »Ja. Mit einer Leihmutter. Ich wollte einfach unbedingt Vater sein. Das Baby kommt im August.«

Mitch streckte Mason seine Hand entgegen, und er schlug ein. »Das ist toll, Mann. Glückwunsch. Babys sind einfach super. Und Mädchen sowieso. Ich kann dir bestimmt einiges von Jaydas alten Babysachen geben.«

»Super, danke.«

»Was ist denn mit deinem Single-Dads-Club?«, warf Violet ein. »Da könnte er doch auch mitmachen, oder?«

Mitch horchte auf. »Stimmt, das könntest du.«

Mason hob eine seiner buschigen, dunklen Augenbrauen. »Single-Dads-Club?«

»Ja. Die Single Dads von Seattle. Wir treffen uns jeden Samstagabend zum Pokerspielen. Liam, der Typ, der den Club gegründet hat und bei dem wir uns immer treffen, wohnt am Washington Lake. Hammerwohnung.«

Mason fuhr sich mit der Hand über den Bart. »Klingt cool.«

»Du solltest auf jeden Fall mitkommen. Sobald das Baby da ist und du offiziell ein alleinerziehender Vater bist.« Mitch zog die Nase kraus. »Liam ist Anwalt und nimmt seine Regeln sehr ernst.«

Mason schnaubte. »Keine Sorge. Momentan bin ich eh noch ziemlich mit der Bar beschäftigt. Ich versuche, alles so weit in Schuss zu bringen, dass mein Manager übernehmen kann, wenn das Baby da ist.«

Kathleen hüpfte auf und ab. »Ich kann es kaum erwarten, endlich Oma zu werden. Das wünsche ich mir schon so lange.« Sie legte eine Hand auf Masons Arm. »Und du bist hier, um deine Mutter zum Mittagessen auszuführen?«

»Ganz genau. Wollen wir?« Mason bot ihr seinen Arm, und sie hakte sich unter.

»So ein guter Sohn«, sagte Kathleen und strahlte von einem Ohr zum anderen.

Mitch und Violet lachten.

Mason hob die Hand zum Abschied. »Bis bald, Leute.« Dann führte er seine Mutter aus dem Studio und Richtung Mittagessen, wobei er sich fast unter der Tür durchducken musste, so verdammt groß war er.

Mitch wandte sich Violet zu. »Ein Baby. Allein.«

Violet schüttelte lächelnd den Kopf. »Ich weiß. Er ist verrückt.«

Als es schließlich fünf Uhr war und sie ihre letzten Schüler für den Tag verabschiedet hatte, fühlte sich Violet merkwürdig unruhig. Die Erinnerung an Sonntagnacht war noch frisch in ihrem Gedächtnis, und sie spürte noch immer die Nachwirkungen von Adams schonungslosem Verwöhnprogramm zwischen ihren Schenkeln. Sie wusste, dass Adam montags länger arbeitete und Mira den Nachmittag und Abend bei Zak und seinen Kindern verbrachte. Nur ob Adam unterrichtete oder in seinem Labor arbeitete, wusste sie nicht.

Im Spiegel des Studios betrachtete sie ihr Ballett-Outfit und ihren noch immer tadellos sitzenden hohen Dutt. Ein verruchter Gedanke schlich sich in ihren Kopf, und bevor sie zu lange darüber nachdenken konnte, war sie auch schon in ihr Büro geeilt und schlüpfte eilig in einen Rock und ein Tanktop.

Keine zwanzig Minuten später fand sie sich in einem Gang der University of Washington wieder. Sie hatte online nachgeschaut, wo sich das Büro von Dr. Eastwood befand, war also nicht vollkommen verloren, und zum Glück war momentan Sommersemester, was bedeutete, dass ihr nur wenige Studenten über den Weg liefen.

Noch nie in ihrem Leben war sie so schamlos, so unanständig gewesen. Einfach bei einem Mann in der Arbeit aufzutauchen, um Sex zu haben … Violet erkannte sich kaum wieder.

Aber das war okay.

Sie und Jean-Phillipe hatten ein wundervolles Liebesleben gehabt, ihrer Meinung nach auch ein abenteuerliches. Sie würde ihn niemals als phantasielosen Liebhaber bezeichnen. Er war im Bett immer selbstlos gewesen, aufmerksam und ausdauernd, und sie würde sich ihr Leben lang gern an die faulen Sonntage erinnern, an denen sie bis zum späten Mittag im Bett geblieben waren und sich geliebt hatten.

Aber Adam war anders. Jean-Phillipe hatte ihr das Gefühl gegeben, wunderschön und sexy zu sein, während er ihren Körper langsam und genüsslich von Kopf bis Fuß verwöhnt hatte. Adam hingegen gab ihr das Gefühl, eine verruchte Sexbombe zu sein, die nie genug bekam. Von ihrer ersten Begegnung an hatte ihre Libido das Kommando übernommen. Sein Verlangen nach ihr war roh und real, schnell und hart und getrieben von einem Urinstinkt, den sie nicht erklären konnte, aber in jeder Zelle ihres Körpers spürte. Sie hätte nie gedacht, dass ihr die Art, wie er die Kontrolle übernahm, gefallen, sie sich sogar danach verzehren würde.

Aber genau das tat sie. Sie verzehrte sich nach seiner Dominanz, wollte, dass er die Zügel übernahm und ihren Körper an seine Grenzen brachte, an den Punkt so exzessiver Lust, dass sie meinte, ohnmächtig werden zu müssen.

Und eben dieses unendliche Verlangen in ihrem Herzen und zwischen ihren Beinen hatte sie zu seiner Bürotür geführt. Es brachte sie dazu, ihre Hand zu heben und sachte gegen die dunkle Holztür zu klopfen.

»Ja, bitte?«, rief Adam auf der anderen Seite.

Violet schluckte ihre Nervosität herunter, nahm die Schultern zurück, wie sie es gelernt hatte, und öffnete die Tür.

»Dr. Eastwood?«, hauchte sie atemlos.

Er saß mit dem Rücken zu ihr an seinem Schreibtisch. »Einen Moment, bitte.«

»Ich wollte mit Ihnen über meine Hausarbeit sprechen. Ich glaube, ich brauche da etwas *persönliche* Unterstützung.«

Er nickte, drehte sich aber immer noch nicht zu ihr um. Das leise Klicken seiner Tastatur ging in ihrem rasenden Herzschlag beinahe unter. »Haben Sie schon mit meiner Assistentin gesprochen? Sie kann Ihnen bestimmt am besten weiterhelfen.«

»Aber sie weiß nicht, was ich *brauche.*« Violet musste ein Kichern unterdrücken. Ihre aufgesetzte Mädchenstimme klang einfach zu albern. Erkannte Adam wirklich nicht, dass es eine verstellte Stimme war? Oder hatte er tatsächlich jemanden in seiner Klasse, der so klang? Das wäre natürlich ein unglücklicher Zufall. »Sie hat nicht das, was ich *will.*«

Sein Bürostuhl knarzte, als Adam sich sichtlich versteifte. Er hatte wohl endlich kapiert, worauf sie hinauswollte. Jetzt blieb nur noch die Frage, ob er inzwischen wusste, dass sie es war.

»Ich verspreche, ich werde ein braves Mädchen sein. Außer natürlich, Sie wollen, dass ich *ungezogen* bin.« Sie hielt sich eine Hand vor dem Mund, um nicht laut zu lachen.

»Also, das ist wirklich sehr unangebracht, und ich muss Sie leider bitten, sofort zu ge …« Er drehte sich auf seinem Stuhl um, und die Kinnlade fiel ihm runter. »… nie wieder zu gehen«, vollendete er den Satz.

Violet grinste breit. »Hallo, Professor«, sagte sie, noch immer mit dieser hohen Mädchenstimme, wickelte die Enden ihrer zwei langen, geflochtenen Zöpfe um ihre Finger und blies eine pinke Kaugummiblase. »Sind Sie sicher, dass ich Sie nicht davon überzeugen kann? Vielleicht wäre eine *mündliche* Prüfung ja eine Lösung?«

Sie biss sich auf die Unterlippe, drehte einen Fuß hin und her und blinzelte ihn an.

Adam knurrte, stand mit einem anzüglichen Lächeln auf und

verriegelte die Tür. Dann ließ er sich wieder auf seinen ledernen Bürostuhl sinken und streckte die Arme nach ihr aus. »Miss Benson, ich bin dieses Semester wirklich *sehr* enttäuscht von Ihnen. Sie haben Ihre Arbeit schleifen lassen, Ihre Hausarbeiten zu spät abgegeben, Unterricht versäumt … was haben Sie denn gemacht? Was hat Sie so abgelenkt?« Er zog sie auf seinen Schoß und schob eine Hand unter ihren lila Spitzenrock. Durch den Stoff ihres Höschens presste er seinen Daumen auf ihre Klitoris, und Violet wimmerte in seinen Armen.

»Ich habe viel Zeit mit meinem neuen Freund verbracht, Professor.«

»Neuer Freund?« Er schnaubte spöttisch. »Irgendein Muskelprotz aus dem Football-Team, nehme ich an?«

Sie schüttelte den Kopf und machte noch eine Kaugummiblase. Doch bevor sie sie platzen lassen konnte, hatte er schon den Finger gehoben und tat es für sie, schob seinen Finger weiter, bis er in ihren Mund drang.

»Saug«, befahl er.

Sie saugte und umspielte den Finger mit ihrer Zunge.

Seine Pupillen weiteten sich, und er blähte die Nasenflügel. Dann zog er den Finger wieder aus ihrem Mund. »Braves Mädchen. Dann erzähl mir mal von diesem *neuen Freund*.«

»Er ist wirklich cool«, schnurrte sie und spielte mit den Haaren in seinem Nacken. »Er ist ein Wissenschaftler, genau wie Sie. Wissen Sie, ich finde kluge Männer viel attraktiver als Muskelprotze. Habe ich schon immer.«

Adam schnaubte, während er gleichzeitig ihr Höschen beiseiteschob und mit zwei Fingern in ihre schon feuchte und wartende Vagina eindrang. Sie öffnete unwillkürlich den Mund, und ihre Lider flatterten.

»Dann hast du wohl Glück, denn ich bin beides.« Seine raue, derbe Stimme sandte ein Beben durch ihren Körper. »Klug …« Er fuhr mit dem Fingernagel über ihre Klitoris, bis sie sich aufbäumte. »Und muskulös.« Mit den zwei Fingern, die in ihr waren, presste er hart gegen ihren G-Punkt.

»O Gott!« Sie riss die Augen auf und bog den Rücken durch, als die Lust durch jeden Winkel ihres Körpers strömte.

»Also, um noch mal auf die *mündliche* Prüfung zurückzukommen, die du erwähnt hast: Ich bin mir sicher, das lässt sich arrangieren. Es wäre schließlich sehr schade, wenn du meinen Kurs verlassen müsstest.«

Sie grinste und ließ sich von seinem Schoß gleiten, vermisste sofort das Gefühl seiner Finger in ihr, bemerkte aber zufrieden, wie hart er in seinen Shorts schon war. Sie kniete sich vor ihn, positionierte sich zwischen seinen Beinen und machte sich an seinem Reißverschluss zu schaffen.

Sie befreite die dunkle Spitze seines Penis aus Boxershorts und Hose und nahm ihn sofort in ihren Mund auf.

Adam legte eine Hand auf ihren Kopf. »Genau so, Baby.« Er zog an einem ihrer Zöpfe. »Ich dachte, ich hätte dir gesagt, dass du deine Haare offen tragen sollst, wenn wir nicht tanzen.«

Sie sah zu ihm auf und zwinkerte frech, grinste mit seinem Schwanz in ihrem Mund.

»Das ist ein Regelbruch, der bestraft werden muss.«

Sie fuhr mit den Zähnen über seinen Schwanz.

Er stöhnte und zog stärker an ihrem Zopf. »Ich fürchte, dafür muss ich dir den Hintern versohlen.«

Sie nahm ihn bis zum Anschlag in sich auf und begann zu summen.

Heilige Scheiße!

Sein Schwanz fühlte sich in Violets heißem Mund wie im Himmel.

Wie. Im. Gottverdammten. Himmel.

Und sie summte.

Summte!

Adam schloss die Augen und lehnte sich in seinem Stuhl zurück, eine Hand noch immer auf ihrem Kopf. Er drückte sie damit jedoch nicht nach unten, zwang sie nicht, seinen Schwanz noch tiefer in ihren Mund aufzunehmen. O nein, das tat sie ganz von allein. Sie hatte ihn bis zu ihren Mandeln geschluckt, vermutlich noch weiter.

Einfach. Zu. Geil.

Die Vibration ihres Summens reichte bis in seine Eier, die sich beinahe schmerzhaft zusammenzogen und nach Erlösung drängten.

Er öffnete die Augen wieder und zog an einem der Haargummis. So sexy ihre Zöpfe auch waren und so heiß ihn die Vorstellung machte, sie von hinten zu nehmen und die Zöpfe dabei wie Zügel zu verwenden … er wollte noch viel lieber beide Hände in ihrer offenen Mähne vergraben, wollte seine Hand auf ihren Kopf legen und schieben, bis sie den Kopf zurücklegte und ihren sexy Hals entblößte. Er löste auch den zweiten Zopf und breitete ihre langen, seidigen Strähnen über seinem Schoß aus, genoss, wie sie sich zwischen seinen Fingern anfühlten.

Sie legte eine Hand um seinen Schwanz, um ihren Mund zu unterstützen, fuhr damit in langen Zügen an seinem Schaft auf und ab, während sie an der Spitze leckte, bevor sie ihn wieder tief in ihren Mund aufnahm. Sie zögerte nicht ein einziges Mal. Natürlich nicht. Sein Mädchen war perfekt in allem, was sie tat.

Egal, ob es ums Tanzen oder um Blowjobs ging, sie tat alles mit größter Finesse und Hingabe.

Während sie mit der Hand weiter von der Wurzel seines Schwanzes bis zur Spitze und wieder zurück strich, senkte sie den Kopf und leckte über seine Hoden, nahm einen in den Mund und saugte hart daran.

»Heilige …«, stöhnte Adam, fasste Violets Haar grob in seiner Faust zusammen und zog daran. »Mehr Mund, Baby. Ich komme gleich.«

Sie ließ von seinem Hoden ab und legte ihre Lippen wieder um seinen Schwanz, begann erneut zu summen und stimulierte ihn weiter mit ihrer Hand, drehte ihr Handgelenk im genau richtigen Winkel. Er wusste, dass er gleich abgehen würde wie eine sprichwörtliche Rakete. Sie saugte ihn wieder bis zum Anschlag in ihren Mund, zog an seinen Eiern, und er ließ los.

Adam zog heftig an Violets Haar, als er sich aufbäumte und seinen Samen auf ihre Zunge ergoss. Sie schluckte und drückte seinen Schwanz tiefer in ihren Mund, bearbeitete ihn weiter mit ihrer Hand, bis er schließlich ihr Haar losließ und erschöpft auf seinem Stuhl zurücksank, ausgelaugt, aber so was von befriedigt.

Violet schleckte ihn sauber, bevor sie von ihm abließ und verführerisch durch ihre langen Wimpern zu ihm aufsah. »Werde ich den Kurs jetzt bestehen, Professor?«, fragte sie mit derselben hohen Stimme wie vorhin.

Mit einem Knurren packte er sie unter den Armen, zog sie hoch und legte sie sich über den Schoß, ihr Bauch auf seinen Oberschenkeln, ihr Po in der Luft. Er schob ihren Rock nach oben, zog das Spitzenhöschen runter und entblößte ihren appetitlichen Hintern. Fuhr mit einer Hand sanft über die weiche, helle Haut, bevor er sich vorbeugte und hineinbiss.

Sie wand sich auf seinem Schoß, und die Art, wie sie scharf die Luft einsog, verriet ihm, dass sie diesen kurzen Schmerz alles andere als unangenehm fand.

Er knetete ihre Pobacken, wärmte mit den Händen ihre Haut, in Vorbereitung auf das, was kommen würde.

»Bitte«, flüsterte sie und reckt ihr Hinterteil noch höher in die Luft.

Adam stöhnte.

»Sie müssen Ihre Lektion lernen, Miss Benson. Den Unterricht zu schwänzen, um Zeit mit Ihrem Freund zu verbringen, ist nicht in Ordnung. Vor allem, da *ich* Ihnen so viel mehr *beibringen* kann.«

Er ließ seine Hand auf ihre linke Pobacke niederfahren. Das Klatschen seiner Handfläche auf ihrer Haut hallte im Raum wider. Sie keuchte. Er zog das Höschen noch weiter ihre Beine hinunter und schob einen Finger zwischen ihre Schamlippen. Sie war so verdammt feucht. Mit zwei Fingern drang er in ihre heiße Höhle ein und bewegte sie in kräftigen Stößen vor und zurück. Sie wand sich noch heftiger auf seinem Schoß, was seinen Schwanz wiedererweckte, der sich unter ihr hart aufrichtete.

»Professor …« stöhnte sie und zog ihre Muskeln um seine Finger zusammen. »Schlagen Sie mich noch einmal.«

Er schüttelte den Kopf. Diese Frau war einfach unglaublich. Er zog seine Finger aus ihr heraus, schlug jedoch nicht gleich zu, sondern hielt ihr die Finger vor den Mund.

»Saug«, befahl er. »Schmeck deine süße kleine Pussy an meinen Fingern. Schmeck, wie feucht du schon bist. Du liebst es, bestraft zu werden. Du liebst es, eine Lektion erteilt zu bekommen. Ich bin ein viel besserer Lehrer als dein Freund. Wenn du noch einmal den Unterricht schwänzt, werde ich dafür sorgen, dass du eine ganze Woche lang nicht mehr sitzen kannst.«

Sie nahm seine Finger in den Mund und ließ ihre Zunge darum kreisen, leckte sie sauber, wie sie eben noch seinen Schwanz geleckt hatte. Seine Hoden zogen sich bei der Erinnerung an ihren heißen Mund wieder zusammen.

Er zog seine Finger mit einem hörbaren *Plopp* aus ihrem Mund und schlug auf ihren Po, diesmal auf die rechte Backe. Sie stöhnte und bewegte ihren Körper so, dass das V zwischen ihren Beinen genau auf seinem Knie lag. Sie drückte sich an ihn, rieb ihre Klitoris an seinem Knie, so begierig auf irgendeine Form von Reibung. Darum würde er sich gleich kümmern.

»Noch zwei, Baby. Dann lasse ich dich kommen.«

Die letzten beiden Male schlug er fester zu, einmal links, einmal rechts, und genoss die Art, wie sie jedes Mal darauf reagierte. Ein betörender pinker Schimmer überzog die elfenbeinfarbene Haut, wo seine Hand gelandet war. Er massierte ihren Po, verteilte den Schmerz, bis er nicht mehr war als eine angenehme Wärme.

»Mehr. Bitte mehr, Professor«, bettelte sie.

Adam schluckte und kämpfte gegen den Drang an, weiterzumachen. Sie hatten so etwas noch nie getan und sollten es langsam angehen. Vier Schläge waren genug für heute. Vielleicht würde er sie bald einmal an sein Bett fesseln und ihr dann wirklich zeigen, wie viel Spaß sie haben konnten. Aber nicht heute. Sie hatte sich ihm schon so weit geöffnet. Er wollte sie nicht verschrecken.

»Nein«, sagte er rau, spürte den Zorn seines Schwanzes und seiner Eier, als er sie von seinem Schoß hochzog. »Jetzt darfst du kommen.«

Und ganz genau so, wie man es immer in Filmen sah – nur dass er vorher seinen Laptop aufs Regal stellte –, wischte er mit einem Arm über seinen Schreibtisch und ließ haufenweise Blätter und Papier zu Boden regnen. Dann hob er sie hoch und drückte sie mit dem Rücken auf die Tischplatte. Er schob ihren Rock hoch, spreizte ihre Beine und versenkte sein Gesicht in ihrem Schoß.

Kapitel 20

Es war der letzte Mittwoch vor dem Kunstfestival, und Adam und Violet waren gerade bei ihrer finalen Probe. Obwohl Adam ein großartiger Tänzer war und den Schritten schnell folgen konnte, hatte er noch einiges zu lernen, weswegen Violet in den letzten Wochen besonders streng mit ihm gewesen war.

»Achte darauf, dass dein Fuß nicht so weit außen steht, wenn du mich nach der Drehung zu dir ziehst«, sagte sie und pausierte die Musik, damit sie sich in Position bringen konnten. »Ich stoße immer wieder dagegen, und das bringt mich aus dem Gleichgewicht.«

Er nickte. »Verstanden. Wann springst du eigentlich mal in meine Arme und lässt dich von mir auffangen?«

Sie verdrehte die Augen. »So weit sind wir noch nicht, Johnny Castle.«

Er kam langsam auf sie zu, einen schelmischen Ausdruck in den Augen. Er legte seine Hände auf ihre Hüfte und presste das Becken gegen ihres. »Ich würde dich *niemals* mit Baby vergleichen. Und dass du zu mir gehörst, ist ja sowieso klar.«

Sie schob ihn lachend von sich. »Ich meine es ernst. Jedes Mal, wenn du mich nach außen drehst, macht dein Fuß irgendwie noch einen halben Schritt nach vorn, und ich stolpere dann jedes Mal darüber, wenn du mich wieder zurückdrehst.«

»Und ich meine es ernst, dass ich dich auffangen würde.«

Violet stöhnte genervt. Sie liebte es, dass er so neckisch sein konnte, aber manchmal machte es sie auch einfach wahnsinnig, weil er selten etwas wirklich ernst nahm.

»Lass es uns noch mal versuchen«, sagte sie und drückte einen Knopf auf der Fernbedienung der Stereoanlage. »Und eins, und zwei, und drei …«

Er legte die Arme um sie, und sie bewegten sich zur Musik, während er sie so behutsam hielt wie eine empfindliche Blume, die welkte, wenn man sie zu hart anfasste.

Sie verstärkte ihren Griff um seine Hand. Die Drehung stand kurz bevor. »Bereit?«

Adam nickte.

»Und vier, und fünf, und sechs, und raus.« Er drehte sie nach außen. »Pass auf deinen Fuß auf. Und acht, und neun, und zehn. Und zurück. Dein Fuß!« Er zog seinen Fuß einen halben Schritt zurück und lächelte strahlend, als er an ihrem Arm zog und sie zurück in seine Arme wirbeln ließ.

»Siehst du?«, sagte er und zog sie fest an sich. »Ich bin ein braver Schüler.« Er ließ seine Hand tiefer gleiten, um sie um ihre Pobacke zu legen. »Im Gegensatz zu dir.«

Violet quietschte auf, als er die Hand plötzlich zurückzog und dann kräftig auf ihren Po klatschen ließ. Sie machte sich los und floh über die Tanzfläche, lachte, als Adam ihr wie ein Jäger auf der Pirsch folgte.

»Wir müssen doch weiter üben.« Ein extrem mädchenhaftes Kichern blubberte in ihrer Kehle hoch, und sie schlug sich die Hand vor den Mund, um es zu unterdrücken. »Wir sind noch nicht fertig für heute.«

Adam warf einen Blick auf die Uhr. »Wir hätten schon vor zwanzig Minuten Schluss machen sollen.«

Verdammt. Er hatte sie erwischt.

Er blieb stehen und legte den Kopf schief wie eine verwirrte Katze. »Du bist sonst immer so durchgetaktet wie ein Bahnfahrplan. Was ist los? Wieso überziehen wir?«

»Weil du an deinen Fuß denken musst. Wir sind noch nicht perfekt.«

»Ich bin es nicht. Aber du schon. Ich gebe mein Bestes, und ich verspreche, dass ich dich am Samstag nicht stolpern lasse. Verrätst du mir jetzt den wahren Grund, wieso wir überziehen? Normalerweise schreist du um diese Uhrzeit vor lauter multiplen Orgasmen schon meinen Namen. Was ist los?«

Violet biss sich auf die Lippe und wich seinem Blick aus.

Dann stand er vor ihr, seine Hand unter ihrem Kinn, und zwang sie, ihn anzusehen. Nichts als Neugierde und Sorge stand in seinen wunderschönen dunkelblauen Augen.

Schließlich stieß sie zitternd den Atem aus. »Ich kann heute nicht mit dir schlafen. Ich treffe mich mit meiner Mutter.«

Adam schien sofort zu begreifen. »Und das willst du hinauszögern.«

»Ein bisschen.«

»Wieso musst du dich denn mit ihr treffen?«

Sie trat einen Schritt zurück und griff nach ihrer Wasserflasche. »Weil ich schon eine Weile nicht mehr bei ihr war und mal wieder nach ihr sehen muss. Außerdem will ich sie zu unserem Auftritt am Samstag einladen.«

Sie reichte Adam die Flasche, und er nahm einen Schluck.

»Meinst du, das ist eine gute Idee?«, fragte er. »Ich meine, angesichts dessen, wie sie reagiert hat, als du ihr von mir erzählt hast?«

»Ich muss es zumindest versuchen.« Sie zuckte mit den Schultern. »Sie ist meine Mutter. Und sosehr sie mich auch nervt, ich liebe sie trotzdem.«

Adam nickte. »Also gut. Dann lass uns noch einmal alles durchgehen. Danach lasse ich dich gehen.« Er nahm ihr die Fernbedienung aus der Hand und ließ die Musik von vorn beginnen. »Außer ich kann dich dazu überreden, die Probe zu beenden und noch einen Quickie zu haben? Im Stehen gegen die Spiegel?«

Die instrumentale Einleitung des Songs begann, das Signal für Adam und Violet, sich in Position zu bringen. Sie kam langsam auf ihn zu, fuhr mit der Hand über seine Brust, ließ ihn glauben, dass sie sein Hemd aufknöpfen wollte.

Er nickte. »O ja, Baby.«

Doch stattdessen wirbelte sie herum, schmiegte ihren Rücken an seine Brust, wartete auf den lauten Trompetenstoß und begann dann, sich zu bewegen.

»Oh, gemein«, flüsterte er, bewegte sich hinter ihr im Rhythmus der Musik, ließ seine Hände über ihre Hüfte und ihre Oberschenkel gleiten. »Wie wäre es zumindest mit einem Strip-Tanz? Wir ziehen uns aus, während wir tanzen?«

Violet biss sich auf die Lippe und wandte sich zu ihm um. Ihre Füße und Beine tanzten weiter, doch mit den Händen griff sie nach dem Saum seines T-Shirts. »Wenn du es schaffst, dich auszuziehen, ohne einen falschen Schritt zu machen, darfst du mich gegen die Spiegel nehmen. Ein falscher Schritt, und wir fangen wieder von vorn an.«

Adams Lächeln ließ sie dahinschmelzen. Er griff nach ihrer Hand und bereitete sie für die erste Drehung vor. »Deal!«

»Mom?«, rief Violet, als sie eine knappe Stunde später ihr Elternhaus betrat. Adam und seine verfluchten Tanzkünste … Natürlich hatte er nicht einen falschen Schritt gemacht oder war ihr auf die Zehen getreten. Sie hatten sogar die Drehung noch ein paarmal geübt, und sie war nicht ein einziges Mal über seinen Fuß gestolpert. Er hatte ihr kaum Zeit gelassen, sich aus ihrer Schlusspose zu lösen, da war er schon über sie hergefallen und hatte sie gegen die Spiegel gedrängt.

Und weil sie den Besuch bei ihrer Mutter ja ohnehin hinauszögern wollte und ihr Kopf keine Lust hatte zu denken, ließ sie zu, dass Adam ihr die Klamotten vom Leib riss und ihr mehrere Orgasmen in einem Raum voller Spiegel bescherte.

Ein kleines Lächeln stahl sich auf ihr Gesicht, als sie sich an das Gefühl seiner heißen, feuchten Lippen um ihren Nippel erinnerte.

»Was bringt dich denn so zum Lächeln?«

Violet schüttelte den Kopf, um wieder klar denken zu können. Sie hatte überhaupt nicht auf ihre Umgebung geachtet und war bereits durchs ganze Haus bis ins Wohnzimmer gelaufen. Ihre Mutter saß auf dem Sofa. Der Fernseher lief, und Rhodo, der Papagei, saß in seinem Käfig in der Ecke und wackelte mit dem Kopf.

»Hi, Mom.«

»Wieso bist du so gut gelaunt?«, fragte ihre Mutter.

Violet zuckte mit den Schultern. »Einfach so. Wie geht's dir?«

Ihre Mutter zog die Mundwinkel runter. »Wo hat dein Bruder diesen Vogel noch mal her?«

Oh, verdammt.

Violet ging hinüber zu Rhodos Käfig. »Wieso fragst du?«

»Weil er flucht wie ein Seemann. Immer nur *Sch* … dies und *Sch* … das.«

Mist, Mist.

»O Gott, und das Lied, das er singt …« Sie sah Violet schockiert an.

»Was für ein Lied?«, fragte Violet. »Ein Rapsong? Mit noch mehr Schimpfwörtern?«

»Nein, er singt *Margaritaville* von Jimmy Buffet. Aber immer und immer und immer wieder. Ich meine, die ersten paar Male war es ja noch ganz nett, aber das ist wie eine gesprungene Schallplatte. Und er singt nicht mal das ganze Lied. Immer nur den Refrain.« Sie riss die Augen auf. »Ich verliere noch den Verstand. Ich kann nicht mal den Käfig abdecken, damit Rhodo still ist. Er flucht einfach weiter, zieht über Leute her, von denen ich noch nie gehört habe, oder fragt nach einem verlorenen Salzstreuer. Der Vogel ist erbarmungslos.«

Violet lachte, bevor sie den Käfig öffnete und ihre Hand hineinschob. Rhodo hüpfte auf ihren Arm. »Wir müssen dir ein neues Lied beibringen, Kleiner. Du treibst Mama Benson nämlich in den Wahnsinn.«

Ihre Mutter schnaubte. »Ich glaube, ich muss bald die Sprühflasche auspacken. Den Lümmel jedes Mal nass spritzen, wenn er flucht oder schon wieder diesen Refrain singt.« Sie warf die Hände in die Luft. »Ich meine, wie schwer kann es denn sein, etwas anderes zu singen? Irgendwas anderes.«

Violet unterdrückte ein Lachen und schlenderte mit Rhodo durchs Zimmer, wobei sie sanft über sein Gefieder strich. »Hörst du das, Rhodo? Du musst ein paar neue Songs lernen, sonst kriegst du eine Dusche.«

Rhodo schmiegte seinen Kopf an Violets Hand und murmelte irgendetwas Unverständliches in seiner tiefen Vogelstimme.

»Hast du sauber gemacht, Mom?«, fragte Violet, während sie weiter durch das Zimmer ging. Es war immer noch unordentlich, Kartons und Papier stapelten sich überall, aber das Chaos schien im Vergleich zum letzten Mal ein bisschen kleiner geworden zu sein.

»Mitchel nimmt immer etwas mit, wenn er mich besucht. Er denkt, ich merke es nicht, aber das tu ich sehr wohl. Er bezeichnet mich als Messi.«

Ja, Violet wusste, dass Mitch heimlich Kisten in sein Auto schaffte, wenn ihre Mutter nicht hinsah, um sie zur Caritas oder zum Sperrmüll zu bringen. Er machte sich ernsthafte Sorgen, dass ihre Mutter eines Tages lebendig unter einem umgestürzten Stapel Müll begraben werden könnte. Violet hatte ihm gesagt, dass er aufhören musste, diese Reality-TV-Sendungen über Messis anzuschauen, aber er hörte nicht auf sie. Der Arme hatte schon Alpträume deswegen.

»Na ja, sag mir Bescheid, wenn ich dir dabei helfen soll, das alles hier zu sortieren«, bot Violet an und setzte Rhodo zurück in seinen Käfig. »Das mache ich gern.«

»Dieses Wochenende?«, fragte ihre Mutter, und in ihren Augen stand eine Hoffnung, die Violet schon sehr lange nicht mehr gesehen hatte. »Hast du am Samstag Zeit, vorbeizukommen?«

Oh, Mist.

Das Thema, das sie bisher vermieden hatte.

Tja, nun konnte sie es nicht länger vermeiden.

Violet schloss kurz die Augen, ging dann zu ihrer Mutter hinüber und setzte sich neben sie. Sie nahm eine Hand ihrer Mutter in ihre. »Am Samstag kann ich leider nicht, Mom, aber am Sonntag ginge es.«

»Was machst du denn am Samstag? Es ist doch das Feiertagswochenende. Du arbeitest also nicht, oder?«

Violet schluckte. »Nein, ich arbeite nicht. Aber ich trete bei diesem Kunstfestival auf, von dem ich dir erzählt habe. ›Kunst im Park‹, im Magnolia Park, um genau zu sein. Jayda tritt auch auf.«

Die Hoffnung im Blick ihrer Mutter löste sich auf, und Wut trat an ihre Stelle. »Du tanzt mit einem *neuen* Partner?«

Die Art, wie sie *neuen* betonte, versetzte Violet einen Stich. Was natürlich genau die Absicht ihrer Mutter war.

Violet nickte. »Sein Name ist Adam, und ja, wir tanzen zusammen. Ich fände es sehr schön, wenn du kommen und uns zusehen würdest. Der Eintritt ist frei. Bring einfach eine Picknickdecke und etwas zu essen mit und genieß die Vorstellung. Soweit ich weiß, gibt es mehrere Bands, Highland- und irische Tänze, eine Trommelgruppe und lokale Sänger. Das wird bestimmt richtig toll.«

Die Miene ihrer Mutter war angespannt und kritisch, und auch, wenn sie sich nicht bewegte, spürte Violet, wie sie sich zurückzog, die Mauern wieder hochzog.

Sie schloss die Augen und zog ihre Hand zurück. »Ich glaube nicht. Ich habe zu tun.«

Violet ließ die Schultern hängen. »Hast du das wirklich? Du hast mich doch gerade erst gefragt, ob ich vorbeikommen kann, um dir beim Aufräumen zu helfen. Was kann sich denn zwischen gerade eben und jetzt daran geändert haben?«

»Sag Jayda bitte, dass es mir leidtut. Mitch soll ihren Auftritt für mich filmen.«

»Und meinen nicht?«, fragte Violet mit zitternder Stimme. Das Herz tat ihr weh.

»Mag sein, dass du Jean-Phillipe in deinem Herzen ersetzen kannst, aber ich kann das nicht. Ganz egal, was passiert, in meinen Augen wird Jean-Phillipe immer dein Partner sein.« Sie wandte sich von Violet ab und stattdessen dem Vogelkäfig zu, steckte ihre Finger durch die Gitterstäbe und murmelte irgendwas zu Rhodo.

Violet starrte den Hinterkopf ihrer Mutter an. »Du überträgst deine Trauer um Dad auf mich, Mom. Und das ist nicht fair.«

Ihre Mutter wirbelte herum und starrte Violet mit Tränen in den Augen und schmerzlich verzogenem Gesicht an. »Erzähl du mir nichts von fair. Ich habe die Liebe meines Lebens verloren, und ich dachte, du hättest das ebenfalls. Ich dachte, du würdest mich verstehen, aber offensichtlich hat dir Jean-Phillipe nie so viel bedeutet, wie dein Vater mir bedeutet hat.«

Violet fühlte sich, als hätte ihr jemand ein Messer in den Bauch gerammt und genüsslich umgedreht, bis die Klinge über Knochen schrammte.

»Ich *übertrage* überhaupt nichts. Und ganz sicher werde ich nicht zu diesem Festival kommen und dir dabei zusehen, wie du der ganzen Welt zeigst, dass du Jean-Phillipe vergessen hast.« Sie schüttelte den Kopf und sah Violet so enttäuscht an, dass die sich schlagartig wieder wie ein kleines Mädchen fühlte, das sein Bein in der Arabesque nicht hoch genug gehoben hatte. »Vielleicht ist der Zugang zu deinem Herzen und deinem Bett ja eine Drehtür«, fuhr ihre Mutter auf, »aber bei mir ist das nicht so.« Dann wandte sie sich wieder zum Vogelkäfig um, und Violet wusste, dass es nichts mehr zu sagen gab.

»Nimm dir das nicht so sehr zu Herzen«, sagte Mitch später am Abend, als er und Violet zusammen auf der Couch saßen und eine Kochshow ansahen. »Ihre Meinung ist falsch, und tief in dir weißt du das auch. Sie leidet. Dad war Moms erste und einzige große Liebe, das weißt du doch. Ihr erster Freund, ihr erster …« – er schauderte – »… alles. Ohne ihn ist sie völlig verloren. Als wäre ein Teil von ihr mit ihm gestorben.«

»Ich weiß«, sagte Violet seufzend. »Aber so hat es sich für mich auch angefühlt, als Jean-Phillipe gestorben ist.« Sie schob sich eine Handvoll Popcorn in den Mund. »Und ich gehe doch davon aus, dass es dir mit Melissa genauso geht.«

»Natürlich. Aber es ist trotzdem etwas anderes. Du hast in der Highschool und am College gedatet, hattest andere Freunde, warst öfter verliebt. Und ich auch. Außerdem haben wir unsere Partner sehr früh verloren, für uns gibt es also die Chance, noch einmal Liebe zu finden, einen neuen Partner kennenzulernen und ein neues Leben zu führen. Das versteht Mom einfach nicht. Dad war ihr Ein und Alles, sie kann sich nicht vorstellen, einen anderen Mann zu lieben.« Er nahm einen Schluck von seinem Bier. »Außerdem haben wir unsere Partner schon vor über einem Jahr verloren. Mehr als eineinhalb Jahre bei dir und fast genauso lange bei mir. Wir hatten also mehr Zeit, mit all dem klarzukommen. Und wir arbeiten. Ich habe Jayda. Wir haben jede Menge zu tun. Das hilft uns dabei, nicht den ganzen Tag zu Hause zu sitzen und in unserer Trauer zu ertrinken.«

»So wie Mom.«

Er nickte. »Genau. So wie Mom.«

Violet stieß die Luft aus und fuhr mit ihrem Zeigefinger über den Rand ihres Wasserglases. »Sie hat mich einfach so enttäuscht angesehen, weißt du? Als hätte ich einen Ball durchs Fenster gekickt und Omas Urne vom Kaminsims geworfen.«

Ein kleines Lächeln huschte über Mitchs Gesicht. »Wenn ich mich recht erinnere, habe ich die Schuld dafür damals auf mich genommen. Gern geschehen, übrigens.«

Violet beugte sich zu ihm und drückte ihm einen Kuss auf die Wange. »Und dafür bin ich dir auf ewig dankbar, großer Bruder.«

Er tätschelte ihr Bein. »Ich rede mit ihr. Vielleicht kann ich sie ja zur Einsicht bringen.«

Violet griff nach seinem Bier und nahm einen Schluck. Eigentlich trank sie unter der Woche keinen Alkohol, aber heute brauchte sie einfach etwas Stärkeres als das Gurkenwasser in ihrem Glas. »Viel Glück. Sie hat mir aufgetragen, dir zu sagen, dass du Jaydas Auftritt filmen sollst.«

»Mal sehen, was ich da tun kann.« Er stand auf, nahm ihr die nun leere Bierflasche aus der Hand und ging Richtung Küche. »Willst du auch ein Bier?«

Sie schüttelte den Kopf. »Nein, danke.«

Einen Moment später kehrte er zurück und drückte ihr trotzdem eine Flasche in die Hand. »Vertrau mir. Große Brüder wissen immer, was das Beste ist.«

Sie nahm einen tiefen Schluck, spürte das kühle Gebräu ihre Kehle hinunter bis in ihren Magen rinnen und fühlte sich gleich etwas besser. »Danke«, sagte sie und wischte sich mit dem Handrücken über den Mund. »Große Brüder wissen wirklich, was das Beste ist.«

Mitch tippte sich an die Nase. »Vergiss das bloß nicht.«

Kapitel 21

Es war der Freitag vor ›Kunst im Park‹, und auch wenn Adam wusste, dass er und Violet noch ein allerletztes Mal proben sollten, konnte er sich einfach nicht überwinden, diesen wunderschönen Abend drinnen zu verbringen. Mira übernachtete heute bei ihren Großeltern. Paige arbeitete zwar lange, aber die Übernachtung war dennoch ihre Idee gewesen. Sie wollte mehr Zeit mit ihrer Tochter verbringen, würde sich den ganzen Samstag lang um sie kümmern und natürlich mit ihr zu ›Kunst im Park‹ gehen.

Mira war ganz aufgeregt gewesen, als Adam ihr von den Übernachtungsplänen erzählt hatte. Sie hatte ihren pink und lila gestreiften Kinderkoffer schon Tage im Voraus gepackt und mehr Klamotten hineingestopft, als sie für einen ganzen Monat am Südpol brauchen würde, sowie mindestens neun ihrer Lieblingskuscheltiere. Adam hatte sie einfach machen lassen. Er freute sich, dass seine Tochter endlich mehr Zeit mit ihrer Mutter verbringen konnte.

Adam war in seinem Büro an der Uni noch damit beschäftigt, seine Bewerbung für das Forschungsstipendium abzuschließen, als ihm plötzlich ein Gedanke kam. Wann war Violet wohl das letzte Mal auf ein Date eingeladen worden? Ein richtiges Date? Ein romantisches Date? Er griff nach seinem Handy und tippte eine Nachricht.

Hast du heute Abend Zeit?

Die Uhr auf seinem Handydisplay verriet ihm, dass Violets letzter Kurs schon zu Ende war. Hoffentlich hatte sie noch nicht zu Abend gegessen. Ihre Antwort kam Sekunden später.

Ich räume gerade noch das Studio auf. Was hast du denn vor? Noch eine letzte Probe?

Nee. Wir haben das drauf. Lass uns etwas Schönes unternehmen.

Ist mit mir zu tanzen etwa nichts Schönes?

Doch, natürlich. Vor allem, wenn du nackt bist und ich dich nach der Schlusspose hart und schnell gegen die Spiegelwand nehme. Aber es ist so ein schöner Abend, da wäre es einfach zu schade, nicht rauszugehen. Also, wie wär's mit einem Date?

Ein Date?

Ja, wieso nicht?

Wo und wann?

In dreißig Minuten? Ich kann dich abholen.

Dann bis gleich.

»Wo geht's denn hin?«, fragte Violet, als sie einen Hügel hinauffuhren. Wunderschöne neue Häuser mit moderner Holzverkleidung ragten am Straßenrand dieser edlen Gegend auf. Sicherlich waren sie Millionen wert.

»Ich dachte, wir könnten einen Spaziergang machen«, sagte Adam mit einem Lächeln.

»Du willst, dass ich bei unserem Date auch noch Sport mache?«, neckte sie ihn.

Er lächelte und griff nach ihrer Hand. »Nur wenn du ein braves Mädchen bist.« Das Zucken seiner Augenbrauen ließ sie ahnen, dass er bei »Sport« etwas ganz anderes im Kopf hatte als sie.

Sie erreichten eine Sackgasse, und Adam parkte den Wagen neben einem Kiespfad. Sie stiegen aus. Selbst von diesem Parkplatz aus war die Sicht schon ziemlich beeindruckend. Das Stadtzentrum breitete sich wie eine Decke unter ihnen im sommerlichen Dämmerlicht aus. Man konnte alles sehen: die Space Needle, CenturyLink Field, das Great Wheel. Die Fähren, die durch die Bucht und hinauf nach Kanada fuhren, sahen von hier oben aus wie kleine Spielzeugboote, während sie über das ruhige Wasser glitten.

Adam holte einen Rucksack aus dem Kofferraum seines SUV und trat auf den Kiesweg. »Na komm. Es ist nicht weit bis zum Gipfel.«

Sie folgten dem Pfad ein paar Minuten lang über Steine und Moos. Ein hölzerner Zaun zu beiden Seiten wies den Weg und schützte Mutter Natur vor überneugierigen Abenteuerwanderern, die sich ihren eigenen Weg bahnen wollten. Tatsächlich erreichten sie den Gipfel schon nach kurzer Zeit.

Violet folgte Adam, der über die Hügelkuppe lief und auf der anderen Seite einem schmalen Weg einige Schritte wieder nach unten folgte, bis sie unter einem kleinen Felsvorsprung standen, der vom Gipfel aus nicht zu sehen gewesen war. Dann zog er eine bunt gemusterte, mexikanisch anmutende Picknickdecke aus seinem Rucksack und breitete sie auf dem weichen Gras und Moos aus. Violet setzte sich und zog ihr Handy aus der Tasche, um diesen unglaublichen Sommerabend festzuhalten.

»Wein?«, fragte Adam und schwenkte eine Thermosflasche und zwei unauffällige rote Plastikbecher.

»Gern.« Sie grinste. »Du hast wirklich an alles gedacht.«

»Na ja«, sagte er, während er den Wein einschenkte, »was wäre Käse denn ohne ein gutes Glas Wein?«

Sie hörte auf, den Ausblick zu fotografieren, und starrte ihn an. »Du hast Käse mitgebracht?«

»Natürlich. Wein ohne Käse ist doch genauso sinnlos.«

Violet lachte. Ihr Magen knurrte schon bei der bloßen Erwähnung von Käse. »Das stimmt natürlich. Was ist es denn für ein Käse?«

Er griff wieder in den Rucksack, wandte ihr dabei aber seinen breiten Rücken zu, um zu verbergen, was er tat. Spielerisch versuchte sie, an ihm vorbeizukommen.

»Hey! Nicht gucken.«

Mit einem Lächeln ließ sie sich zurück auf ihre Ellbogen sinken und schloss die Augen, genoss die Wärme der Abendsonne auf ihrem Gesicht und spürte, wie sich ihre Muskeln entspannten.

»Mach den Mund auf«, sagte er. Sie konnte schon riechen, womit er sie gleich füttern würde. Das Wasser lief ihr im Mund zusammen. Sie tat, wie ihr geheißen, spürte aber zu ihrer Überraschung nur einen rauen, harten Kräcker auf ihrer Zunge. »Abbeißen.«

»Mhm«, brummte sie und kaute. Es musste eine Art Chèvre mit Cranberrys sein, der auf den Kräcker gestrichen war. »Das ist köstlich.« Sie schlug die Augen auf. »War das Ziegenkäse mit Cranberrys?«

»Woher weißt du das?«

»Käse ist eine Art Hobby von mir. Du müsstest schon in einen Raritätenladen gehen, um mich zu überraschen.« Sie lächelte und öffnete wieder den Mund, damit er sie auch noch mit dem zweiten Bissen füttern konnte. Die Erotik der Situation entging ihr dabei keineswegs. Wärme breitete sich in ihr aus, sammelte sich in ihrem Innersten.

Er schmollte spielerisch, bevor auch er sich einen Kräcker in den Mund schob. »Und da dachte ich, ich würde dir etwas bieten, was du noch nie zuvor probiert hast.«

Sie nahm einen Schluck von ihrem Wein und sah hinaus zum Horizont. »Es war trotzdem eine Überraschung. Und ich liebe Chèvre mit Cranberrys. Eine gute Wahl.«

Adam setzte eine entschlossene Miene auf und begann wieder im Rucksack zu kramen. »Ein paar Tricks habe ich noch auf Lager. Mach deine Augen wieder zu.«

Sie verdrehte die Augen, bevor sie sie schloss. »Solange es Käse ist, kannst du gar nichts falsch machen.«

»Mund auf.«

»Mhm«, brummte sie wieder. Ein nussiger, buttriger Hartkäse rollte über ihre Zunge. Violet öffnete ihre Augen und nahm schnell einen Schluck Wein, um die Aromen in ihrem Mund zu einer süßherzhaften Geschmacksexplosion zu vereinen. »Jetzt bin ich ratlos. Was ist das für einer? Er ist köstlich.«

Er griff nach der Packung. »Zamorano aus Spanien. Der wird aus Schafsmilch gemacht.«

Er bot ihr noch ein Stück an, und sie griff gern zu. »Den habe ich noch nie probiert. Eine tolle Überraschung.«

Seine abrupt zur Siegesgeste gereckte Faust brachte sie zum Lachen. »Also gut, einen habe ich noch. Mal schauen, ob ich dich noch mal überraschen kann.«

Sie schloss die Augen wieder. »Mhm, auf jeden Fall ein Blauschimmelkäse. Das kann ich jetzt schon riechen.« Sie kicherte.

»Mund auf. Weiter.«

»O Gott, was ist das denn? Gleich der ganze Laib?« Ihre nächsten Worte wurden von einer weiteren Geschmacksflut gestoppt. Kauend öffnete sie die Augen und nahm wieder einen Schluck Wein. »Also, da war auf jeden Fall Fleisch drin, Salami vielleicht? Oder Prosciutto? Und vielleicht auch etwas Fruchtiges?«

Er lächelte, offensichtlich hoch erfreut darüber, dass er sie schon wieder überrascht hatte. »Es war eine mit Salami und Cabrales umwickelte Feige.«

»Cabrales? Wo kommt der her?«

»Auch aus Spanien.«

Sie schob sich noch ein Stück in den Mund. »Mhm, also ich glaube, das ist mein Favorit.«

Zwischen all dem Verkosten und Augen auf- und zumachen, hatte Violet gar nicht mitbekommen, dass der Himmel seine Farbe gewechselt hatte. Jetzt spannte er sich in dunklen Blau- und Lilatönen über ihnen, und die ersten Sterne funkelten am Firmament. Sie saßen eine Weile schweigend nebeneinander, genossen Käse und Wein – und die Nähe des anderen. Es war das perfekte Date.

»Ich glaube, das hier ist unser erstes richtiges Date«, sagte Adam schließlich, nachdem er ihnen Wein nachgeschenkt hatte.

»Nein … das kann doch gar nicht sein.«

Er nickte. »Ich glaube schon.«

»Aber … was ist mit …« Sie verstummte. Sie konnte sich tatsächlich an keine andere Gelegenheit erinnern, zu der sie ausgegangen waren und etwas unternommen hatten wie ein normales Pärchen. Ja, sie schliefen miteinander, tanzten zusammen und verbrachten viel Zeit miteinander, wenn Mira bei ihrer Mutter war, aber sie waren nie wirklich ausgegangen.

Adam gähnte, streckte die Arme über den Kopf und legte einen um ihre Schultern. »Also.« Er rutschte näher zu ihr, bis sich ihre Körper berührten. »Weißt du, ich würde wirklich nicht schlecht von dir denken, oder dass du leicht zu haben bist, wenn du beim ersten Date schon rumknutschst.« Er war einfach zu süß. »Ich meine, es wäre auch völlig in Ordnung, wenn wir noch etwas weiter gehen.«

Sie schüttelte lächelnd den Kopf. »Ach ja? Ist das so? Versprichst du, dass du mich trotzdem pünktlich nach Hause bringst? Sonst könnte mein großer Bruder dich verprügeln.«

»Ich bringe dich sogar nach Hause *und* ins Bett.« Er zwinkerte und ließ seine Hand langsam über ihre Schulter und hinab in ihren Ausschnitt wandern. »Mira übernachtet heute bei ihren Großeltern. Wir haben das Haus also die ganze Nacht für uns.«

Sie gab seiner neugierigen Hand einen Klaps und setzte ein übertrieben entsetztes Gesicht auf. »Jetzt wirst du aber etwas übermütig, mein Lieber.«

Ohne auf den Käse und den Wein zu achten, zog er sie auf die Decke und war schon im nächsten Moment über ihr. »So übermütig, wie du mich werden lässt.« Er knabberte an ihrer Unterlippe, bevor er ihren Hals und ihre Brust mit heißen Küssen bedeckte.

»Wir können doch nicht … nicht hier oben«, stieß sie atemlos hervor. Wie so oft, wenn Adam auf ihr lag – hart und bereit – waren ihr Körper und ihr Kopf nicht einer Meinung. Sie schlang die Arme um seinen Nacken und zog seinen Mund auf ihren. Er schmeckte nach Wein und Käse und Sommer.

»O doch, wir können. Um diese Zeit ist niemand mehr hier oben. Niemand kann uns sehen. Und wenn wir unsere Klamotten anlassen, nur ausziehen, was unbedingt nötig ist, kannst du auch deinen Anstand wahren. Deine Unschuld allerdings …« Er lachte leise. Dann schob er eine Hand entschlossen unter ihren Rock und in ihr Höschen.

Betört vom Wein und dem köstlichen Käse, von dieser wunderschönen romantischen Nacht und Adams Nähe, gab Violet sich der Versuchung hin, dem Verlangen, der Freiheit, dem Verbotenen. Schon hatte sie Knopf und Reißverschluss seiner Shorts geöffnet, seinen Schwanz herausgezogen und begann ihn zu streicheln. Sie verwöhnten sich gegenseitig mit ihren Händen, während ihre Münder erkundeten, bissen, küssten und saugten.

»Gut, dass du einen Rock anhast.« Er stöhnte, wand sich, bis er genau über ihr war, und stieß dann zu. Beiden entfuhr ein *Uff* angesichts der unerwarteten Heftigkeit.

Es war kurz und leise, aber dafür umso aufregender. Sie waren im Freien, in einem öffentlichen Park, einem Naturschutzgebiet noch dazu, in einer sternenbeleuchteten Sommernacht, und liebten sich. Das war es, worüber Poeten schrieben und wovon Teenager-Mädchen träumten. Sie blieben in einer Position, ließen ihre Klamotten an, schoben nur an manchen Stellen den Stoff aus dem Weg. Selbst wenn sie jemand so gesehen hätte, hätte er vermutlich zwar gewusst, was sie dort taten, aber dennoch nichts Anstößiges gesehen.

Ihr wilder Exhibitionismus versetzte Violets Körper in einen regelrechten Rausch, selbst ohne großartiges Vorspiel war sie feucht, gierig, und klammerte sich an Adam, während er sie hart nahm. Nur die dünne Decke schützte ihren Kopf vor der harten Erde.

Es war ihr egal.

Jeder Stoß und jeder Aufprall erinnerten sie daran, wo sie waren und was sie taten. Die Sterne funkelten über ihnen und sahen ihnen zu. Angetrieben von ihrer Leidenschaft, fanden sie beide nach kurzer Zeit Erlösung unter den wachsamen Augen des Kosmos.

Violet vergrub ihr Gesicht in Adams Schulter, um ihren Aufschrei zu dämpfen, sie biss zu, als ihr gesamter Körper sich anspannte, ihre inneren Muskeln sich um ihn herum zusammenzogen und Lust durch ihre Glieder jagte.

»Genau so, Baby«, murmelte er dicht neben ihrem Ohr, stieß weiter rhythmisch in sie, auf der Jagd nach seinem eigenen Höhepunkt. »Komm, komm für mich.«

Als sie langsam wieder zurück zur Erde sank und der Rausch ihres Orgasmus nachließ, war Adam immer noch voll bei der Sache, benutzte sie, verehrte sie, erfüllte sie.

»Wechsel die Position«, befahl er. »Setz dich auf mich.«

O ja, bitte. Sie liebte diese Position.

Er glitt aus ihr heraus, setzte sich auf und lehnte sich mit dem Rücken gegen den Felsvorsprung, unter dem sie saßen. Sie schwang ein Bein über seinen Schoß und ließ sich langsam auf ihn hinabgleiten. Sie spürte, wie ihr ganzer Körper sich entspannte, und seufzte zufrieden, als sie endlich wieder ganz von ihm ausgefüllt war.

»Ah.« Er grinste. »Viel besser. Jetzt kann ich dich dabei ansehen und gleichzeitig noch mit denen hier spielen.« Er schob den Ausschnitt ihres hellblauen Tanktops nach unten und entblößte ihre Brüste. Mit der Zungenspitze fuhr er über einen Nippel. Sie begann, ihn zu reiten, hob und senkte sich, während er ihre empfindlichen Knospen zwickte und neckte.

Jeder seiner langen, genüsslichen Stöße erweckte ihr Verlangen von Neuem. Sie stützte sich an der Felswand hinter ihm ab, um ihr Tempo noch erhöhen zu können, presste sich noch tiefer, noch heftiger auf seinen Schoß. Adams Mund und Hände ließen nicht für einen Moment von ihren Brüsten ab. Er zwirbelte und zupfte, biss und saugte. Sie bog den Rücken durch und reckte ihm ihre Brust entgegen, genoss die nasse Hitze seiner Zunge und die Art, wie er ihre empfindlichen Nippel mit seinen Zähnen traktierte.

Sie ließ eine Hand nach unten zu ihrer Klitoris gleiten, kreiste mit ihren Fingern über den geschwollenen Knubbel, spürte, wie er noch mehr anschwoll. Alle Geräusche ringsum schienen zu verstummen, sie nahm nur noch ihre Lust wahr, das Gefühl von Adam tief in ihr. Um sie herum. Eins mit ihr.

Einen Moment später erstarrte Adam, stöhnte auf und ergoss sich in sie. Er legte die Lippen um ihren Nippel und saugte hart. Ein zweiter Orgasmus, noch heftiger als der erste, erschütterte ihren Körper.

Für einige Augenblicke saßen sie einfach still da, warteten, bis sich ihr Puls beruhigte und ihre Atmung sich normalisierte. Adam bedeckte ihre Schultern und ihre Brust mit federleichten Küssen, während Violet mit dem Haar in seinem Nacken spielte. Noch immer verbunden, saßen sie zusammen.

Er zeigte ihr ein paar Sternenkonstellationen am Himmel, die bekannten wie den kleinen und großen Wagen, aber auch ein paar, die sie noch nicht kannte, wie Herkules oder den Schützen. Selbst ohne den verdammt heißen Outdoor-Sex wäre dies das perfekte Date gewesen, mit großem Abstand das beste ihres Lebens. Aber die Tatsache, dass Adam ihr half, sich in ihrer eigenen Haut so wohl zu fühlen, und sie – ohne zu sehr zu drängen – dazu ermutigte, ihre Schutzmauern einzureißen und das Leben wieder in vollen Zügen zu genießen, machte das alles noch viel großartiger.

Sie hatte sich in diesen Mann verliebt, mit Haut, Haaren und Seele. Sie konnte nur hoffen, dass er ebenso empfand. Sie konnte nur hoffen, dass sie wirklich bereit war.

Kapitel 22

Der nächste Tag war Samstag, der vierte Juli. Tag der Unabhängigkeit und des großen ›Kunst im Park'-Festivals. Und anders als damals in New York war Violet in den letzten Stunden vor ihrem Auftritt das reinste Nervenbündel.

In ihrer Hochphase, als sie *das* Gesprächsthema in New York und der ganzen Kunstszene gewesen waren, hatten Violet und Jean-Phillipe sechs Auftritte die Woche gehabt. Sie probten jeden Tag, hatten dann vier Stunden Pause und traten abends auf. Nach sechs Monaten dieser streng durchgetakteten Auftritte hatte Violet auch das letzte Fitzelchen ihres Lampenfiebers verloren.

Jean-Phillipe hatte ihr dabei geholfen, ihre Angst zu überwinden.

Eine Stunde vor jeder Show waren sie ins Studio gegangen und hatten sich vor dem großen Spiegel auf den Boden gesetzt. Das Licht war aus, es lief keine Musik, und sie gingen ihre ganze Choreografie gemeinsam in Gedanken durch. Sie brauchten dazu keine Worte, zählten die Schritte und sahen sich gemeinsam auf der Bühne tanzen.

Wenn sie fertig waren, blickten sie einander an, hielten sich an den Händen und meditierten. Und während dieser Meditation durften sie nicht ans Tanzen denken. Sie sollten ihre Gedanken so gut es ging verstummen lassen und tief in sich nach der angesammelten Negativität des Tages, der Woche, des Monats suchen und sie aus sich verbannen.

Zu Beginn hatte sie dabei immer kichern müssen und Jean-Phillipe für verrückt gehalten, aber mit der Zeit verstand sie immer mehr, wieso er auf dieses Ritual bestand, wieso er wollte, dass sie ihre Negativität verloren. In der Kunstbranche gab es davon mehr als genug. Es gab immer einen Kritiker, immer jemanden, der einem den Platz im Rampenlicht streitig machen wollte, und das konnte einen belasten, die Leistung beeinflussen und einem die Freude am Tanzen nehmen.

Bald schon freute sie sich auf diese gemeinsame Stunde im Dunkeln, in der Stille. Sie lernte dabei viel über sich selbst und erkannte, dass sie zugelassen hatte, dass die Meinung anderer sie formte. Die Meinung ihrer Mutter war dabei besonders einflussreich gewesen.

Greta war selbst Tänzerin gewesen, wenn auch längst nicht so erfolgreich wie Violet, und hatte ihre Tochter gnadenlos angetrieben. Eine klassische *Dance Mom*. Sie hatte sogar kontrolliert, was Violet aß. Nicht, dass Violet jemals übergewichtig gewesen wäre; sie war nicht einmal sicher, ob das überhaupt möglich war. So war sie einfach nicht gebaut. Aber Greta hatte Violet von klein auf Vorwürfe gemacht und sie bloßgestellt, wenn sie mal etwas genascht hatte. Sie hatte geschimpft, dass Violet Glück habe, mit der Figur einer Tänzerin geboren worden zu sein, und dass viele Frauen für so eine Figur töten würden, wie konnte sie es also wagen, sich auf dem Fest zum elften Geburtstag ihrer Freundin einen Cupcake in den Mund zu stopfen?

Jap, ihre Mom war *diese* Mom.

Jean-Phillipe war der Meinung gewesen, dass Greta neidisch auf ihre Tochter war. Und vermutlich hatte er recht gehabt.

Violet hatte das Leben, den Körper und die Tanzkarriere, die ihre Mutter sich immer gewünscht hatte, nur war Greta nicht mit einer schlanken Taille, flachen Brust oder langen Beinen gesegnet worden. All das hatte Violet von der Seite ihres Vaters geerbt. Ihre Mutter dagegen war klein, kurvig und hatte eine üppige Oberweite. Sie hatte hart um einen Platz in der Welt des Tanzes gekämpft, aber sie hatte es einfach nicht geschafft. Mit siebzehn hatte sie schließlich aufgegeben und war statt an die Tanzakademie aufs College gegangen.

Durch die Meditation und die vielen langen, offenen Gespräche mit Jean-Phillipe hatte Violet gelernt, ihrer Mutter zu verzeihen. Zu Beginn hatte sie jede Menge Wut mit sich herumgeschleppt, aber inzwischen war da nur noch Mitleid. Weil ihre Träume nicht wahr geworden waren und sie stattdessen gezwungen gewesen war, ihrer Tochter dabei zuzusehen, wie sie ihre Träume lebte. Das wäre für jeden schwer gewesen.

Violet hatte seit ihrem letzten Auftritt mit Jean-Phillipe nicht mehr meditiert. An jenem Abend war er auf der Bühne zusammengebrochen. Sie hatte schon viel zu lange nicht mehr alles um sich herum ausgeblendet und tief in sich nach angestauter Negativität gesucht. Erst jetzt wurde ihr klar, wie sehr es ihr gefehlt hatte. Dass sie es brauchte.

Normalerweise hätte sie an einem Samstagmorgen einen Kurs nach dem anderen gehabt, aber da heute der Unabhängigkeitstag war, hatte sie alle Kurse abgesagt und das Tanzstudio geschlossen. Und so sperrte sie erst wenige Stunden vor ihrem Auftritt gemeinsam mit Tulip das Studio auf, ließ das Licht aus und setzte sich auf den Boden, um zu meditieren.

Gestern hatte sich endlich die Polizei bei ihr gemeldet, der Beamte hatte jedoch keine guten Nachrichten für sie gehabt. Sie hatten keine Möglichkeit, herauszufinden, wer den mysteriösen Brief mit dem verstörenden Foto geschickt hatte, und die anonymen Anrufe waren von einem Wegwerf-Handy gekommen und somit nicht nachverfolgbar. Sie waren Violets Stalker also keinen Schritt näher gekommen.

Sie hatte sich vergewissert, dass sie die Tür hinter sich wieder abgeschlossen hatte, als sie ins Studio gekommen war, und sogar den Notausgang überprüft. Sie sah in jeden Raum, um sicherzugehen, dass niemand darin war. Sie war allein. Nur Violet und ihre Gedanken. Und von denen gab es mehr als genug. Oh, und Tulip natürlich.

Sie musste eingedöst oder wirklich tief in ihre Meditation versunken gewesen sein, denn als sie die Augen wieder öffnete, war über eine Stunde vergangen. Es war beinahe zwei Uhr. Um fünf traten sie auf.

Sie hatte so lange steif in einer Position auf dem Boden gesessen, dass sie sich nun erst einmal dehnen musste, um wieder geschmeidig und bereit für ihren Auftritt zu sein. Sie war gerade zu der Stereoanlange hinübergeschlendert, um etwas sanfte Musik aufzulegen, als ein Klopfen an der Tür sie zusammenfahren ließ.

Adam?

Wenn er es war, dann war er sehr früh dran. Außerdem hatte sie ihm doch gesagt, dass sie sich im Park treffen würden.

Sie ging hinaus in den Wartebereich, von wo aus sie eine Frau in einem tiefroten Spitzenkleid und weißen Ballerinas vor der Glastür stehen sehen konnte. Aus grauen Augen blickte sie Violet ernst entgegen, ihr Gesicht zeigte nicht den Ansatz eines Lächelns.

»Wir haben geschlossen«, sagte Violet, laut genug, dass die Frau sie durch die geschlossene Tür hören konnte.

»Sind Sie Violet Benson?«, fragte sie und deutete auf die Türklinke, damit Violet die Tür aufschloss.

Violet nickte, ließ die Tür aber zu. »Die bin ich, ja.«

Die Frau hatte ihr dunkles Haar zu einem Pferdeschwanz zusammengefasst und trug kaum Make-up. »Ich heiße Gigi und schreibe für ein Online-Magazin über darstellende Künste. Ich wollte fragen, ob Sie Zeit für ein kurzes Interview haben?«

Interviews. Richtig. Violet hatte vergessen, dass die zum Leben auf der Bühne dazugehörten. Die liebe Presse.

Es war so viel einfacher gewesen, als sie und Jean-Phillipe zusammen Interviews gegeben hatten. Sein Charisma hatte die Aufmerksamkeit immer auf sich gezogen und damit weg von Violet und ihrer Unbeholfenheit. Sie hasste es, wenn die Journalisten sie in Verlegenheit brachten und merkwürdige Fragen stellten.

Wenn Sie mit irgendeinem Gemüse tanzen könnten, mit welchem Gemüse würden Sie tanzen und warum?

Was zum Teufel war das denn bitte für eine Frage?

»Bitte?«, hakte Gigi nach und setzte ein gezwungenes Lächeln auf. »Ich brauche auch nur ein paar Minuten.«

Mit einem tiefen Seufzen und einem verborgenen Augenverdrehen schloss Violet die Tür auf und ließ die Frau herein. Kaum drinnen, hielt Gigi Violet die Hand hin und wartete drauf, dass Violet sie ergriff. Violet schüttelte sie zögerlich.

Auch wenn die Frau im Großen und Ganzen normal erschien, hatte sie irgendetwas Merkwürdiges an sich. Da war dieses beunruhigende Schimmern in ihren stahlgrauen Augen, das Violet sofort nervös machte.

Auch Tulip musst etwas gespürt haben, denn das *Klicketi-Klack* ihrer Krallen auf dem Holzboden verriet, dass ihre faule Hündin inzwischen zu ihnen gekommen war.

»Ich will auch gar nicht lange Ihre Zeit in Anspruch nehmen«, fuhr Gigi fort. »Aber ich verfolge Ihre Karriere jetzt schon seit einer Weile und bin ein *Riesen*fan.«

Selbst die Art, wie sie *Riesen* betonte, war seltsam. Als ob sie sich über sich selbst lustig machen würde.

Sehr merkwürdig.

Violet ging zurück ins Studio. Dort fühlte sie sich am wohlsten. Gigi folgte ihr, genauso wie Tulip.

»Süßer Hund«, sagte Gigi und hielt Tulip eine Hand zum Beschnuppern hin.

Tulip knurrte.

Gigi riss die Augen auf und sah zu Violet auf. »Ist der gefährlich?«

Violet zuckte mit den Schultern. »Ich habe sie erst seit Kurzem. Bis jetzt habe ich sie noch keiner Fliege etwas zuleide tun sehen. Aber ich habe sie auch noch nie so knurren hören.«

Gigis Lippen zuckten, und sie räusperte sich. »Na ja, ich liebe Hunde. Sie muss sich wegen mir also keine Sorgen machen.«

Violet schnalzte mit der Zunge, und Tulip setzte sich sofort neben Violets Füßen auf den Boden. »Es ist alles in Ordnung, Süße.«

Gigi stieß die Luft aus und wandte sich dann wieder Violet zu. »Also, darf ich Sie interviewen?«

Violet war drauf und dran, ihre Meinung wieder zu ändern. Sie hatte jetzt wirklich keine Lust, mit irgendjemandem zu reden. Sie wollte zu ihrer Meditation und ihren Dehnübungen zurückkehren, aber Gigi sprach schon weiter, bevor Violet sie bitten konnte zu gehen. »Ich weiß, dass Sie heute Nachmittag bei ›Kunst im Park‹ auftreten. Ich kann es kaum erwarten, Sie wieder auf der Bühne zu sehen.«

Violet kniff die Augen zusammen. »Ja, das stimmt. Es ist mein erster Auftritt vor Publikum seit über zwei Jahren. Ich bin tatsächlich etwas nervös.«

»Darf ich Ihnen ein paar Fragen stellen?«, fragte Gigi noch einmal, diesmal mit deutlicher Verzweiflung in der Stimme.

Violet nickte widerstrebend. »Ich habe zwar nur ein paar Minuten, aber in Ordnung.« Sie bereute es, dieser Frau die Tür geöffnet zu haben, auch wenn sie nicht genau sagen konnte, wieso.

Gigi lächelte wieder, aber es war kein freundliches Lächeln. Nein, es war gezwungen und fast schon … raubtierhaft. »Super.« Sie zog ein Diktiergerät aus der Tasche und drückte die Aufnahmetaste. »Wie war es, mit Jean-Phillipe Laurent zu tanzen?«

Violet erstarrte. »Entschuldigung?«

»Wie war es, mit Jean-Phillipe Laurent zu tanzen?«, wiederholte Gigi. »Mit dem unglaublichsten Tänzer unserer Zeit. Wie war es? War es magisch? War es lebensverändernd? Sie beide waren ein Paar, richtig? Wie war es, mit einem Mann wie Monsieur Laurent zu tanzen?«

»Ähm …«

Jetzt wünschte sie sich, Gigi hätte sie nur gefragt, mit welchem Gemüse sie am liebsten tanzen würde. Ihre Antwort wäre Brokkoli gewesen.

Ihr Herz begann immer heftiger zu schlagen, und ihre Handflächen wurden feucht. »Es … es war wundervoll. Er war in jeder Hinsicht mein Partner. Ich habe ihn geliebt. Er fehlt mir jeden Tag.«

Etwas blitzte in Gigis Augen auf. »Glauben Sie, Sie haben alles versucht, um ihn zu retten? Sein Tod hat die ganze Tanzwelt erschüttert, nicht nur hier in Amerika, sondern weltweit. Meinen Sie nicht, Sie hätten ihn früher zum Arzt schicken sollen? Vielleicht wäre er noch am Leben, wenn Sie die Anzeichen seiner Krankheit früher erkannt hätten. Glauben Sie nicht auch?«

Wa … Moment mal. Was?!

Violet begann zu zittern. »Ähm … Was sind das denn für Fragen?«

Das Grau in Gigis Augen verdunkelte sich wie der Himmel vor einem heftigen Wintersturm. »Finden Sie nicht, dass es eine Beleidigung gegenüber Monsieur Laurent ist, sich einen neuen Tanzpartner zu suchen? Vor allem, wenn Sie so viel mehr hätten tun können, um sein Leben zu retten? Stimmen Sie den Gerüchten zu?«

»Ich …« Tränen verschleierten Violets Sicht. »Wer sind Sie? Welche Gerüchte?«

»Dass Sie wussten, dass Jean-Phillipe Schmerzen hatte, und ihn davon überzeugt haben, dass er sich das nur einbildet, weil Sie wollten, dass er weiter mit Ihnen tanzt, ganz egal, wie sehr er dabei litt?«

»Was? Nein. Niemals. Ich habe ihn monatelang dazu gedrängt, sich Hilfe zu suchen und zum Arzt zu gehen. Ich habe für ihn Termine bei jedem Spezialisten der Stadt gemacht. Ich habe ihm gesagt, dass er seine Zweitbesetzung tanzen lassen soll, aber er wollte nicht auf mich hören. Er hat gesagt, er könne es nicht ertragen, einen anderen Mann mit mir tanzen zu sehen.«

Gigi verdrehte die Augen und entblößte ihre Zähne in einem so boshaften Lächeln, dass Violet eiskalt wurde. »Das sagen Sie jetzt, aber wir wissen alle, dass es gelogen ist. Sie haben ihn umgebracht.«

Tulip begann zu winseln, erhob sich auf die Hinterbeine und legte die Pfoten an Violets Hüfte. Ihre Augen spiegelten die Trauer und Verwirrung in Violets Herzen wider.

Dann wurde Violet plötzlich etwas klar. Die merkwürdigen Anrufe, der groteske Brief. Waren die von Gigi gekommen? Hatte sie Violet gestalkt? Sie verfolgt?

»Der Brief … die Anrufe?« Violets Stimme bebte. Wieso wollte diese Frau sie quälen?

Die Bestätigung in Gigis Blick war alles, was sie brauchte.

»Wieso?«

Tulip ließ sich wieder auf alle Viere sinken und wandte sich Gigi zu, ein erneutes Knurren grollte in ihrer Kehle.

Eine heiße Träne lief über Violets Wange. Wer war dieses Monster von Frau?

Tulip bellte Gigi an und fletschte die Zähne, das Fell in ihrem Nacken war gesträubt und ihr Kopf zum Angriff gesenkt.

Gigis stählerner Blick huschte zu Tulip, und sie trat einen Schritt zurück.

»Wer sind Sie?«, fragte Violet noch einmal. Die Tränen flossen nun ungehindert über ihre Wangen und in ihren Mund. »Wieso sind Sie hier? Wieso tun Sie das alles?«

»Ich wollte die Frau, die ihn umgebracht hat, mit eigenen Augen sehen. Sie sind verschwunden, nachdem er gestorben ist, aber ich wusste, dass ich Sie wiederfinden würde.« Gigi machte noch einen Schritt rückwärts in Richtung Tür, als Tulip langsam auf sie zuging. Aber sie gab sich nicht geschlagen. Diese Frau war ganz offensichtlich mit dem einzigen Ziel hierhergekommen, Violet wehzutun, und damit war sie noch nicht fertig. Sie schüttelte den Kopf. »Sie haben ihn nicht verdient. Ich hätte ihn zehnmal glücklicher machen können. Ich hätte ihn *gerettet.*«

Es würde mich umbringen, dich mit einem anderen Mann tanzen zu sehen.

O Gott. Hatte sie ihn umgebracht? Hatte sie frühe Anzeichen übersehen? Hätte sie ihn mehr drängen sollen, zum Arzt zu gehen? War es ihre Schuld, dass er tot war?

»Sie haben ihn getötet«, sagte Gigi. »Sie und Ihre Versessenheit auf Perfektion und das Rampenlicht. Sie haben Jean-Phillipe umgebracht!«

»Verschwinden Sie«, flüsterte Violet. Ihr ganzer Körper bebte, nicht nur wegen der Qual, die ihr die Worte dieser Frau bereiteten, sondern auch vor Wut, weil sie nur hergekommen war, um Violet so viel Schmerz zuzufügen.

Tränen traten in Gigis Augen. »Sie sind der Grund, wieso er tot ist!«

»Verschwinden Sie!«, schrie Violet. »Verschwinden Sie!«

»Wie konnten Sie nicht sehen, dass er Schmerzen hatte? Wie konnten Sie das nicht wissen? Wenn er wirklich die Liebe Ihres Lebens war, dann hätten Sie das wissen müssen!« Rasende Wut und Trauer umgaben Gigi wie eine dunkelrote Wolke. Ihr Blick huschte über Violets Gesicht, während mascaraschwarze Tränen über ihre Wangen liefen. »Sie haben ihn umgebracht!«

Tulips Bellen wurde lauter, dann sprang sie vor, jagte Gigi in eine Ecke des Raums, wo sie die Zähne fletschte und knurrte, nach Gigi schnappte und ihr Hilferufe entlockte.

»Rufen Sie dieses Biest zurück!«, schrie sie und hob ein Bein, als Tulip weiterhin nach ihr schnappte. »Rufen Sie sie zurück, verdammt noch mal!«

Kapitel 23

Adam lief auf der großen Rasenfläche im Magnolia Park auf und ab.

Wo blieb Violet?

»Sie wird schon kommen«, sagte Mitch, der mit Jayda auf dem Schoß auf der Wiese saß. »Alter, du läufst noch einen Graben ins Gras. Setzt dich endlich hin.«

Adam rieb sich mit der Hand übers Gesicht und wischte sich ein paar Schweißtropfen von der Stirn. Selbst in dem kleinen Fleckchen Schatten, das sie ergattert hatten, war es beinahe unerträglich heiß.

Er wurde dieses unbehagliche Gefühl einfach nicht los, es drängte sich immer wieder in seine Gedanken. Stimmte etwas nicht mit Violet? Sie hatte ihm gestern erst erzählt, dass die Polizei immer noch keine Spur von dem mysteriösen Anrufer und Briefeschreiber hatte.

War sie in Gefahr? Gab es da draußen jemanden, der es auf sie abgesehen hatte?

Mira, Paige und Paiges Eltern waren schon auf dem Weg zu ihnen. Paige hatte ihm vor ein paar Minuten geschrieben, dass sie nur noch einen Parkplatz suchen mussten. Violet hatte schon vor Ewigkeiten hier sein wollen. Sie hatte gesagt, dass sie immer viel zu früh zu ihren Auftritten kam, weil ihr der New Yorker Verkehr beigebracht hatte, immer das Unerwartete zu erwarten, und ein Zuspätkommen einem Todesurteil gleichgekommen wäre.

»Hey!«

Adam wirbelte herum, auch wenn er schon wusste, dass es nicht Violet war. Die Stimme war viel zu tief.

Liam grinste ihn an und ließ eine Picknickdecke und eine große Kühlbox auf den Rasen fallen. An der anderen Hand hielt er seinen Sohn Jordan. Der kleine Kerl war von Kopf bis Fuß in UV-Schutzkleidung eingepackt.

»Bisschen übervorsichtig mit der Sonne?«, fragte Mitch lachend und deutete auf Jordans riesigen Sonnenhut mit Haimuster und sein Ganzkörper-Outfit.

Liam verdrehte die Augen und ließ sich auf seiner Decke nieder. »Meine Ex-Frau ist paranoid. Wenn sie könnte, würde sie das Kind in Luftpolsterfolie wickeln.«

Bald waren über ein halbes Dutzend der *Single Dads von Seattle* auf Picknickdecken über den Rasen verteilt, und die Kinder tobten um sie herum. Snacks wurden verteilt und Bierflaschen geöffnet, während eine lokale Rockband die Bühne eroberte.

Adam starrte frustriert sein Handy an. Violet ging einfach nicht ran.

»Ich gehe sie suchen«, sagte er. »Das ist nicht mehr normal. Das passt überhaupt nicht zu ihr.« Er sah Mitch an. »Stimmt doch, oder? Sie würde doch nicht einfach aufhören, ans Telefon zu gehen, und einen Auftritt platzen lassen.«

Mitch schüttelte den Kopf, auch in seinen Augen stand Sorge. »Sie ist der verantwortungsbewussteste und am besten zu erreichende Mensch, den ich kenne. Irgendwas stimmt da nicht.«

Verdammt. Er hatte es doch gewusst. Irgendwas war passiert.

Mitch zog sein Handy aus der Gesäßtasche und wischte ein paarmal mit dem Daumen über den Bildschirm. »Das GPS an ihrem Handy behauptet, sie sei noch im Studio.«

»Aber sie geht nicht ran?«

»Vielleicht ist der Akku leer? Vielleicht lädt sie es nur noch kurz auf, bevor sie herkommt?«

Nein, das war es nicht. Irgendetwas stimmte nicht. Adam wusste es einfach. Er konnte es spüren, wie eine Kralle an seinem Hinterkopf, die sich langsam in die Kopfhaut bohrte. Violet hätte längt hier sein sollen. Ihr musste etwas zugestoßen sein.

»Ich fahre zum Studio«, sagte er mit vor Sorge halb erstickter Stimme. »Nachschauen, ob alles in Ordnung ist.«

»Tja, dann läuft du wohl besser, der Verkehr ist heute nämlich ein absoluter Alptraum«, warf Liam ein. »Wir mussten zehn Blocks entfernt parken. Und ich bin sicher, dass ich nachher einen Strafzettel habe, weil ich auf einem gottverdammten Anwohner-Parkplatz stehe.«

Scott, Liams Bruder, schlug ihm auf den Rücken. »Wie praktisch, dass du ein professioneller Diskutierer bist und einfach so lange rumreden wirst, bis sie dir die Strafe erlassen, nur damit du endlich die Klappe hältst.«

Liam grinste. »Anwalt zu sein muss ja auch irgendwelche Vorteile haben.«

Adam war schon jetzt ganz heiß, weil er aufgestanden war und damit ihren kleinen Fleck Schatten verlassen hatte. Er sah zu Mitch hinunter. »Okay, wenn wir in einer halben Stunde nicht zurück sind, musst du sie hinhalten oder so. Oder Sarah finden und sie dazu bringen, die Reihenfolge der Auftritte zu ändern.«

Mitch nickte. »Ich werd's versuchen.«

Adam rannte los, schlängelte sich durch die dichte Masse von Feiernden und Patrioten, die hier alle den sonnigen Unabhängigkeitstag genossen.

Gute fünfzehn Minuten später erreichte er schwitzend und kurz vorm Umfallen das Studio. Violets Auto stand auf dem Parkplatz.

Das war ein gutes Zeichen.

Er griff nach der Türklinke, erwartete, dass die Eingangstür verschlossen war, doch das war sie nicht. Kein gutes Zeichen.

War jemand eingebrochen und hatte Violet verletzt?

War sie entführt worden?

Keine Liam-Neeson-Filme mehr vorm Schlafengehen. Dein Gehirn ist ja schon völlig plemplem.

»Violet!«, rief er und riss die Tür auf. Die Glocke läutete, und Sekunden später kam Tulip aus dem Studio getapst und wedelte begeistert mit dem Schwanz, als sie ihn erkannte. Die Hündin kam auf ihn zu und legte ihm eine Vorderpfote auf den Oberschenkel. Er tätschelte ihr den Kopf. »Wo ist Violet, Tulip?«

Als ob sie seine Frage tatsächlich verstanden hätte, wandte sie sich um und trottete in Richtung des Studios. Er folgte ihr – und stand einen Augenblick später einer Frau gegenüber. Einer Frau, die nicht Violet war.

»Oh, hallo«, sagte er verwirrt. »Wer sind Sie denn?«

Angst und Wut kämpften in ihrer Miene um die Oberhand. »Ich verschwinde hier«, sagte sie – die Wut hatte gewonnen und ließ ihre Worte giftig klingen.

Aber es sah so aus, als hätte Tulip da andere Vorstellungen, denn sie stellte sich plötzlich vor die Tür, die Vorderbeine angewinkelt und das Nackenfell gesträubt. Sie knurrte und schnappte nach der Frau.

»Tulip?«, fragte Adam verwirrt und ging hinüber, um die Hündin am Halsband zu fassen. »Was ist denn los, Mädchen?«

»Dieser Hund ist ein verdammter Psychopath«, sagte die Frau und warf ihren dunklen Pferdeschwanz über die Schulter. »Er sollte eingeschläfert werden.«

»Das sehe ich nicht so«, sagte er misstrauisch. Er wollte die

Frau nicht gehen lassen. Er wusste immer noch nicht, ob es Violet gut ging. »Tulip ist einer der treuesten und sanftmütigsten Hunde, die ich je kennengelernt habe. Außerdem mag sie eigentlich *jeden*. Und da sie Sie so offensichtlich nicht leiden kann, frage ich mich natürlich, wieso.«

Die Frau funkelte ihn aus eiskalten grauen Augen an. »Lassen Sie mich verdammt noch mal durch!«

Er rührte sich nicht. »Wo ist Violet?«

»Ist mir doch egal.«

Angst kroch durch seine Adern. Wo war sie?

»Adam?« Violets Stimme aus dem Studio riss ihn von der Tür los, aber Tulip blieb stehen und blockierte weiterhin den Weg der unbekannten Frau.

Adam bekam es kaum mit.

»Oh, Gott sei Dank«, stieß er einen Moment später aus, als er Violet entdeckte. Sie saß an den Spiegel gelehnt zusammengekauert auf dem Boden, die Stirn auf ihren Knien, die Arme fest um ihre Beine geschlungen, und zitterte am ganzen Körper.

Zumindest war sie in Sicherheit. Aber es ging ihr ganz offensichtlich nicht gut.

Mit wenigen langen Schritten war er bei ihr, kniete sich neben sie und legte ihr eine Hand auf den Rücken. »Vi, Süße? Was ist los?« Er rieb ihr über den Rücken. »Baby, ich kann dir nicht helfen, wenn du mir nicht sagst, was passiert ist. Geht es dir gut?«

Ganz langsam hob sie den Kopf.

Der Ausdruck auf ihrem Gesicht brach ihm schier das Herz.

Ihre Augen standen voller Tränen, und ihre Wangen waren rot und fleckig. Sie sah aus, als hätte sie schon eine ganze Weile geweint.

Mit dem Daumen wischte er ein paar Tränen von ihrer Wange,

aber sie wurden sofort von neuen ersetzt. »Vi, was ist passiert? Wer ist diese Frau?«

»Rufen Sie den verdammten Hund zurück!«

»Verschwinden Sie!«, schrie Violet. »Verschwinden Sie, verschwinden Sie, verschwinden Sie!«

Was zum Teufel?

Er sah in Richtung des Ausgangs, wo sich die Frau und Tulip wohl noch immer feindselig gegenüberstanden. »Können Sie bitte hierherkommen?«, rief er. »Wenn Tulip Ihnen folgt, kann ich sie festhalten.«

Er würde Violet nicht mehr von der Seite weichen, aber Violet wollte diese Frau, wer auch immer sie war, offensichtlich einfach nur loswerden.

Sekunden später tauchte das Gesicht der Frau in der Tür zum Studio auf. »Rufen Sie den verdammten …«

»Genug«, ertönte da eine strenge, aber ruhige Stimme im Foyer, und die junge Frau hielt in ihrer wütenden Tirade inne.

Violet schüttelte den Kopf und wischte sich die Tränen aus den Augen, nur um niemand Geringeren als Marie-Claude Rousseau in ihr Tanzstudio treten zu sehen.

»Giselle, das ist jetzt wirklich genug«, sagte sie. Ihre Stimme war so fest, so voller Autorität, dass sie nicht einmal laut werden musste.

Giselle?

Gänsehaut zog sich Violets Arme hinauf angesichts Marie-Claudes beeindruckender Präsenz. Die Frau mit ihrem blumigen Sommerkleid, tiefschwarzen Dutt, Schmuck und allem Drum und Dran dominierte jeden Raum, den sie betrat. Sie war elegant und kultiviert, brillant und distinguiert, und sie war eine der begnadetsten Tänzerinnen, die Violet jemals erlebt hatte.

Gigi wirbelte zu Marie-Claude herum, die nun auf sie zuzuschweben schien. Sie bewegte sich immer voller Anmut, als würde sie schweben.

Adam half Violet auf die Füße. Seine Augen waren vor Verwirrung genauso groß, wie ihre eigenen es sein mussten.

Gigi fiel die Kinnlade herunter. »M-Madame Rousseau … w-was tun Sie hier?«

»Eine meiner begabtesten Tänzerinnen unterstützen.« Marie-Claude starrte die gut zehn Zentimeter kleinere Giselle nieder. »Die Frage ist, was tust *du* hier?«

Giselle schien regelrecht in sich zusammenzusinken, kauerte sich unter dem eisig blauen Blick *der* Marie-Claude Rousseau zusammen. »Ich … ich habe ihn geliebt«, flüsterte sie. Eine Träne lief ihre Wange hinab.

Sie hatte … was?

Diese Offenbarung schien Madame Rousseau im Gegensatz zu Violet nicht wirklich zu überraschen. Marie-Claude, ihre Mentorin und Freundin, nickte einfach nur und schürzte die dunkelrot geschminkten Lippen. »Ich weiß. Deswegen haben wir dich ja nach Chicago geschickt. Aber das, was du getan hast, war inakzeptabel. Es war falsch. Er war dein Direktor. Er war dein Mentor, vor allem aber war er mit Violet zusammen. Du wusstest, dass er deine Gefühle nicht erwidert, aber du hast dich ihm trotzdem an den Hals geworfen. Du hattest Glück, dass wir für dich überhaupt einen Platz in einer anderen Kompanie gefunden haben. Bring mich jetzt nicht dazu, meine Entscheidung von damals zu bereuen, Giselle.«

Giselle.

Violet schluckte. Das hier war dieselbe Giselle. Die Ballerina, die nach der Vorstellung nackt in der Garderobe auf Jean-Phillipe gewartet hatte.

Hatten die beiden eine Affäre gehabt?

Marie-Claude musste den Schreck in Violets Blick bemerkt haben, denn sie legte ihr eine kühle Hand auf die Schulter. »Er hat ihre Gefühle nicht erwidert, meine Liebe. Er hat einzig und allein dich geliebt.« Sie richtete ihren harten, wenn auch nicht gänzlich herzlosen Blick wieder auf Giselle. »Du musst jetzt gehen. Deine Trauer hat sehr hässliche Züge angenommen. Violet hat das nicht verdient. Jean-Phillipe hat das nicht verdient.«

Giselle richtete sich gerade auf und holte bebend Luft. »Aber ich …«

Marie-Claude gab einen Ton von sich, mit dem man sonst nur eine Katze von einem Vogelnest voll wehrloser Küken wegscheucht. Abrupt klappte Giselle den Mund wieder zu.

»Geh«, sagte die Madame und presste ihre Lippen zu einer dünnen, strengen Linie zusammen. »Es reicht jetzt.«

Giselle schniefte, und noch mehr Tränen stiegen ihr in die Augen. »J-ja, Madame.« Ihre Unterlippe zitterte, und sie warf Adam noch einen brennenden Blick zu, als hätte sie ihn am liebsten an den Ohren aufgehängt, dann wandte sie sich an Violet. Im kalten Grau ihrer Augen lag tiefer Schmerz. »Sie haben ihn nicht verdient«, flüsterte sie.

»Giselle«, sagte Marie-Claude scharf. »Es reicht. Geh! Jetzt!«

Mit einem letzten bösen Blick auf Violet und Adam wandte sich Giselle langsam um und verließ das Studio. Violet hielt den Atem an, bis sie die Tür des Studios ins Schloss fallen hörte.

Dann brach sie wieder in Tränen aus.

Adam wollte sie schon in seine Arme ziehen, doch Marie-Claude schüttelte den Kopf.

»Komm her, mein Kind«, murmelte sie, trat zu Violet, schloss sie in ihre Arme – die langen Ärmel ihres Kleides wehten dabei wie elegante Fledermausflügel – und umhüllte sie mit ihrer Wärme und Fürsorge.

Violet ließ den Kopf auf die Schulter der älteren Frau sinken und weinte hemmungslos. Der vertraute Duft von Patschuli und Lavendel umfing Violet wie eine tröstende Decke, während ihre Mentorin und Freundin ihr über den Rücken strich und ihr mütterlich klingende französische Worte ins Ohr flüsterte.

»Es ist alles gut, meine Liebe. Lass ihre Worte nicht an dich heran. Sie hat nicht recht. Ihr Schmerz treibt sie dazu, solche Dinge zu sagen.« Marie-Claude war in Frankreich geboren und aufgewachsen, hatte nach dreißig Jahren in New York jedoch kaum noch einen hörbaren Akzent. Nur wenn sie leise und sanft sprach, kam er noch durch. »Er hat dich von ganzem Herzen geliebt. Er würde wollen, dass du wieder tanzt. Er wäre wütend, wenn er wüsste, dass du aufgegeben hast, wenn er wüsste, dass sein Tod auch der Tod deiner Leidenschaft war, das Ende deines Lebens als Tänzerin.«

Violet entfuhr ein heftiger Schluchzer, bevor sie sich schließlich aus Marie-Claudes Umarmung löste. »Vielleicht hat sie aber recht.« Sie wischte sich mit dem Handrücken über die Nase. »Jean-Phillipe hat gesagt, dass er es nicht ertragen könnte, mich mit einem anderen Partner tanzen zu sehen, mit einem anderen Mann …«

Marie-Claude schloss für einen Moment die Augen, dann sah sie Violet wieder an. »Das war, als er dachte, dass er überleben würde, aber nie mehr tanzen könnte. Jetzt ist alles anders.« Sie zog einen Briefumschlag aus der Tasche und reichte ihn Violet. »Das hier habe ich gefunden, als ich ein paar alte Fotos durchgeschaut habe. Ich weiß nicht, wie dieser Brief dort gelandet ist, und es tut mir sehr leid, dass du ihn jetzt erst bekommst. Ich habe ihn erst letzte Woche gefunden.«

»Was ist das?« Violet nahm den Umschlag entgegen. Darauf stand: *Violet c/o: MCR*

Marie-Claude zuckte mit den Schultern. »Ich habe ihn nicht aufgemacht.«

Violet riss den Umschlag auf und zog ein Foto heraus. Es zeigte Violet und Jean-Phillipe, es war bei ihrer letzten erfolgreichen Show aufgenommen worden. Er strahlte, und in seinem Blick lag so viel Liebe, dass erneut Tränen über ihre Wangen liefen.

»Nur ein Foto?«, fragte Marie-Claude.

Violet drehte das Bild um. Als sie seine Handschrift erblickte, zog sich ihr das Herz in der Brust zusammen, und noch mehr Tränen quollen aus ihren Augen.

Vi,
du bist die Liebe meines Lebens.
Aber der Tanz ist die Liebe deines Lebens.
Der Tanz wird dein Herz heilen.
Durch den Tanz werden wir für immer verbunden sein.
Wenn du tanzt, dann tanze auch ich.
Hör niemals auf.
Mit all meiner Liebe
JP

»Siehst du, meine Liebe. Er will nicht, dass du aufhörst zu tanzen. Er will, dass du tanzt, bis du nicht mehr tanzen kannst. Genau wie er es getan hat.« Marie-Claude hob eine Hand und wischte Violet mit dem Ärmel ihres Kleides die Tränen aus dem Gesicht. »Und er würde wollen, dass du mit einem Partner tanzt.« Sie griff erst nach Adams, dann nach Violets Hand und führt sie zusammen. »Er würde wollen, dass du glücklich bist. Dich wieder verliebst.«

Adam drückte Violets Hand und schenkte ihr ein kleines Lächeln. »Ich werde dich niemals fallen lassen«, sagte er sanft.

»Siehst du«, sagte Marie-Claude mit einem Lächeln. »Ein Mann, der dich immer auffängt. Ein Mann, der dir niemals auf die Zehen treten wird.«

Violet holte zitternd Luft, ihre Schultern sanken erschöpft nach vorn. Adam war genau der Mann, den sie brauchte, genau der Mann, mit dem sie zusammen sein wollte. Er war in ihr Leben gekommen, als sie ihn am meisten gebraucht hatte, und er hatte sie immer unterstützt und Geduld mit ihr gehabt. Er würde sie wirklich immer auffangen, das wusste sie jetzt. Der Unterschied war, dass sie nun endlich bereit war zu springen.

Mit einem Nicken ging sie auf Adam zu, erlaubte ihm, sie in seine Arme zu ziehen, ihr etwas von ihrem Schmerz zu nehmen und das quälende Loch in ihrer Brust mit seiner Liebe zu füllen, bis es überlief. »Lass uns tanzen.«

Seine blauen Augen strahlten, als er den Kopf neigte und sie küsste.

Plötzliches Klatschen hinter ihnen ließ sie auseinanderfahren.

Marie-Claude lachte. »Ich freue mich so sehr darauf, dich wieder tanzen zu sehen, *Cherie*. Es ist viel zu lange her.«

Adam nahm Violets Hand wieder in seine, und zu dritt machten sie sich auf den Weg zur Tür.

»Wie hast du überhaupt erfahren, dass ich heute auftrete?«, fragte Violet ihre alte Freundin.

Ein kleines, wissendes Lächeln schlich sich auf Marie-Claudes faltenfreies Gesicht. »Ich habe meine Quellen.«

»Mitchel?«

»Vielleicht. Aber ich behalte meine Startänzer auch immer im Auge. Vor allem meine *Freunde*.« Sie lehnte ihre kühle Wange an Violets und machte ein Kussgeräusch. »Ich habe dich vermisst, *Cherie*. New York ist ohne dich nicht mehr dasselbe.«

Kapitel 24

»Wo wart ihr denn?«, fragte Sarah Turner mit Panik in der Stimme, als Violet und Adam in den Backstage-Bereich kamen. Sie sah so aus, als wäre sie kurz davor, einen stressbedingten Schlaganfall zu erleiden. »Ich habe die Breakdancer früher rausgeschickt, um euch mehr Zeit rauszuschlagen, aber lange kann ich das Publikum nicht mehr hinhalten.«

»Tut uns leid«, sagte Violet, die schon dabei war, sich das Kleid über den Kopf zu ziehen, unter dem sie ihren enganliegenden schwarzen Body trug. »Uns ist etwas dazwischengekommen. Wir sind dir wirklich dankbar, dass du auf uns gewartet hast.«

Sarah lächelte angespannt, aber ihr Ärger war in den Falten auf ihrer Stirn noch immer gut sichtbar. »Jetzt freue ich mich darauf, euch endlich tanzen zu sehen.«

Violet ließ ihren Blick suchend durch den Backstage-Bereich wandern. »Wo ist Marie-Claude?«, fragte sie und wandte sich Adam zu, der inzwischen sein T-Shirt ausgezogen hatte und nur noch eine verdammt heiße verwaschene Jeans trug. Sie liebte diesen Look an ihm und fand ihn perfekt für die Bühne. Sie konnte es kaum erwarten, die ganzen Frauen im Publikum dabei zu beobachten, wie sie neidisch das anschmachteten, was ganz allein ihr gehörte.

Adam rieb sich über den Nacken. »Sie hat doch gesagt, dass sie noch etwas erledigen muss, aber auf jeden Fall rechtzeitig hier ist, um uns tanzen zu sehen.«

Violet runzelte die Stirn. »Merkwürdig.«

Sarah hüpfte leicht auf und ab, ihr Ärger war nun komplett verschwunden und durch ihren üblichen Fangirl-Enthusiasmus ersetzt worden. »Seid ihr bereit? Die Breakdancer sind gleich fertig.«

Violet nickte. »So bereit, wie ich nur sein kann.«

Adam griff sich eine Wasserflasche aus einer Kühlbox in der Nähe und nahm einen Schluck. »Es kann losgehen.«

»Meine Damen und Herren, Mädchen und Jungen, es freut mich sehr, nun endlich *die* Violet Benson von der Marie-Claude Rousseau Tanzkompanie in New York und ihren Partner Adam Eastwood auf unserer Bühne begrüßen zu dürfen«, verkündete Sarah dem Publikum. Sie hielt das Mikrofon so fest umklammert, dass ihre Knöchel weiß hervortraten. »Miss Benson hat vor Kurzem ihre eigene Tanzschule hier in Seattle eröffnet, in der sie eine breite Auswahl an Kursen für Jung und Alt, Anfänger und Fortgeschrittene anbietet. Heute Abend werden wir drei Vorführungen von der Tanzschule Benson sehen: ein Duett, eine Modern Dance-Erwachsenengruppe und eine Kindergruppe. Heißen Sie nun zusammen mit mir Violet Benson und Adam Eastwood herzlich willkommen!«

Unter tosendem Applaus und Pfiffen ergriff Adam Violets Hand und betrat mit ihr die Bühne.

Sie gingen in Position.

»Alles okay?«, fragte er, voll und ganz auf sie fokussiert.

Hitze breitete sich in ihrem Bauch aus, einfach weil sie diesen Mann so sehr liebte, weil es ihr so viel bedeutete, dass er in ihr Leben getreten war. Sie nickte. »Ja. Lass es uns allen zeigen.«

Sein Lächeln besiegelte den Deal. Er besaß ihr Herz, ihren Körper und ihre Seele, solange er wollte. Sie hoffte, dass er sie für immer wollte.

»Ich werde dich immer auffangen.«

Ihr Herz war leicht und voller Glück, als die Musik begann. »Ich weiß.«

Ihr Auftritt war fehlerlos. Adam war ebenso für die Bühne geboren wie sie, mit einem strahlenden Lächeln, eindringlichem Blick und voll und ganz auf sie fokussiert. Denn auch wenn er, klassisch betrachtet, im Tanz »führte«, achtete er auf jeden kleinsten Hinweis von ihr. Sie hatte den gesamten Tanz durchchoreografiert, also war sie diejenige, die die Schritte wirklich vorgab. Er überließ ihr die Kontrolle, gab sich ihrer Führung hin.

Auch wenn Violet zur klassischen Primaballerina ausgebildet war, hatte sie dennoch auch andere Tanzarten gelernt, zum Beispiel Jazz, Hip-Hop, Swing, Modern Dance, Standardtanz und sogar mal ein Semester lang Stepptanz. Dies war also ihre Gelegenheit, all das zu zeigen, was sie konnte, was sie zu bieten hatte.

In fünf je dreißig Sekunden langen Musikfrequenzen wechselten Adam und Violet von flottem Jazz zu langsamem Standard, zurück zu einem lebhaften Hip-Hop mit vielen Sprüngen und Drehungen, dann in eine langsame Ballettchoreografie und endeten schließlich mit einer vierzig Sekunden langen modernen Tanzfrequenz, die fast schon akrobatisch war.

Adam hatte die Vorstellung im Stil von *Dirty Dancing* beenden wollen, mit einer Hebefigur wie im Film, aber Violet hatte die Idee abgelehnt. Es war zu klischeehaft, zu vorhersehbar, zu *bla*. Stattdessen griff er sie nun auf ihr Zeichen hin um die Taille, warf sie sich drehend in die Luft, fing sie wieder auf und wirbelte sie erst auf die eine, dann auf die andere Seite seiner Hüfte wie beim Swingdance. Dann warf er sie noch einmal in die Höhe, so dass sie exakt auf den letzten Ton des Musikstücks in seinen Armen landete, als die Trompete ein letztes Mal ertönte und das Becken den Tanz fulminant zu Ende brachte.

Der gesamte Park brach in Jubel aus, sprang auf und klatschte, brüllte und pfiff.

Violet atmete heftig und konnte Adam dicht hinter sich ebenfalls schnaufen hören. Ihr Gesicht tat vom vielen Lächeln weh. Sie ließ ihren Blick über die Menge schweifen, auf der Suche nach Marie-Claude. Es dauerte eine Weile, aber schließlich entdeckte sie sie. Ihr ganzer Körper bebte, so enthusiastisch klatschte sie in die Hände, sie hatte Tränen in den Augen und lächelte breiter, als Violet es jemals zuvor gesehen hatte. Sie deutete auf jemanden neben sich, und da war sie – Violets Mom. Ihr Lächeln war klein, aber Violet konnte sehen, das es echt war. Auch sie hatte Tränen in den Augen, und ihre Lippen zitterten, als sie gegen weitere Tränen ankämpfte.

»Ich habe dich lieb.« Violet konnte die Worte ihrer Mutter nicht hören, sie ihr aber deutlich von den Lippen ablesen. »Es tut mir leid.«

Violets Augen brannten. »Ich hab dich auch lieb.«

Die Menge klatschte und jubelte immer weiter, verlangte nach einer Zugabe. Pfiffe von einer Seite des Parks zogen Violets und Adams Aufmerksamkeit auf sich.

»Sind das deine ganzen Single Dads?«, fragte sie, als Adam sie schließlich zurück auf ihre Füße stellte und ihre Hand nahm. Sie wandten sich beide dem Publikum zu, um sich zu verbeugen.

»Ja. Wie ich Mitch schon gesagt habe, wir unterstützen uns alle gegenseitig. Sie wissen, wie viel mir das hier bedeutet, wie viel *du* mir bedeutest, also sind sie alle gekommen, um uns anzufeuern. Wir sind eine große Familie.«

Als sie dort auf der Bühne stand und ins Publikum sah, fühlte sich Violet wie neu geboren. Sie hatte wieder ein Ziel.

Sie konnte es tun.

Sie konnte wieder tanzen.

Sie konnte mit einem Partner auftreten, und es würde das, was sie und Jean-Phillipe geteilt hatten, in keiner Weise schmälern. Im Gegenteil, sie ehrte damit die Erinnerung an ihn. Sie nahm all das, was er ihr beigebracht hatte, was er ihr gegeben und gezeigt hatte, und teilte es mit der Welt. Sie öffnete ihr Herz wieder, so gebrochen es sich noch immer anfühlte, und ließ Menschen hinein. Sie teilte ihren Schmerz und ihren Verlust mit der Welt, damit sie – so wie sie selbst – den Visionär, den Künstler Jean-Phillipe Laurent niemals vergessen würde.

»Genieß den Applaus, Baby«, sagte Adam und drückte fest ihre Hand. »Du hast ihn dir verdient.«

Violet erwiderte den Druck. »*Wir* haben ihn uns verdient.«

»Wo sind denn die anderen Tänzerinnen?«, fragte Violet Paige wenig später, als sie und Adam zurück in den Backstage-Bereich kamen. »Ihr seid doch gleich dran.«

Paige schüttelte den Kopf, in ihrer Miene stand Panik. »Ich habe die ganze Zeit versucht, dich zu erreichen. Die anderen sind gestern Abend alle zusammen Sushi essen gegangen und haben jetzt eine Lebensmittelvergiftung.«

Adam verschluckte sich an seinem Wasser. »Oh, verdammt. Aber du warst nicht dabei?«

Sie schüttelte den Kopf. »Ich habe gearbeitet, und dann hat Mira bei uns übernachtet, das weißt du doch.«

Er nickte. »Stimmt.«

Violet legte Paige eine Hand auf die Schulter. »Dein Solo ist eines der schönsten, das ich jemals gesehen habe. Du solltest allein auftreten.«

Paige riss die hellbraunen Augen auf und schüttelte vehement den Kopf. »Nein. Nein, das kann ich nicht. Ich kann nicht ganz allein auf die Bühne gehen. Ich habe das doch gar nicht geübt. Nicht vor all diesen Leuten. Das kann ich nicht.«

In dem Moment tauchte Sarah neben Adam auf. Sie hatte ihr Clipboard fest an die Brust gedrückt, und ihr Blick huschte zwischen Adam, Paige und Violet hin und her. »Was ist los? Wo sind die anderen Tänzer?« Wieder sah sie aus, als würde sie vor Stress gleich umkippen.

Violet wandte sich Sarah zu. Sie legte beide Hände auf die Schultern der anderen Frau und drückte sie sanft. »Schick erst die Kindergruppe auf die Bühne. Wir brauchen nur eine Minute. Uns ist eine Kleinigkeit dazwischengekommen, aber ich verspreche dir, dass ich das wieder hinbekomme. Wenn Miss McPherson hier nicht allein auf die Bühne will, dann werde ich eben ein Solo tanzen.«

Adam drückte ihr einen Kuss auf die Schläfe. »Das ist mein Mädchen. Sie ist wieder da!«

Violet konnte das breite Lächeln nicht zurückhalten, das sich auf ihre Lippen stahl.

Sie war wirklich wieder da, wieder sie selbst.

Sarahs Augen wurden groß wie Untertassen, und sie flüsterte: »Ein Solo von Violet Benson …«

Violet verdrehte die Augen angesichts Sarahs Sprachlosigkeit, ließ ihre Schultern los und wandte sich wieder Paige zu. »Du kannst das. Ich weiß, dass du es kannst. Du hast so viel Talent. Bist so kreativ. So leidenschaftlich. Man sieht deine Emotion in jeder deiner Bewegungen. Das Publikum wird absolut sprachlos sein, und du wirst ihnen bestimmt ein paar Tränen entlocken. Genauso wie mir.«

Paige kaute auf ihrer Unterlippe und knetet nervös ihre Hände. »Ich weiß nicht.«

Nun legte Violet ihre Hände auf Paiges Schultern. »Aber *ich* weiß es. Du kannst das.«

Paige sah zu Adam auf.

»Du schaffst das, Paige«, ermutigte er sie. »Ich habe dich zwar noch nie tanzen sehen, aber wenn du so tanzt, wie du kochst, dann werden die Leute da draußen gar nicht genug von dir bekommen können.«

Die Musik für den Auftritt der Kinder begann zu spielen. »Ich muss jetzt die Kleinen auf die Bühne bringen, aber Paige, bitte denk darüber nach. Du bist bereit dafür.« Dann eilte sie zur Bühne, um den Auftritt von Miras und Jaydas Gruppe zu leiten.

Adam musterte seine offensichtlich nervöse Ex-Frau. »Alles in Ordnung?«

Sie nickte, knetete aber weiterhin ihre Hände und biss in ihre Unterlippe. »Ja. Ich glaube schon.«

Beide richteten ihren Blick auf die Bühne, wo ihre Tochter mit voller Hingabe tanzte. Das Lächeln auf ihrem herzförmigen Gesicht strahlte heller als die Sonne.

»Du liebst sie, nicht wahr?«, fragte Paige, wandte ihren Blick jedoch nicht von Mira ab.

Adam wusste, dass sie nicht von ihrer gemeinsamen Tochter sprach. Seine Liebe zu ihr stand schließlich außer Frage.

»Ja, das tu ich.«

»Ihr passt wirklich gut zusammen. Euer Tanz war wunderschön.«

Er sah auf sie hinab. »Ist es in Ordnung für dich, dass ich eine andere Frau liebe?«

Sie sah ihn noch immer nicht an. »*Ich* habe *dich* verlassen, schon vergessen? Ich muss also damit klarkommen.« Schließlich hob sie doch den Blick und sah ihm in die Augen. Tränen ließen die goldenen Sprenkel im Hellbraun ihrer Iris aufleuchten. »Und es ist okay. Ich bin froh, dass du jemanden gefunden hast. Am Ende war ich dir wirklich keine gute Frau mehr und auch keine gute Mutter. Du hast etwas Besseres verdient.«

Adam legte Paige einen Arm um die Schultern und drückte ihr einen Kuss aufs Haar. »Unsere Ehe haben wir vielleicht in den Sand gesetzt, aber eines haben wir auch richtig gut gemacht. Sieh dir nur unseren kleinen Star dort draußen an. Sie strahlt so hell, dass es fast schon blendet.«

Paige Schultern bebten unter seinem Arm, als sie leise lachte. »Stimmt, etwas haben wir richtig gemacht.«

Begleitet von donnerndem Applaus, liefen die Kinder von der Bühne. Miras Wangen waren gerötet, und sie strahlte noch immer so hell wie die Sonne. »Hast du mich gesehen? Hast du mich gesehen?«, rief sie aufgeregt und warf sich Adam in die Arme.

Er hob sie hoch und drückte einen Kuss auf ihre Stirn. Sie roch nach Sonne, Sommer und kindlicher Unschuld. »Habe ich. Du warst großartig.«

Sie löste sich von ihm und sah ihm tief in die Augen. »Ich war groß-ar-tig, oder?«

Adam warf den Kopf in den Nacken und lachte. »Absolut.«

Violet kam auf sie zu, den hoffnungsvollen Blick auf Paige gerichtet. »Also, wie hast du dich entschieden?«

Paige stieß bebend den Atem aus und nickte einmal kurz. »Ich kann das. Ich werde es tun.«

Violet lächelte, und ihre Schultern entspannten sich sichtlich. »Super. Ich sage Sarah gleich Bescheid, damit sie dem DJ die neue Musik geben kann.« Und damit verschwand sie auch schon, auf der Suche nach Sarah, die, wie Adam vermutete, vermutlich in irgendeiner Ecke eine ganze Schachtel Tabletten gegen Sodbrennen einwarf. Die Frau war das reinste Nervenbündel.

»Du bist dran, Mommy«, sagte Mira und streckte die Hände aus, um auf den Arm ihrer Mutter zu wechseln.

Paige nahm sie gern. »Stimmt, kleine Maus. Wir sind eine richtige Tanz-Familie. Dein Daddy, du und ich.«

Mira schlang die Arme um den Hals ihrer Mutter und rieb ihre Nase an ihrer. »Du wirst groß-ar-tig sein.«

Paige warf Adam einen kurzen Blick zu. »Das hoffe ich.«

Violet stieß wieder zu Adam, als Paige gerade in der Mitte der Bühne ihre Position einnahm. »Krise abgewendet. Alles läuft.«

Er schlang einen Arm um sie, und sie lehnte sich an ihn, den Kopf auf seine Schulter gelegt.

»Paige hat uns ihren Segen gegeben«, sagte er leise. Sie sahen beide nach vorn auf die Bühne, wo Adams Ex-Frau nun tanzte.

»Ihren Segen?« Brauchten sie ihren Segen?

»Um zusammen zu sein.«

Violet seufzte und schmiegte sich noch enger an ihn. Es fühlte sich so gut an, so richtig und so natürlich, in seiner Nähe zu sein, von ihm beschützt und getröstet zu werden. »Danke, dass du in den letzten Monaten so viel Geduld und Verständnis für mich hattest. Ich weiß, dass ich dir mit meiner Gefühlsachterbahn ganz schön viel abverlangt habe.«

Er hob eine Schulter. »Zufälligerweise liebe ich Achterbahnen. Das war also kein Problem für mich.«

Sie sah zu ihm auf, und gemeinsam gingen sie fort von der Bühne und all den Menschen im Backstage-Bereich. Eine der Mütter aus der Kindergruppe hatte alle jungen Tänzer zusammengetrommelt und sie zu ihren Eltern gebracht, auch Jayda und Mira, die von ihren Großeltern empfangen wurde.

»Ich liebe dich, Violet«, sagte Adam, als sie allein waren, neigte den Kopf und legte sanft seine Lippen auf ihre. »Und ich werde so lange warten, bis du bereit bist. Ich weiß, dass du noch immer trauerst, und ich würde niemals versuchen, Jean-Phillipe zu ersetzen. Ich habe großen Respekt vor der Liebe und der Verbindung, die ihr beide hattet, und will daran nichts ändern oder damit konkurrieren. Aber ich hoffe, dass du eines Tages genauso für mich empfindest wie ich für dich und dass wir unsere eigene Verbindung formen können, unsere eigene Liebe, unabhängig von der Liebe, die dich mit Jean-Phillipe verbindet. Eine Liebe, die nur uns gehört. Ich …«

»Ich liebe dich auch«, fiel sie ihm ins Wort. »Ich liebe dich so sehr. Und du hast recht – das, was wir haben, gehört ganz uns. Es ist eine andere Art der Liebe, eine andere Verbindung und eine andere Partnerschaft, und ich will nichts daran ändern. Ich will mit dir zusammen sein. Mit dir tanzen. Weil ich dich liebe, Adam.«

Er umfasst ihre Taille und hob sie hoch, wirbelte sie im Kreis herum. »Soll das heißen, du willst mit mir in den Sonnenuntergang tanzen?« Er stellte sie wieder auf die Füße, griff mit beiden Händen in ihre Haare, zog die Nadeln aus dem hohen Dutt und ließ ihre langen Wellen über ihre Schultern fallen.

Sie stellte sich auf die Zehenspitzen und biss neckisch in das kleine Grübchen an seinem Kinn. »Das soll heißen, dass ich bei Sonnenuntergang und Sonnenaufgang, am Mittag und in der Nacht mit dir tanzen will. Du bist der Einzige, mit dem ich von jetzt an tanzen will.«

Sein Lächeln und die Liebe in seinen Augen spiegelten all das wider, was sie selbst empfand. Dieser Mann hatte ihr neues Leben eingehaucht. Er war ihr neuer Tanzpartner. Ihr neuer Lebenspartner. Ihr neues Leben, und sie hätte nicht glücklicher sein können.

Epilog

Vier Jahre später …

»Meine Damen und Herren, herzlich willkommen zum vierten alljährlichen Festival ›Kunst im Park‹! Es ist uns eine Ehre, als ersten Act des heutigen Abends unsere stadteigenen Stars Violet Benson und Adam Eastwood von der Tanzschule Benson begrüßen zu dürfen. Bitte heißen Sie sie herzlich auf unserer Bühne willkommen«, verkündete Sarah. Sie hielt das Mikrofon nicht mehr so fest umklammert wie noch vor vier Jahren, und ihre Miene war weitaus weniger gehetzt und verschwitzt. Sie breitete die Arme aus, als Adam Violet in die Mitte der Bühne führte.

»Bereit?«, fragte Adam und drückte Violets Hand, während sie ihre Position einnahmen.

»Immer.« Sie strahlte.

Sie wandten sich dem Publikum zu, ihre Blicke wanderten über die Menge, auf der Suche nach vertrauten Gesichtern. Schließlich entdeckte Adam zwei der wunderschönsten Gesichter, die er jemals gesehen hatte – die seiner Töchter. Mira winkte, dann auch Brielle, beide trugen zueinander passende Sommerkleider und lachten von einem Ohr zum anderen. Sie saßen mit Violets Mutter und Adams Großeltern, die extra eingeflogen waren, auf einer Picknickdecke im Gras.

Violet winkte zurück, was den Mädchen ein Kichern entlockte.

Adam lachte. »Die kleinen Mäuse.«

Die langsame Melodie einer einzelnen Gitarre erklang, und Violet begann sich zu bewegen.

Ein Familienurlaub in Spanien hatte eine neue Leidenschaft in seiner Frau geweckt -Flamenco. Gleich nach ihrer Rückkehr hatte sie Adam und sich für einen Anfängerkurs angemeldet, und seitdem war ihre Liebe zu der feurigen Musik stetig gewachsen.

Nicht, dass Adam etwas dagegen hatte. Auf keinen Fall. Es gab kaum etwas Verführerischeres, als wenn sie ihn plötzlich zu sich zog, ihre Hüften kreisen ließ und ihren Körper dicht an seinen presste. Flamencomusik war einfach unglaublich sexy.

Er wartete auf seinen Einsatz, wenn er zu ihr treten und in den Tanz mit einfallen würde. Aber noch stand er still da und beobachtete sie voller Bewunderung. Er bekam nie genug davon, Violet tanzen zu sehen. Sie war ein Naturtalent, die geborene Tänzerin. Sie hatte sprichwörtlich Musik im Blut und hatte sich als Profi, der sie nun mal war, dem Flamenco mit solcher Hingabe gewidmet.

Ein Schwingen ihres langen Rüschenrocks und eine langsame, sinnliche Handbewegung waren für Adam das Zeichen, sich ihrem Tanz anzuschließen. Genau so, wie sie es unzählige Male geübt hatten, legte er die Arme um ihren Körper, und sie taten das, was für sie das Natürlichste auf der Welt war.

Bei Kunst im Park waren sie inzwischen bekannt für ihre zusammengeschnittenen Tänze, die nahtlos ineinander übergingen. Nach dreißig Sekunden wechselte auch diesmal die Musik in einen schnellen Hip-Hop-Beat, Violet riss sich das Kleid vom Leib – begleitet von lauten Jubelrufen aus dem Publikum – und enthüllte einen eng anliegenden Body. Dann bewegten sie sich synchron zum Rhythmus der lauten Musik.

Mit einem breiten Grinsen blickte Adam wieder über das Publikum hinweg, und abermals blieb sein Blick an seinen Töchtern hängen. Auch wenn die Mädchen ihre Eltern oft genug zu Hause und im Studio tanzen sahen, war eine Aufführung auf der Bühne immer etwas Besonderes, und die Begeisterung und Bewunderung in ihren Augen verstärkte Adams Liebe zum Tanz noch mehr. Es war wirklich etwas ganz und gar Wundervolles und Außerordentliches, etwas durch die Augen seiner Kinder zu erleben.

Doch nicht nur seine eigenen Kinder sahen begeistert zu, sondern auch die Kinder seiner Freunde. Jayda und Gabe, Jordie und Freddie, Jojo und Aria, Tia und Aiden. Alle Kinder seiner Pokerkumpel sahen ihnen mit leuchtenden Augen und offenen Mündern zu.

Die Gruppe nahm ganz schön viel Platz auf dem Rasen ein. Alle Single Dads, deren Kinder und neue Partner saßen zusammen, hielten Bier in den Händen und hatten ein Picknick ausgebreitet, dass ein ganzes Footballteam satt gemacht hätte. Nach Adam und Violets erstem Auftritt bei ›Kunst im Park‹ war der Festivalbesuch zur Tradition geworden. Und jedes Jahr wurde ihre Familie größer. Väter fanden neue Partnerinnen, Babys wurden geboren und Stiefkinder willkommen geheißen.

Die *Single Dads von Seattle* trafen sich noch immer jeden Samstagabend zum Pokerspielen, aber inzwischen war keiner von ihnen mehr Single. Sie hatten neue Partner gefunden, neue Hoffnung, und sie alle hatten ein neues Leben begonnen. Jedes Jahr am vierten Juli feierten sie ihre große, bunt zusammengewürfelte Familie bei ›Kunst im Park‹. Kaum etwas war so feierlich, wie den vierten Juli mit seiner Familie zu verbringen.

Violet räusperte sich und zog damit Adams Blick wieder auf sich. Er war nicht einen Moment aus dem Takt gekommen, aber er war in seine eigenen Gedanken versunken gewesen, hatte darüber sinniert, wie unglaublich sich sein Leben entwickelt hatte, wie viel Glück er hatte.

»Bereit?«, fragte sie, einen Hauch Unsicherheit im Blick.

Sie hatten an einer neuen Figur für ihren modernen Tanz gearbeitet, und auch wenn Adam sie schon Dutzende Male fehlerfrei absolviert hatte, war Violet trotzdem jedes Mal nervös, wenn er sie am Knöchel packte und in die Luft warf.

Wenn er ganz ehrlich war, musste Adam zugeben, dass auch er dabei jedes Mal etwas nervös war.

Er nickte trotzdem, denn er wusste, dass sie es perfekt hinbekommen würden. Weil seine Frau ihn richtig in Form und seinen inneren Perfektionisten zum Vorschein gebracht hatte. Sie traten nie auf, ohne zuvor eine Stunde im stillen Tanzstudio verbracht zu haben, wo sie im Geist ihre Schritte durchgingen und gemeinsam meditierten. Das half wirklich enorm. All die negativen Gedanken und Gefühle, die Selbstzweifel und Bedenken loszuwerden hatte Adam zu einem besseren Tänzer gemacht. Mehr noch, es hatte ihn zu einem besseren Vater und einem besseren Partner gemacht, einem besseren Menschen.

Er begann, den Takt im Kopf mitzuzählen, während er und Violet sich weiter durch ihre Choreografie bewegten. Und vier und fünf und sechs und sieben …

Ihr Blick fand ihren. Er nickte noch einmal, dann rannte sie aus einer Ecke der Bühne auf ihn zu, sprang in seine Arme. Er ließ sie um seinen Körper kreisen, als wäre sie ein Schwimmreifen um seine Taille, dann kam sie wieder nach vorn, und er griff nach ihrem Knöchel. Ihr Körper wurde plötzlich weich in seinen Armen, und ihre Fußsohle fand seine Handfläche. Sie sprang, er schob, und sie flog aus seinen Armen hoch in die Luft.

Das Publikum hielt den Atem an.

Genau wie Adam.

Aber sie war Violet Benson. Wie konnte irgendjemand bezweifeln, dass sie auf ihren Füßen landen würde? Mit der Anmut einer Katze landete sie auf einem Fuß, so sanft, dass man kaum einen Ton hörte, ließ ihren Körper zu Boden sinken, bevor Adam sie schwungvoll wieder nach oben zog. Das Publikum brach in begeisterten Beifall aus.

Jetzt kam nur noch das Finale.

Die Musik wechselte ein letztes Mal – ein Standardtanz –, und sie wirbelten zusammen über die Bühne. Violet sah ihm in die Augen, ein wunderschönes Lächeln lag auf ihren Lippen.

»Bereit?«, fragte sie wieder. Sie fragte jedes Mal.

Er nickte. »Mehr als jemals zuvor.«

Ihr Lächeln wurde noch breiter. Die letzten Noten verklangen, und sie trennten sich am vorderen Rand der Bühne, beide heftig atmend, strahlend und die Arme hoch erhoben.

Niemand im Park blieb sitzen. Alle jubelten und pfiffen, klatschten und riefen nach einer Zugabe. Die sollten sie bekommen.

Adam drehte sich zu Violet, ließ sich auf ein Knie sinken und nahm ihre Hand in seine.

Die Menge hielt den Atem an, als Violet sich ihm zuwandte.

Ihre Augen wurden groß, und sie schlug sich die freie Hand vor den Mund.

Adam zog einen Ring aus seiner Jeanstasche und hielt ihn ihr entgegen. »Violet Bernadette Benson.« Er holte bebend Atem, als seine Gefühle ihm die Kehle zuzuschnüren drohten. »Wir sind schon lange Partner. Wir haben Kinder, wir wohnen zusammen, wir lieben einander, wir tanzen zusammen, aber ich will alles. Werde meine Frau. Heirate mich und tanze mit mir auf unserer

Hochzeit. Tanze mit mir an unserem Jahrestag, auf der Hochzeit unserer Töchter. Tanze jeden Tag mit mir, bis ans Ende unseres Lebens. Als meine Frau.«

Eine Träne rollte über Violets Wange, aber ihr Nicken war voller Überzeugung und ihr Lächeln strahlend und aufrichtig. Adam schob den Ring auf ihren schlanken Finger, erhob sich dann, packte sie um die Hüfte und wirbelte mit ihr über die Bühne.

Das Publikum flippte völlig aus.

Schließlich stellte er sie wieder auf die Füße, und sie küssten sich, liefen dann aber hastig von der Bühne, als ihnen klar wurde, dass der nächste Künstler schon wartete. Sie brachten Sarahs Zeitplan völlig durcheinander.

Ups.

Lachend zog Adam Violet ein Stück von der Bühne weg und aus dem Weg der Stahltrommel-Band, die nun an der Reihe war. »Überrascht?«, fragte er etwas atemlos.

Sie nickte mit Tränen in den Augen. Er hoffte, dass es Freudentränen waren. »Sehr überrascht.«

»Ich hoffe, du hast dir nicht etwas Kleines und Privates gewünscht, aber …« – er zog eine Schulter hoch – »ich dachte, das hier passt einfach perfekt zu unserer Beziehung. Schließlich haben wir genau hier vor vier Jahren beschlossen, uns eine echte Chance zu geben. Und du bist wirklich für ein Leben auf der Bühne gemacht. Wieso solltest du dich also nicht auch auf der Bühne verloben?«

Sie wischte sich mit dem Daumen über die Augen und lachte. »Ja, es war absolut perfekt. Und natürlich werde ich dich heiraten.«

Er schlang die Arme um ihre Taille und zog sie eng an sich. »Wollen wir nächstes Jahr hier auf der Bühne heiraten? Man sagt ja, man braucht jedes Jahr eine Steigerung.«

Sie öffnete den Mund, brachte aber kein Wort heraus. Der Ausdruck auf ihrem Gesicht sprach jedoch Bände. Sie war alles andere als begeistert von der Idee.

Adam warf lachend den Kopf in den Nacken. »Ich nehme das mal als ein Nein.«

Sie legte ihre Arme auf seine Schultern und knabberte an seinem Kinn. »Ich finde, *manche* Dinge gehören dann doch nicht auf die Bühne, meinst du nicht auch?«

Er presste sein Becken gegen ihres und knurrte. »Da hast du völlig recht.« Er beäugte den Lastwagen, der das ganze Bühnenequipment in den Park gebracht hatte. Es war niemand darin, der Laderaum war leer und stand offen. »Denkst du dasselbe wie ich?«, fragte er und ließ seine Hand hinunter zu ihrem Po wandern.

»An die Choreografie für unseren Hochzeitstanz?«, fragte sie, machte sich von ihm los und grinste verschmitzt. »Absolut. Wir sollten auf jeden Fall etwas mit Flamenco machen. Was denkst du?« Sie führte ihn aus dem Backstage-Bereich hinaus ins Publikum und bahnte sich mit ihm einen Weg zu ihren Kindern.

Adam grummelte. »Ja, klar. Daran habe ich auch gedacht.«

Als sie ihre Picknickdecke erreichten, flogen ihnen zwei Schönheiten in Sommerkleidern in die Arme.

»Ihr wart großartig«, sagte Mira und drückte Adam einen Kuss auf die Wange.

Brielle nickte »Groß-ar-tig«, sagte sie und küsste Violet auf die Wange.

Sie ließen sich auf der Decke nieder, mit ihren Kindern im Schoß, empfingen anerkennende Rückenklopfer, gratulierende Umarmungen und Lob von Freunden, Familie und Fans.

Violet lehnte sich zu Adam und flüsterte ihm ins Ohr: »Professor, ich war ein böses Mädchen.«

Adam wandte sich ihr zu, Hitze stieg in seinem Körper auf.

Violet biss sich auf die Lippe, bevor sie anzüglich lächelte. »Heute Nacht, mein Lieber«, sagte sie beinahe lautlos, »heute Nacht, wenn wir allein sind, feiern wir richtig.«

»Studio? Spiegel? Musik?«, fragte er zurück, darauf bedacht, dass die Mädchen ihn nicht hören konnten. Zum Glück waren die Stahltrommeln sehr laut.

Sie verschränkte ihre Finger mit seinen und drückte seine Hand, in ihren Augen blitzten zu viele unanständige Gedanken auf, um sie zählen zu können. »Natürlich. Dort, wo alles begann.«

– ENDE –

Leseprobe

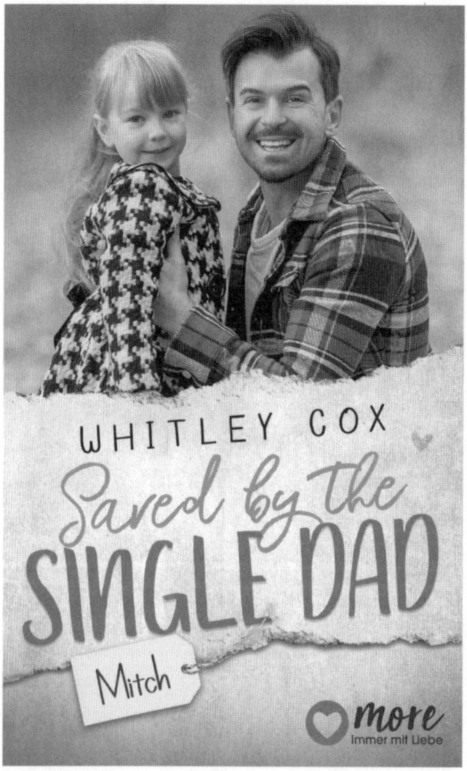
WHITLEY COX
Saved by the
SINGLE DAD
Mitch
more
Immer mit Liebe

Kapitel 1

Mitch Benson blieb der Mund offen stehen, seine Hoden zogen sich in den Shorts zusammen. Die Frau, die da auf der Bühne tanzte, war einer der spektakulärsten Anblicke, die er je im Leben gesehen hatte.

Er war hier, um Fotos von der Performance zu schießen, aber im Moment stand er da wie betäubt – gelähmt von der Vision auf der Bühne.

Aber sie sah nicht bloß umwerfend aus mit ihrem kastanienbraunen, zu einem Ballerinaknoten hochgesteckten Haar, sie tanzte auch unglaublich ausdrucksvoll, als würde alles, was sie empfand, in Bewegung umgesetzt. Ihr konzentrierter Gesichtsausdruck und wie ihr Körper mit ungefilterten Emotionen auf den Rhythmus und das Tempo der Musik reagierte, ließen sich mit nichts vergleichen, was er bisher gesehen hatte. Sie verkörperte schiere Perfektion.

Er hatte geglaubt, auf die Darbietung der Kinder sollte der Tanz der Modern-Dance-Gruppe folgen, doch als stattdessen sie die Bühne betrat, mit besorgt blickenden hellbraunen Augen und nervös auf ihrer Unterlippe kauend, hatte es ihm die Sprache verschlagen. Und er hatte noch kein einziges Foto gemacht.

Sie war als Paige McPherson vorgestellt worden, Anfängerin in Violets Modern-Dance-Kurs. Vermutlich tanzte sie an den Mittwochabenden, wenn er mit Jayda zu Hause war, denn wenn Mitch ihr schon mal begegnet wäre, hätte er sich gewiss an sie erinnert.

Paige.

Paige?

Paige!

Heilige Scheiße!

Sie war Adams Frau.

Ex-Frau, korrigierte er sich.

Das da war Adams Ex-Frau. Miras Mutter.

Fuck!

Als sich hinter ihm jemand räusperte, erwachte er aus seiner Erstarrung.

»Müsste deine Kamera nicht häufiger mal *Klick* machen?« Das war Zak, Adams Bruder und einer der Seattler Single Dads, mit denen er jeden Samstagabend Poker spielte.

Mitch schluckte, nickte und richtete den Blick wieder auf das Display seiner Kamera. Mit zittrigen Händen begann er, Schnappschüsse von der Frau auf der Bühne zu machen.

»Sie ist sehr schön«, stellte Zak nüchtern fest. »Hat Adam dir erzählt, dass sie sich getrennt haben?«

Mitch nickte. »Ja, traurig.«

»Ja, kann man wohl sagen. Man sieht, dass sie ihren ganzen Schmerz in den Tanz legt. Sieh dir nur mal ihr Gesicht an, ihre Bewegungen. So präzise, engagiert und fokussiert.«

Mitchs Finger verharrte über dem Auslöser, und er wandte sich dem großen, durchtrainierten, tätowierten Rothaarigen zu, der seine eins siebenundachtzig noch um acht Zentimeter überragte. »Bist du, äh … an ihr interessiert?«

Zak schüttelte den Kopf, aber ohne zu lächeln. Und auf Mitch blickte er auch nicht herunter. Sein Bick blieb auf Paige gerichtet. »Nein, ich bin an niemandem interessiert, hab der Liebe für eine Weile abgeschworen. Den Frauen überhaupt.«

Mitchs Schultern gaben nach. Wieso waren sie eigentlich angespannt gewesen? »Willst du Liam nacheifern? ›Liebe ist was für Lutscher‹?«

Zak vergrub die Hände in den Hosentaschen und schaukelte auf den Fersen. »So was in der Art vielleicht. Ich brauche einfach mal eine Atempause.« Endlich fiel sein Blick auf Mitch. Die Intensität seines Blickes war nervtötend. »Adam kann's nicht sagen, weil Paige seine Ex ist und es deshalb bloß besitzergreifend rüberkommen würde. Außerdem läuft es für ihn und Violet gerade sehr gut, und ich weiß, dass er es sich mit ihr nicht verderben will. Aber ich darf so was sagen.«

Was sagen?

Zaks Mund verzog sich zu einem schiefen Grinsen. »Ich habe dich in den letzten Minuten beobachtet. Man konnte mit Händen greifen, wie du auf Paiges Auftritt reagiert hast. Du fühlst dich zu ihr hingezogen.«

Mitch zuckte die Achseln, in der Hoffnung, möglichst nonchalant zu wirken. »Sie ist schön, das will ich nicht leugnen.«

Zak nickte. »Ja, das ist sie. Aber sie ist auch sehr verletzlich. Sie macht gerade einiges durch. Geh es also behutsam an, wenn du was von ihr willst. Sie verdient es nämlich, glücklich zu sein. Wie wir alle. Sei einfach vorsichtig. Sie hat eine Menge hinter sich.«

Mitch drückte den Rücken durch und reckte sich zu seiner vollen Größe, um sich vor dem großen, muskulösen Mann aufzubauen. »Wie jeder von uns. Ich habe meine Frau verloren. Meinen Vater. Meine Tochter hat ihre Mutter verloren. Ich brauche keine Belehrung oder Ermahnung. Wenn jemand weiß, wie man behutsam vorgeht, dann bin ich das. Ich darf durchaus eine Frau anziehend finden, ich darf mich sogar zu ihr *hingezogen* fühlen, ohne deshalb gleich mit ihr ausgehen oder in die Kiste springen zu wollen. Ich bin nämlich schon groß, kein verdammter Teenager mehr. Ich verfüge über eine gewisse Selbstbeherrschung.«

Oh, fuck.

Mir deucht, die Dame widerspricht zu heftig.

Die Worte seiner verstorbenen Frau Melissa hallten in seinem Schädel wider. Sie hatte Shakespeare geliebt. Sie hatte es geliebt, seine Werke zu lesen und zu zitieren. In ihren gemeinsamen Jahren hatte sie ihn in so manche Theateraufführung geschleift und sich über die Kostüme und Sonette nicht mehr eingekriegt. Ihre Begeisterung war ehrlich erworben; sie hatte Englische Literatur studiert und gerade an der University of Arizona zu unterrichten begonnen, als sie sich kennenlernten.

Gott, wie er sie vermisste!

Zaks dunkelrote Haare glänzten in der warmen Julisonne wie ein Helm aus Ziegeln. Sie hatten sich alle im Magnolia Park getroffen, um den Unabhängigkeitstag beim ›Kunst im Park'-Festival der städtischen Kulturstiftung zu feiern. Zuletzt war Mitchs Tochter Jayda mit ihrem Tanzkurs aufgetreten, und davor Mitchs Schwester Violet und ihr Freund Adam, Zaks Bruder. Sämtliche Mitglieder ihres Single-Dad-Clubs saßen mit ihren Kindern im Gras und genossen Bier, Essen und die Nachmittagssonne. Dafür waren Sommer da: Freunde, Fastfood und Festivitäten.

Die beiden Männer standen stumm voreinander und blickten sich an. Doch im nächsten Moment schimmerten Zaks blaue Augen auf, und er grinste von einem Ohr zum anderen. Er streckte eine Hand aus und klopfte Mitch auf den Rücken. »Also schön. Danke fürs Gespräch.« Er deutete auf Mitchs Kamera. »Dann mach dich besser wieder ans Werk, Kamerajockey, bevor deine Muse von der Bühne verschwindet.« Damit drehte er sich auf dem Absatz um und schlenderte mit seiner Riesengestalt unter nicht nur vereinzelten Blicken weiblicher Bewunderer zu den alleinerziehenden Vätern und ihren Kindern zurück, die es sich auf mehreren Wolldecken gemütlich gemacht hatten.

Mitch kämpfte gegen den Drang an, ihm den Mittelfinger zu zeigen, und wandte sich stattdessen wieder seiner Kamera und der hinreißenden Frau auf der Bühne zu. Er begann wieder zu fotografieren. Die Kamera – und Mitch – liebte es, wie anmutig sich Paige über die Bretter bewegte. Hände und Arme setzte sie auf eine Weise ein, die er noch nie zuvor gesehen hatte, zumindest nicht im Zeitgenössischen Tanz oder in Nordamerika. Eher erinnerte ihn ihr Stil an seine Zeit auf Bali, wo er die mit dicker Schminke, Goldpuder und prächtigen Farben ausstaffierten balinesischen Tänzerinnen fotografiert hatte. Wo hatte sie gelernt, so zu tanzen?

Er konnte sich nicht besinnen, dass Violet jemals solche Schritte ausgeführt hatte, und er sah seiner Schwester schon seit Jahrzehnten beim Tanzen zu.

Paige machte einen großen Satz über die Bühne und ging in die Knie. Dabei kam sie der Stelle, wo Mitch im Gras vor der Bühne stand, sehr nah. Als ihr Kopf hochschoss, standen sie sich direkt gegenüber. Sie schaute ihm in die Augen, bis in seine Seele. Er wusste, er hätte lächeln, sie zum Weitertanzen ermutigen sollen, ihr zu verstehen geben sollen, dass ihm ihre Darbietung gefiel, aber er konnte es nicht.

Er war fassungslos.

Fassungslos über die einsame Träne, die ihr über die Wange rann, und über ihr gequältes Gesicht. Sie ließ beim Tanzen wahrhaftig all ihren Gefühlen freien Lauf, so dass jeder hier es sehen konnte. Sein Finger drückte wie aus eigenem Antrieb auf den Auslöser, und er machte ein Foto. Das weckte sie aus ihrer Geistesabwesenheit, wo auch immer sie gewesen war, denn ihr Blick ließ ihn los und fiel auf die Kamera. Mitch folgte ihrem Blick, dann sah er wieder auf – aber sie war fort, stand am Bühnenrand, verbeugte sich und nahm den tosenden Applaus des Publikums entgegen. Mitch begann ebenfalls zu klatschen.

Paige McPherson rannte unter dem donnernden Beifall der Stadt Seattle von der Bühne. Ihr Herz raste genauso wie das Publikum. Sie konnte es kaum glauben. Sie hatte ganz allein vor Hunderten von Menschen auf offener Bühne getanzt.

Und es fühlte sich großartig an.

Plötzlich spürte sie einen Arm um ihre Schultern und roch das Kölnisch Wasser ihres Ex-Mannes Adam. »Gut gemacht, Paige. Wir wussten, du schaffst es.«

Neben Adam stand Violet, seine neue Freundin und ihre Tanzlehrerin. »Ich danke dir so sehr, dass du weitermachst. Du hast wundervoll getanzt.« Lachend wischte sie sich eine Träne aus dem Auge. »Siehst du, ich habe doch gesagt: So, wie du tanzt, bringst du die Menschen zum Weinen. Dein Solotanz war inspirierend.«

Paiges Gesicht begann zu brennen, rasch richtete sie den Blick auf ihre Füße. »Am Ende habe ich es vermasselt. Als ich auf den Rücken gleiten sollte, hab ich ein paar Takte ausgelassen.« Dass sie ein paar Takte ausgelassen hatte, weil der Mann mit der Kamera vor der Bühne sie umgehauen hatte, ließ sie lieber unerwähnt. Ein Mann mit Augen, so strahlend grün wie Zedernzweige, dunklen Haaren, kurz gestutztem Bart und vollen Lippen. Sehr vollen Lippen.

Als sie an der Bühnenecke den Kopf gehoben hatte und ihm direkt gegenüberstand, hatte sie vergessen, was sie gerade tat. Sie hatte die Menschen vergessen, die Musik, ihren Tanz, und hatte sich stattdessen in dem goldgrünen Schimmer verloren, der im Sonnenlicht um seine Pupillen zu kreisen schien.

Sie wollte schon den Mund öffnen und sich entschuldigen, um Mira und ihre Eltern zu suchen, als der Mann mit der Kamera, der Mann mit den Augen, der Mann mit den Lippen, um die Ecke bog.

Er schien sie wie mit Lasern zu erfassen und kam direkt auf sie zumarschiert, streckte die Hand aus und wartete, dass Paige sie nahm. »Mitch Benson. Ihr Tanz war phantastisch.«

Mitch Benson.

»Violets …«

»Das ist mein Bruder.« Violet nickte. Offenbar war ihr die Verwirrung in Paiges Gesicht nicht entgangen. »Er ist Berufsfotograf.«

Paige ergriff mit zurückhaltender Neugier seine warme, große Hand. Auch wenn sie nicht allzu erpicht darauf gewesen war, seine Hand zu schütteln, hätte sie ihn jetzt am liebsten nicht mehr losgelassen.

Sein Lächeln war so breit wie aufrichtig und stellte ebenmäßige weiße Zähne zur Schau. Und diese Lippen. Großer Gott, diese Lippen! So voll und zum Küssen wie geschaffen! Mmmh!

»Freut mich, Sie kennenzulernen«, sagte sie endlich, schluckte den Kloß hinunter, der sich unversehens in ihrem Hals gebildet hatte, und musste sich ganz schön strecken, um ihm in die Augen blicken zu können. Der Mann war groß, größer als Adam, und Adam war schon gut über eins achtzig.

»Ganz meinerseits.« Er zog die Hand zurück und zwinkerte. »Ich habe ein paar ziemlich gute Fotos von Ihrem Tanz geschossen. Ich gebe Ihnen Bescheid, wenn ich sie veröffentlicht habe, dann können Sie selbst sehen. Lassen Sie mich wissen, wenn Sie Abzüge möchten, dann schicke ich sie Ihnen.«

Unsicherheit grub ihre feuerwehrroten Hyänenkrallen in Paiges Genick, und sie spürte, wie ihre Schultern herabsanken. »Ich glaube, ich möchte lieber keine Bilder von meinem Tanz sehen. So toll war ich nicht.«

War das Bestürzung, was da in Mitchs Augen aufblitzte? Egal, auf jeden Fall wurden sie dunkel, und sein Lächeln erlosch. »Sie waren unglaublich. Stellen Sie Ihr Licht nicht unter den Scheffel und nehmen Sie das Kompliment an. Sie werden noch haufenweise Komplimente bekommen, wenn Sie sich zu den Mädels auf die Decken setzen.«

Paige musste weg von dem Mann. Mit seinem Lob kam sie überhaupt nicht zurecht. Sie kam nicht mit dem Druck zurecht, wenn jemand dachte, sie könnte irgendwas besonders gut. Der Druck, dem verzerrten Bild zu entsprechen, das sich andere von ihr machten, nämlich dass sie kein Totalausfall war.

Sie trat einen Schritt zurück, befreite sich aus Adams Umarmung und von Mitchs prüfendem Blick. »Ich schaue mich mal nach Mira um.«

Da kehrte Mitchs Lächeln zurück. »Ich begleite sie. Ich wollte sowieso in die Richtung, um nach Jayda zu suchen. Wir können zusammen gehen.«

»Nein.«

Adam, Violet und Mitch warfen einander verwirrte Blicke zu.

Paiges Herz klopfte so heftig, dass ihr die Brust wehtat, und in ihren Ohren pulsierte ohrenbetäubend das Blut. »W-was ich sagen wollte, ist … ich muss mich erst mal frisch machen und mich umziehen. Ich schwitze entsetzlich in dem ganzen Elasthan. Danach suche ich Mira. Sie müssen nicht auf mich warten. Gehen

Sie schon mal vor, ich stoße dann später dazu.« Sie wartete nicht darauf, dass jemand anbot, doch auf sie zu warten, oder vorschlug, sie zu begleiten; stattdessen eilte sie die Eisengitterstufen hinter der Bühne hinunter und verschwand um die nächste Ecke. Sie nahm den Notausgang, um Mitch Benson und seinen vollen Lippen, seinen Komplimenten und dem Umstand, dass sie seine Hand wieder in ihrer spüren wollte, zu entkommen. Am liebsten hätte sie seine Hände an ihrem ganzen Körper gespürt.